历代名著精选集

[南朝宋]范晔 著
丁福林 注评

后汉书

凤凰出版传媒集团 凤凰出版社

图书在版编目(CIP)数据

后汉书 / (南朝宋)范晔著;丁福林注评. —南京:凤凰出版社,2010.1

(历代名著精选集)

ISBN 978-7-80729-644-7

Ⅰ.后… Ⅱ.①范…②丁… Ⅲ.①中国—古代史—东汉时代—纪传体②后汉书—注释 Ⅳ.K234.204.2

中国版本图书馆 CIP 数据核字(2009)第 233854 号

书　　名	后汉书
著　　者	(南朝宋)范晔 著　丁福林 注评
责任编辑	汪允普
出版发行	凤凰出版传媒集团 凤凰出版社(原江苏古籍出版社) 南京市中央路 165 号　邮编 210009 发行部电话 025—83223462
集团网址	凤凰出版传媒网　http://www.ppm.cn
照　　排	南京展望文化发展有限公司
印　　刷	江苏凤凰扬州鑫华印刷有限公司 扬州市江阳工业园蜀岗西路 9 号　邮编:225008
开　　本	960×1304 毫米　1/32
印　　张	6.625
字　　数	197 千字
版　　次	2010 年 1 月第 1 版　2010 年 1 月第 1 次印刷
标准书号	ISBN 978-7-80729-644-7
定　　价	16.00 元

(本书凡印装错误可向承印厂调换,电话:0514—85868858)

目　录

前　言

《后汉书》的作者范晔(398—445)字蔚宗，南朝宋顺阳(今河南内乡)人，出身于一个以儒学见长的世家大族。高祖晷，官至晋雍州刺史，加左将军。曾祖汪，曾任晋安北将军、徐兖二州刺史。祖父范宁曾任晋豫章太守，《宋书·范泰传》说他“以经术名于时”，有《春秋谷梁传集解》二十卷流传至今。范晔的父亲范泰更是一个“博览篇籍，好为文章”(《宋书·范泰传》)的著名文士，晋时先后担任过侍中、度支尚书等要职，刘裕称帝之后，又被任命为金紫光禄大夫，加散骑常侍，深得刘裕的信任，卒后被追赠车骑将军。范晔是范泰的第四子，为母亲如厕时所生，因为其额被砖所伤，所以以砖作为小名。堂伯范弘之无子，范晔出生后乃出继给范弘之为子，因而袭封武兴县五等侯的爵位。

范晔“少好学，博涉经史，善为文章，能隶书，晓音律”(《宋书·范晔传》)，多才多艺。十七岁时就因为才名被雍州刺史鲁宗之辟为州主簿，但范晔并未就任。晋安帝义熙十四年(418)，年仅二十一岁的范晔被当时担任晋相国的刘裕所辟，任相国掾，深得刘裕的赏识。刘裕代晋后，范晔被任为刘裕第四子彭城王义康的军府参军。宋文帝即位，范晔又先后担任了彭城王刘义康的司徒从事中郎、吏部侍郎和宋文帝的次子始兴王刘濬的后军长史等职。元嘉十九年(442)，范晔升任左卫将军，掌禁军，参预朝廷机密。元嘉二十一年(444)，他又被任为太子詹事，加给事中，成了宋文帝最为信任的亲近大臣之一。次年，以谋立彭城王义康罪被杀，死时年仅四十八岁。

范晔博学多才，一生著述甚丰，除了《后汉书》以外，根据《隋书·经籍志》的记载，隋时他尚有《汉书缵》十八卷、《百官阶次》一卷、诗文集十五卷行世。但这些作品已经散失，今所存者，除了《后汉书》外，仅有《双鹤诗序》一篇和《乐游应诏诗》一首。

在范晔以前，就已经有多人以纪传体和编年体的体例分别编撰过东汉一代的历史。纪传体的东汉史除了具有官修性质的东汉刘珍等人所撰的《东观汉纪》以外，属于私人编撰且著录于《隋书·经籍志》的有三国吴谢承的《后汉书》一百三十卷，晋司马彪的《续汉书》八十三卷，晋华峤的《后汉书》九十七卷，晋谢沈的《后汉书》一百二十二卷，晋袁山松的《后汉书》一百卷，晋薛莹的《后汉记》一百卷，晋张莹的《后汉南记》五十五卷。编年体性质的则有晋袁宏《后汉纪》三十卷等。范晔以《东观汉纪》为主要依据，自定体例，订讹考异，删繁补略，博采众家之长，写成《后汉书》。此书行世以后，各家有关后汉的史书逐渐被淘汰。范晔以后，南朝梁萧子显也作有《后汉书》一百卷，王韶作有《后汉书》二百卷，但二书皆未能传世。范晔的这部《后汉书》遂作为正史，与《史记》、《汉书》、《三国志》并列，被称为我国正史中的前"四史"。

范晔编写《后汉书》，原定为十纪、十志、八十列传，合为百卷，以与班固《汉书》相应。但十志未及完成范晔即被杀，志稿也散佚不存。南朝梁刘昭在注《后汉书》时，因为范晔曾赞扬过晋司马彪所撰的《续汉书》中的志，因此取其中的八志共三十卷补入，从而弥补了范书之缺。

由于全书未及完成范晔即被杀，所以《后汉书》与《史记》有《太史公自序》和《汉书》有《叙传》不同，没有自序。他在狱中曾写有《狱中与诸甥侄书》一篇，详细叙述自己的治学态度，并对尚未全部完成的《后汉书》表示了自己的看法。这封书信含有自序的性质，因此清武英殿《后汉书》刻本(殿本)就用《自序》作为标题，将此文附刊于全书之末。中华书局 1965 年出版的点校本《后汉书》，改用《狱中与诸甥侄书》的标题，将此文附在了全书之后。

《狱中与诸甥侄书》中说：

> 常耻作文士，文患其事尽于形，情急于藻，义牵其旨，韵移其意。虽时有能者，大较多不免此累，政可类工巧图缋，竟无得也。常谓情志所托，故当以意为主，以文传意。以意为主，则其旨必见；以文传意，则其词不流。然后抽其芬芳，振其金石耳。此中情性旨趣，千条百品，屈曲有成理。自谓颇识其数。尝为人言，多不能赏，意或异故也。……

> 本未关史书,政恒觉其不可解耳。既造《后汉》,转得统绪,详观古今著述及评论,殆少可意者。班氏最有高名,既任情无例,不可甲乙辨。后赞于理近无所得,唯志可推耳。博赡不可及之,整理未必愧也。吾杂传论,皆有精意深旨,既有裁味,故约其词句。至于《循吏》以下及六夷诸序论,笔势纵放,实天下之奇作。其中合者,往往不减《过秦》篇。尝共比方班氏所作,非但不愧之而已。欲遍作诸志,《前汉》所有者悉令备,虽事不必多,且使见文得尽。又欲因事就卷内发论,以正一代得失,意复未果。赞自是吾文之杰思,殆无一字空设,奇变不穷,同含异体,乃自不知所以称之。此书行,故应有赏音者。纪、传例为举其大略耳,诸细意甚多。自古体大而思精,未有此也。恐世人不能尽之,多贵古贱今,所以称情狂言耳。

可见范晔对自己的这部著作是相当满意的,尤其对其中的论赞部分更是评价甚高。其自诩此书为"天下之奇作","无一字空设,奇变不穷",虽然不免有些狂傲,但客观地说,这部《后汉书》在创作价值上虽然不及《史记》和《汉书》,但整理剪裁的功绩,却并不在班固之下。所以历代史学家对此书多有较高的评价,唐代刘知几在《史通》中说:

> 范晔之删《后汉》也,简而且周,疏而不漏,盖云备矣。

又说:

> 观其所取,颇有奇功。

刘知几作为一个著名史学家,对诸史多所挑剔,但对《后汉书》却作出如此高的赞语,范氏若地下有知,应该能够满足了。

《后汉书》在编写体例上既继承了《史记》、《汉书》的优点,又有所创新。在纪中开创了"皇后纪"及"附纪"的写法,如殇帝刘隆即位时尚在襁褓之中,在位仅一年,无事迹可记,遂附之于《和帝纪》。冲帝刘炳、质帝刘缵也是年幼为帝,在位日短,乃附之于《顺帝纪》,使记载简而不繁。同时,范晔又根据东汉中后期多为皇帝幼年登基,从而形成了皇后临朝听政,把持朝权的特点,特立《皇后纪》。在列传方面,《后汉书》又新增《党锢》、《宦者》、《文苑》、《独行》、《方术》、《逸民》、《列女》七篇。《文苑传》所记文士,以善于词章为主，反映了东汉一代重视文学的新风气。《列女传》则记叙在某一方面有值得赞扬的举止，或有着突出成就而足以为后人所称道的女性，如安贫乐道的鲍宣妻、在史学上作出重大贡献的班昭、以孝敬婆母闻名的姜诗妻，以及女诗人蔡琰、孝女曹娥等人的事迹。特别是蔡琰的收入，不以女子从一而终为取舍标准，更是表现了范晔卓然不群的眼光和进步的史学观。这两篇传记的置立，可以说是对《史记》和《汉书》的一个新的突破和创举，对后世正史的编撰有着重大影响。在列传的取材上，《后汉书》较之《史记》、《汉书》更为严格，对一些无关大局的人物，即便是王侯卿相，也不单独立传，只是散见于各篇纪传之中。而对一些地位虽然不高，但对当时社会有影响和贡献的人物，则单独立传以记其事迹。同时，范晔将人品相似、行事相近的人写成合传，其标准选取的严格也要胜过《史记》和《汉书》。如王充、王符和仲长统不是同时人，但他们的议论都是针对当时社会现状而发，且又都具有淡泊功名利禄这一性格特点，范晔乃将他们合为一传。郭泰、张禹、徐防、张敏、胡广几人都是庸碌无为、苟合取容的大官僚，范晔也将他们合为一传。此外，在列传中范晔又创立附传的方法以记载同类人物的事迹，如在《卓茂传》后附记不仕王莽的龚胜、鲍宣等五人事迹，在《郭泰传》中附记左原、茅容等十人事迹。这些人物的事迹留存不多，虽然不足以专立一传，但他们却都有着值得称道的某一方面，将他们作为附传载入，既不至于埋没对后世有着一定影响的人物，又避免了不必要的重复繁芜的缺陷。这一记事的特点为后代史家所效法，应该不是偶然的。

范晔作史的指导思想也有其超越前人之处，在《狱中与诸甥侄书》中他曾明确地提出"欲因事就卷内发论，以正一代得失"的观点，从这一指导思想出发，整个《后汉书》所要记载表现的并不局限于某一王朝，而是探求如何维护整个封建王朝稳定的经验教训，这在《后汉书》的史论中集中而充分地体现了出来。《后汉书》的史论较之《史记》、《汉书》，也有着较大的创新，它由序、论、赞三部分组成，序列于《皇后纪》和各列传之前，论置于纪传之后，赞又置于论之后，三部分相互配合，发表对历史事件的看法，充分表现了范晔独到的史学观。一些传纪的序论往往能打破朝代限制，以探求各个历史事件所发生、发展和终结的整个过程。这和司马迁的"究天人之际，通古今之变，成一家之言”的史学观不仅一脉相承，而且更具有现实意义。如在《马武传论》中对光武帝刘秀安置功臣的做法表示激赏，他从西汉高祖刘邦立国后大封功臣，从而导致了韩信、彭越等人终被诛杀，萧何、樊哙等人也难免下狱的教训，对比了刘秀对功臣仅封以显爵，授以闲职，不使功臣掌握实权做法的优越。认为刘秀这一做法不仅维护了社会的稳定，而且最终保全了功臣的身家性命，这就彰显了刘秀这一做法所具有的深远历史意义。这种序论，在《后汉书》中是相当多见的，清代史学家王鸣盛在《十七史商榷》中说：

两汉风俗之变，上下四百年间，了如指掌。下之风俗，成于上之好尚。此可为百世之龟镜。蔚宗言之切至如此，读之能激发人。

这虽然只是针对《党锢传序》而发，但实际上移作对《后汉书》整体序论的评价也是相当适合的。

《后汉书》中的一些人物传记，爱憎分明，写得议论风生，真切动人。如《党锢·范滂传》中记叙耿介刚正的范滂被杀前母子诀别对话的一节：

其母就与之诀，滂白母曰：“仲博孝敬，足以供养。滂从龙舒君归黄泉，存亡各得其所。惟大人割不可忍之恩，勿增感戚。”母曰：“汝今得与李、杜齐名，死亦何恨！既有令名，复求寿考，可兼得乎？”滂跪受教，再拜而辞。顾谓其子曰：“吾欲使汝为恶，则恶不可为；使汝为善，则我不为恶。”行路闻之，莫不流涕。

可谓文情并茂，催人泪下，我国杰出的大文豪和政治家苏轼年青时读此，曾深受感动。而且，究苏轼的一生行事，受这篇文字的影响都是颇为明显的。

最早为《后汉书》作注的是南朝梁刘昭，刘昭注现今绝大部分已经佚失，现存者只有八篇志中的注。从现存的八篇志注的体例以及《梁书·刘昭传》所说的刘昭“集《后汉》同异，以注范书”来看，刘昭注《后汉书》大略同于裴松之注《三国志》，偏重于事实的补充而不重于文字的训诂。从这一点看，刘昭注的散失，对研究后汉一代的历史，乃是相当令人遗憾的。继而给《后汉书》作注的是唐代章怀太子李贤，李贤在被立为太子之后，与张大安、刘讷言等人共注此书，历时六年，始得完成。随后，李贤被废为庶人，作注的工作也就结束。李贤所注，重在文字训诂，与刘昭不同。由于时间短促，而且出于多人之手，没有充裕的时间进行校定，所以李贤注中疏漏和谬误之处在所难免。对《后汉书》的注释作出重大贡献的则当属清代学者，其中以惠栋的《后汉书补注》为代表。王先谦则在惠栋的基础上作《后汉书集解》一百二十卷，为集大成者，也是迄今为止《后汉书》的最为完备的注本。

这次选注，以中华书局1965年出版的点校本《后汉书》为底本，为方便读者，个别异体字和通假字改为现今的通用字。注释则广泛参考了各种注本和选注本。由于篇幅和本人水平的限制，本书未尽人意之处应当较多，尚祈方家予以批评指正。

光武帝纪

世祖光武皇帝讳秀，字文叔，南阳蔡阳人，高祖九世之孙也，出自景帝生长沙定王发①。发生春陵节侯买，买生郁林太守外，外生巨鹿都尉回，回生南顿令钦，钦生光武②。光武年九岁而孤，养于叔父良。身长七尺三寸，美须眉，大口，隆准，日角③。性勤于稼穑，而兄伯升好侠养士，常非笑光武事田业，比之高祖兄仲④。王莽天凤中⑤，乃之长安，受《尚书》，略通大义。

【注 释】

① 世祖：光武帝刘秀的庙号。光武：刘秀的谥号。南阳，郡名，治所在今河南南阳。蔡阳：县名，今湖北枣阳。长沙定王发：西汉景帝刘启第十子刘发，封长沙王。② 春陵节侯买：景帝孙刘买，封春陵侯，谥节。春陵，乡名，今湖北枣阳南。郁林：郡名，治今广西桂平西。巨鹿：郡名，治今河北平乡。都尉：武官名，协助太守维护郡中治安。南顿：县名，今河南项城。③ 隆准：鼻梁高耸。日角：指额头饱满如日。④ 伯升：刘秀兄刘縯的字。兄仲：即仲兄，汉高祖刘邦兄刘喜。⑤ 天凤：王莽的年号，公元 14—19 年。

莽末，天下连岁灾蝗，寇盗锋起①。地皇三年②，南阳荒饥，诸家宾客多为小盗。光武避吏新野，因卖谷于宛③。宛人李通等以图谶说光武云④："刘氏复起，李氏为辅。"光武初不敢当，然独念兄伯升素结轻客，必举大事，且王莽败亡已兆，天下方乱，遂与定谋，于是乃市兵弩⑤。十月，与李通从弟轶等起于宛，时年二十八。十一月，有星孛于张⑥。光武遂将宾客还春陵，时伯升已会众起兵。初，诸家子弟恐惧，皆亡逃自匿，曰："伯升杀我。"及见光武绛衣大冠⑦，皆惊曰："谨厚者亦复为之！"乃稍自安。伯升于是招新市、平林兵，与其帅王凤、陈牧西击长聚⑧。光武初骑牛，杀新野尉乃得马⑨。进屠唐子乡，又杀湖阳尉。军中分财物不均，众恚恨，欲反攻诸刘，光武敛宗人所得物，悉以与之，众乃悦。进拔棘阳，与王莽前队大夫甄阜、属正梁丘赐战于小长安，汉军大败，还保棘阳[10]。

更始元年正月甲子朔，汉军复与甄阜、梁丘赐战于沘水西，大破之，斩阜、赐[11]。伯升又破王莽纳言将军严尤、秩宗将军陈茂于淯阳[12]，进围宛城。

二月辛巳，立刘圣公为天子，以伯升为大司徒，光武为太常、偏将军。三月，光武别与诸将徇昆阳、定陵、郾[13]，皆下之。多得牛马财物，谷数十万斛，转以馈宛下。莽闻阜、赐死，汉帝立，大惧，遣大司徒王寻、大司空王邑将兵百万，其甲士四十二万人。五月，到颍川[14]，复与严尤、陈茂合。初，光武为春陵侯家讼逋租于尤[15]，尤见而奇之。及是时，城中出降尤者言光武不取财物，但会兵计策[16]。尤笑曰："是美须眉者邪？何为乃如是！"

【注 释】

① 锋起：像蜂一样群起。锋，通"蜂"。② 地皇：王莽的年号。③ 宛：县名，属南阳郡，今河南南阳。④ 图谶：指为王者受命的征验。图是神秘色彩的画，谶是带有预言性的文字。⑤ 轻客：轻弃生命的侠客。兆：先兆，端倪。⑥ 孛：彗星的一种，古人认为彗星出现在张宿将有兵乱。⑦ 绛：大红色。大冠：武冠，将军冠。⑧ 新市：县名，在今湖北京山。平林：地名，在今湖北随州。王凤、陈牧：王莽天凤时，王凤与王匡等在绿林山起义，号新市兵。陈牧在荆襄起兵，号平林兵。⑨ 新野：县名，今河南新野。尉：县尉，武官名，掌县中治安等。⑩ 棘阳：县名，地在今河南南阳南。小长安：地名，在今河南南阳南数十里。⑪ 甲子朔：甲子这一天是这月的初一。沘水：今河南唐河支流。⑫ 淯阳：地在今河南南阳南、新野北。⑬ 徇：攻打。昆阳、定陵、郾：皆县名。昆阳，今河南叶县。郾，今河南郾城。定陵，今河南舞阳。⑭ 颍川：郡名，治今河南禹州。⑮ 逋租：拖欠租税。逋，拖欠。句谓刘秀曾为春陵侯至严尤处诉讼佃户拖欠租税一事。⑯ 会兵计策：调度军队，策划战守。

初，王莽征天下能为兵法者六十三家，数百人，并以为军吏；选练武卫，招募猛士，旌旗辎重，千里不绝。时有长人巨无霸，长一丈，大十围，以为垒尉[①]。又驱诸猛兽虎豹犀象之属，以助威武。自秦、汉出师之盛，未尝有也。光武将数千兵徼之于阳关[②]。诸将见寻、邑兵盛，反走，驰入昆阳，皆惶怖，忧念妻孥[③]，欲散归诸城。光武议曰："今兵谷既少，而外寇强大，并力御之，功庶可立；如欲分散，势无俱全。且宛城未拔，不能相救，昆阳即破，一日之间，诸部亦灭矣。今不同心胆共举功名，反欲守妻子财物邪？"诸将怒曰："刘将军何敢如是！"光武笑而起。会候骑还[④]，言大兵且至城北，军陈数百里，不见其后，诸将遽相谓曰："更请刘将军计之。"光武复为图画成败[⑤]，诸将忧迫，皆曰："诺。"时城中唯有八九千人，光武乃使成国上公王凤、廷尉大将军王常留守，夜自与骠骑大将军宗佻、五威将军李轶等十三骑出城南门，于外收兵。时莽军到城下者且十万，光武几不得出。既至郾、定陵，悉发诸营兵，而诸将贪惜财货，欲分留守之。光武曰："今若破敌，珍宝万倍，大功可成；如为所败，首领无余，何财物之有！"众乃从。

严尤说王邑曰："昆阳城小而坚，今假号者在宛，亟进大兵，彼必奔走；宛败，昆阳自服。"邑曰："吾昔以虎牙将军围翟义，坐不生得，以见责让[⑥]。今将百万之众，遇城而不能下，何谓邪？"遂围之数十重，列营百数，云车十余丈[⑦]。瞰临城中，旗帜蔽野，埃尘连天，钲鼓之声闻数百里。或为地道，冲輣橦城，积弩乱发，矢下如雨，城中负户而汲[⑧]。王凤等乞降，不许。寻、邑自以为功在漏刻[⑨]，意气甚逸。夜有流星坠营中，昼有云如坏山[⑩]，当营而陨，不及地尺而散，吏士皆厌伏。

六月己卯，光武遂与营部俱进，自将步骑千余，前去大军四五里而陈。寻、邑亦遣兵数千合战。光武奔之，斩首数十级。诸部喜曰："刘将军平生见小敌怯，今见大敌勇，甚可怪也，且复居前。请助将军！"光武复进，寻、邑兵却，诸部共乘之，斩首数百千级。连胜，遂前。时伯升拔宛已三日，而光武尚未知，乃伪使持书报城中，云"宛下兵到"，而阳堕其书[⑪]，寻、邑得之，不喜。诸将既经累捷，胆气益壮，无不一当百。光武乃与敢死者三千人，从城西水上冲其中坚，寻、邑陈乱，乘锐崩之，遂杀王寻。城中亦鼓噪而出，中外合势，震呼动天地，莽兵大溃，走者相腾践，奔殪百余里间[⑫]。会大雷风，屋瓦皆飞，雨下如注，滍川盛溢[⑬]，虎豹皆股战，士卒争赴，溺死者以万数，水为不流。王邑、严尤、陈茂轻骑乘死人度水逃去。尽获其军实辎重，车甲珍宝，不可胜算，举之连月不尽[14]，或燔烧其余。

【注 释】

① 垒尉：武官名，掌营垒的警卫。② 徼：邀击。阳关：村落名，在今河南禹州。③ 孥：子女。④ 候骑：侦察的骑兵。⑤ 图画：谋划。⑥ 责让：责备。⑦ 云车：即楼车，古代战车，上设望楼，用以瞭望。⑧ 冲：冲车。輣：楼车。橦城：撞击城门。负户而汲：背着门板打水。⑨ 漏刻：古代计时的工具，这里比喻时间很短。⑩ 坏山：崩塌的山。⑪ 阳堕：假装掉下。阳，通"佯"。⑫ 奔殪：因奔而殪。殪，倒仆。⑬ 滍川：今名沙河，在今河南省境内。⑭ 举：登记。

光武因复徇下颍阳[1]。会伯升为更始所害，光武自父城驰诣宛谢[2]。司徒官属迎吊光武，光武难交私语，深引过而已。未尝自伐昆阳之功[3]，又不敢为伯升服丧，饮食言笑如平常。更始以是惭，拜光武为破虏大将军，封武信侯。

九月庚戌，三辅豪桀共诛王莽[4]，传首诣宛。

更始将北都洛阳，以光武行司隶校尉，使前整修宫府。于是置僚属，作文移，从事司察，一如旧章[5]。时三辅吏士东迎更始，见诸将过，皆冠帻，而服妇人衣诸于、绣镼，莫不笑之，或有畏而走者[6]。及见司隶僚属，皆欢喜不自胜。老吏或垂涕曰："不图今日复见汉官威仪。"由是识者皆属心焉[7]。

及更始至洛阳，乃遣光武以破虏将军行大司马事。十月，持节北度河，镇慰州郡。所到部县[8]，辄见二千石、长吏、三老、官属，下至佐史，考察黜陟，如州牧行部事。辄平遣囚徒[9]，除王莽苛政，复汉官名。吏人喜悦，争持牛酒迎劳。

【注 释】

① 颍阳：县名，在今河南登封西南。② 父城：县名，在今河南登封西南。③ 自伐：自我夸耀。④ 三辅：指长安近畿。西汉以京兆、左扶风、右冯翊为三辅。⑤ 旧章：指西汉的章程。⑥ 帻：头巾。诸于：女人

所穿的一种宽松外衣。䙓：女子所穿的一种裸露半臂的短衣。⑦ 属心：心有所属，即有归附之心。⑧ 部县：属县。⑨ 平：指平反冤案。

进至邯郸，故赵缪王子林说光武曰[①]："赤眉今在河东，但决水灌之，百万之众可使为鱼。"光武不答，去之真定[②]。林于是乃诈以卜者王郎为成帝子子舆，十二月，立郎为天子，都邯郸，遂遣使者降下郡国。

二年正月，光武以王郎新盛，乃北徇蓟[③]。王郎移檄购光武十万户，而故广阳王子刘接起兵蓟中以应郎，城内扰乱，转相惊恐，言邯郸使者方到，二千石以下皆出迎。于是光武趣驾南辕[④]，晨夜不敢入城邑，舍食道傍。至饶阳[⑤]，官属皆乏食。光武乃自称邯郸使者，入传舍[⑥]。传吏方进食，从者饥，争夺之。传吏疑其伪，乃椎鼓数十通，绐言邯郸将军至[⑦]，官属皆失色。光武升车欲驰，既而惧不免，徐还坐，曰："请邯郸将军入。"久乃驾去。传中人遥语门者闭之，门长曰："天下讵可知，而闭长者乎？"遂得南出。晨夜兼行，蒙犯霜雪，天时寒，面皆破裂。至呼沱河，无船，适遇冰合，得过，未毕数车而陷。进至下博城西，遑惑不知所之。有白衣老父在道旁，指曰："努力！信都郡为长安守[⑧]，去此八十里。"光武即驰赴之，信都太守任光开门出迎。世祖因发旁县，得四千人，先击堂阳、贳县[⑨]，皆降之。王莽和成卒正邳彤亦举郡降[⑩]。又昌城人刘植，宋子人耿纯，各率宗亲子弟，据其县邑，以奉光武。于是北降下曲阳，众稍合，乐附者至有数万人。

复北击中山，拔卢奴。所过发奔命兵[⑪]，移檄边部，共击邯郸，郡县还复响应。南击新市、真定、元氏、防子，皆下之，因入赵界。

时王郎大将李育屯柏人[⑫]，汉兵不知而进，前部偏将朱浮、邓禹为育所破，亡失辎重。光武在后闻之，收浮、禹散卒，与育战于郭门，大破之，尽得其所获。育还保城，攻之不下，于是引兵拔广阿。会上谷太守耿况、渔阳太守彭宠各遣其将吴汉、寇恂等将突骑来助击王郎，更始亦遣尚书仆射谢躬讨郎，光武因大飨士卒，遂东围巨鹿，王郎守将王饶坚守，月余不下。郎遣将倪宏、刘奉率数万人救巨鹿，光武逆战于南䜌[⑬]，斩首数千级。四月，进围邯郸，连战破之。五月甲辰，拔其城，诛王郎。收文书，得吏人与郎交关谤毁者数千章。光武不省，会诸将军烧之，曰："令反侧子自安[⑭]。"

更始遣侍御史持节立光武为萧王，悉令罢兵诣行在所[15]。光武辞以河北未平，不就征。自是始贰于更始。

是时长安政乱，四方背叛，梁王刘永擅命睢阳[16]，公孙述称王巴蜀，李宪自立为淮南王，秦丰自号楚黎王，张步起琅邪，董宪起东海，延岑起汉中，田戎起夷陵，并置将帅，侵略郡县。又别号诸贼铜马、大肜、高湖、重连、铁胫、大抢、尤来、上江、青犊、五校、檀乡、五幡、五楼、富平、获索等各领部曲，众合数百万人，所在寇掠。光武将击之，先遣吴汉北发十郡兵，幽州牧苗曾不从，汉遂斩曾而发其众。秋，光武击铜马于鄡，吴汉将突骑来会清阳。贼数挑战，光武坚营自守，有出卤掠者，辄击取之，绝其粮道。积月余日，贼食尽，夜遁去，追至馆陶，大破之。受降未尽，而高湖、重连从东南来，与铜马余众合。光武复与大战于蒲阳，悉破降之，封其渠帅为列侯[17]。降者犹不自安，光武知其意，令各归营勒兵，乃自乘轻骑按行部陈。降者更相语曰："萧王推赤心置人腹中，安得不投死乎！"由是皆服。悉将降人分配诸将，众遂数十万，故关西号光武为"铜马帝"。赤眉别帅与大肜、青犊十余众在射犬[18]，光武进击，大破之，众皆散走。使吴汉、岑彭袭杀谢躬于邺。

【注 释】

① 赵缪王子林：赵缪王的儿子刘林。缪王，汉景帝七世孙，名元。② 真定：县名，今河北真定。③ 徇：巡行。蓟：县名，在今北京西南。④ 趣：急，快速。南辕：车头向南。辕，车前横木。⑤ 饶阳：县名，在今河北省中部。⑥ 传舍：客馆。⑦ 绐言：谎言，欺骗。⑧ 信都郡：今河北冀州。⑨ 堂阳：县名，治所在今河北新河西。贳县：治所在今河北新河西南。⑩ 卒正：相当于太守的官。⑪ 奔命兵：指骁勇善战的士兵。⑫ 柏人：县名，治所在今河北内丘东北。⑬ 南䜌：县名，故城在今河北邢台隆尧东北。⑭ 反侧子：指心有不安、怀有二心的人。⑮ 行在：天子临时的居所。⑯ 睢阳：县名，在今河南商丘南。⑰ 渠帅：大帅。指铜马等归顺部伍的主要首领。⑱ 射犬：在今河南沁阳东北。

青犊、赤眉贼入函谷关，攻更始。光武乃遣邓禹率六裨将引兵而西[①]，以乘更始、赤眉之乱。时更始使大司马朱鲔、舞阴王李轶等屯洛阳，光武亦令冯异守孟津以拒之[②]。

建武元年春正月，平陵人方望立前孺子刘婴为天子[③]，更始遣丞相李松击斩之。

光武北击尤来、大抢、五幡于元氏，追至右北平，连破之。又战于顺水北，乘胜轻进，反为所败。贼追急，短兵接，光武自投高岸，遇突骑王丰，下马授光武，光武抚其肩而上，顾笑谓耿弇曰："几为虏嗤。"弇频射贼，得免。士卒死者数千人，散兵归保范阳[④]。军中不见光武，或云已殁，诸将不知所为，吴汉曰："卿曹努力！王兄子在南阳[⑤]，何忧无主？"众恐惧，数日乃定。贼虽战胜，而素慑大威，客主不相知，夜遂引去。大军复进至安次[⑥]，与战，破之，斩首三千余级。贼入渔阳，乃遣吴汉率耿弇、陈俊、马武等十二将军追战于潞东及平谷，大破灭之[⑦]。……

【注 释】

① 裨将：副将。② 孟津：今河南孟津东北。③ 孺子刘婴：西汉的最后一个皇帝刘婴，即位时年仅二岁，故称。后为王莽所废。④ 范阳：县名，今北京昌平、河北涿州一带。⑤ 王兄子：指刘秀兄伯升之子。⑥ 安次：县名，今河北安次。⑦ 渔阳：郡名，治所在今北京密云西南。潞：县名，治所在今北京通州北。平谷：县名，地在潞县北。

于是诸将议上尊号，马武先进曰："天下无主，如有圣人承敝而起，虽仲尼为相，孙子为将，犹恐无能有益。反水不收[①]，后悔无及。大王虽执谦退，奈宗庙社稷何！宜且还蓟即尊位，乃议征伐，今此谁贼而驰骛击之乎？"光武惊曰："何将军出是言？可斩也！"武曰："诸将尽然。"光武使出晓之[②]，乃引军还至蓟。

夏四月，公孙述自称天子。

光武从蓟还，过范阳，命收葬吏士。至中山，诸将复上奏曰："汉遭王莽，宗庙废绝，豪杰愤怒，兆人涂炭[③]。王与伯升首举义兵，更始因其资以据帝位，而不能奉承大统。败乱纲纪，盗贼日多，群生危蹙。大王初征昆阳，王莽自溃；后拔邯郸，北州弭定；三分天下而有其二，跨州据土，带甲百万。言武力则莫之敢抗，论文德则无所与辞。臣闻帝王不可以久旷[4]，天命不可以谦拒，惟大王以社稷为计，万姓为心。”光武又不听。

行到南平棘[5]，诸将复固请之。光武曰：“寇贼未平，四面受敌，何遽欲正号位乎？诸将且出。”耿纯进曰：“天下士大夫捐亲戚，弃土壤，从大王于矢石之间者，其计固望其攀龙鳞，附凤翼，以成其所志耳。今功业即定，天人亦应，而大王留时逆众[6]，不正号位，纯恐士大夫望绝计穷，则有去归之思，无为久自苦也。大众一散，难可复合。时不可留，众不可逆。”纯言甚诚切，光武深感，曰：“吾将思之。”

行至鄗，光武先在长安时同舍生强华自关中奉赤伏符，曰“刘秀发兵捕不道，四夷云集龙斗野，四七之际火为主”[7]。群臣因复奏曰：“受命之符，人应为大，万里合信，不议同情，周之白鱼[8]，曷足比焉？今上无天子，海内淆乱，符瑞之应，昭然著闻，宜答天神，以塞群望。”光武于是命有司设坛场于鄗南千秋亭五成陌[9]。

六月己未，即皇帝位。燔燎告天，禋于六宗，望于群神[10]。其祝文曰：“皇天上帝，后土神祇，眷顾降命，属秀黎元[11]，为人父母，秀不敢当。群下百辟[12]，不谋同辞，咸曰：‘王莽篡位，秀发愤兴兵，破王寻、王邑于昆阳，诛王郎、铜马于河北，平定天下，海内蒙恩。上当天地之心，下为元元所归[13]。’谶记曰[14]：‘刘秀发兵捕不道，卯金修德为天子[15]。’秀犹固辞，至于再，至于三。群下佥曰[16]：‘皇天大命，不可稽留。’敢不敬承。”于是建元为建武，大赦天下，改鄗为高邑。

是月，赤眉立刘盆子为天子。

甲子，前将军邓禹击更始定国公王匡于安邑，大破之，斩其将刘均。

【注 释】

① 反水：覆水。反，通“翻”。② 使出晓之：使人将其意思晓谕大众。③ 兆人：众人，众民。④ 旷：空虚。⑤ 南平棘：县名，治所在今河北赵县境内。⑥ 留时：延误时机。留，拖延。⑦ 鄗：县名，今河北柏乡北。符：帝王受命的征兆。赤伏符，汉尚火德，赤为火色，伏有隐藏之意，故名。四七之际火为主：四七，二十八，自汉高祖刘邦至光武帝刘秀初起兵，共二百二十八年，故称。火为主，谓汉仍当火德复兴。⑧ 周之白鱼：

相传周武王伐纣，渡孟津时有白鱼跳入船中，长三尺，鱼身有赤色文字，上书伐纣之意。⑨ 坛场：举行祭祀、继位、盟会等大典的场所。⑩ 燔燎告天：即烧柴以告天。天高不可到达，故借助烧柴之烟以上通于天。禋于六宗：祭祀六宗。禋，祭祀名。六宗，古代尊祀的六位神。六宗的说法不一，或以为水、火、雷、风、山、泽，或以为天地四方。⑪ 属秀黎元：将刘秀交给黎民百姓。属，嘱托。⑫ 百辟：百官。辟，古代对官吏的称呼。⑬ 元元：百姓。⑭ 谶记：预言未来的文字图录。⑮ 卯金：指繁体劉字。⑯ 佥曰：皆曰。

秋七月辛未，拜前将军邓禹为大司徒。丁丑，以野王令王梁为大司空[①]。壬午，以大将军吴汉为大司马，偏将军景丹为骠骑大将军，大将军耿弇为建威大将军，偏将军盖延为虎牙大将军，偏将军朱佑为建义大将军，中坚将军杜茂为大将军。时宗室刘茂自号“厌新将军”，率众降，封为中山王。己亥，幸怀[②]。遣耿弇率强弩将军陈俊军五社津，备荥阳以东。使吴汉率朱佑及廷尉岑彭、执金吾贾复、扬化将军坚镡等十一将军围朱鲔于洛阳。……冬十月癸丑，车驾入洛阳，幸南宫却非殿，遂定都焉。

遣岑彭击荆州群贼，十一月甲午，幸怀。刘永自称天子。十二月丙戌，至自怀。赤眉杀更始，而隗嚣据陇右，卢芳起安定。破虏大将军叔寿击五校贼于曲梁[③]，战殁。

二年春正月甲子朔，日有食之。大司马吴汉率九将军击檀乡贼于邺东，大破降之。庚辰，封功臣皆为列侯，大国四县，余各有差。……壬午，更始复汉将军邓晔、辅汉将军于匡降，皆复爵位。壬子，起高庙，建社稷于洛阳，立郊兆于城南，始正火德，色尚赤[④]。是月，赤眉焚西京宫室，发掘园陵，寇掠关中。大司徒邓禹入长安，遣府掾奉十一帝神主[⑤]，纳于高庙。真定王杨、临邑侯让谋反，遣前将军耿纯诛之。

二月己酉，幸修武[⑥]。大司空王梁免。壬子，以太中大夫宋弘为大司空。遣骠骑大将军景丹率征虏将军祭遵等二将军击弘农贼，破之，因遣祭遵围蛮中贼张满。渔阳太守彭宠反，攻幽州牧朱浮于蓟。延岑自称武安王于汉中。辛卯，至自修武。三月乙未，大赦天下，诏曰：“顷狱多冤人，用刑深刻[⑦]，朕甚愍之。孔子云：‘刑罚不中，则民无所措手足[⑧]。’其与中二千石、诸大夫、博士、议郎议省刑法。”遣执金吾贾复率二将军击更始郾王尹遵，破降之。骁骑将军刘植击密贼，战殁。遣虎牙大将军盖延率四将军伐刘永。

夏四月，围永于睢阳。更始将苏茂杀淮阳太守潘蹇而附刘永。甲午，封叔父良为广阳王，兄子章为太原王，章弟兴为鲁王，春陵侯嫡子祉为城阳王。五月庚辰，封更始元氏王歙为泗水王，故真定王杨子得为真定王，周后姬常为周承休公。癸未，诏曰：“民有嫁妻卖子欲归父母者，恣听之⑨。敢拘执，论如律。”六月戊戌，立贵人郭氏为皇后，子强为皇太子，大赦天下。增郎、谒者、从官秩各一等。丙午，封宗子刘终为淄川王。……

冬十一月，以廷尉岑彭为征南大将军，率八将军讨邓奉于堵乡⑩。铜马、青犊、尤来余贼共立孙登为天子于上郡，登将乐玄杀登，以其众五万余人降。遣偏将军冯异代邓禹伐赤眉。使太中大夫伏隆持节安辑青、徐二州⑪，招张步降之。

十二月戊午，诏曰：“惟宗室列侯为王莽所废，先灵无所依归，朕甚愍之，其并复故国。若侯身已殁，属所上其子孙见名⑫，尚书封拜。”是岁，盖延等大破刘永于沛西。初，王莽末，天下旱蝗，黄金一斤易粟一斛，至是野谷旅生⑬，麻菽尤盛，野蚕成茧，被于山阜，人收其利焉。

【注 释】

① 野王：县名，今河南沁阳。② 怀：县名，治所在今河南武涉西南。③ 曲梁：县名，在今山西潞城。④ 兆：设于四郊的祭坛。始正火德，色尚赤：西汉以土德王，色尚黄，至此始明火德，色尚赤，服饰于是乃正。⑤ 十一帝神主：指汉高祖至平帝之神主。⑥ 修武：县名，今河南获嘉。⑦ 深刻：严峻苛刻。⑧ “刑罚不中”二句：语出《论语·子路》。措手足，谓无法安放手足。⑨ 嫁妻卖子欲归父母者：谓嫁出的女儿及卖出的子女想回到他们父母身边的人。⑩ 堵乡：县名，今河南方城。⑪ 安辑：安抚。⑫ 属所：谓所属之郡县。⑬ 旅生：不播种而生长。

三年春正月甲子，以偏将军冯异为征西大将军，杜茂为骠骑大将军。大司徒邓禹及冯异与赤眉战于回溪①，禹、异败绩。征虏将军祭遵破蛮中，斩张满。辛巳，立皇考南顿君已上四庙。壬午，大赦天下。闰月乙巳，大司徒邓禹免。冯异与赤眉战于崤底[②]，大破之，余众南向宜阳，帝自将征之。己亥，幸宜阳。甲辰，亲勒六军，大陈戎马，大司马吴汉精卒当前，中军次之，骁骑、武卫分陈左右。赤眉望见震怖，遣使乞降。丙午，赤眉君臣面缚，奉高皇帝玺绶，诏以属城门校尉。戊申，至自宜阳。……

秋七月，征南大将军岑彭率三将军伐秦丰，战于黎丘，大破之，获其将蔡宏。庚辰，诏曰："吏不满六百石，下至墨绶长、相，有罪先请[③]。男子八十以上，十岁以下，及妇人从坐者，自非不道，诏所名捕[④]，皆不得系。当验问者即就验，女徒雇山归家[⑤]。"

盖延拔睢阳，获刘永，而苏茂、周建立永子纡为梁王。

冬十月壬申，幸舂陵，祠园庙，因置酒旧宅，大会故人父老。十一月乙未，至自舂陵。涿郡太守张丰反[⑥]。

是岁，李宪自称天子。西州大将军隗嚣奉奏。建义大将军朱佑率祭遵与延岑战于东阳，斩其将张成。

四年春正月甲申，大赦天下。二月壬子，幸怀。壬申，至自怀。遣右将军邓禹率二将军与延岑战于武当，破之。夏四月丁巳，幸邺。己巳，进幸临平[⑦]。……六月辛亥，车驾还宫。七月丁亥，幸谯。遣捕虏将军马武、偏将军王霸围刘纡于垂惠[⑧]。董宪将贲休以兰陵城降，宪围之。虎牙大将军盖延率平狄将军庞萌救贲休，不克，兰陵为宪所陷。秋八月戊午，进幸寿春。太中大夫徐恽擅杀临淮太守刘度，恽坐诛。遣扬武将军马成率三将军伐李宪。九月，围宪于舒[⑨]。冬十月甲寅，车驾还宫。太傅卓茂薨。十一月丙申，幸宛。遣建义大将军朱佑率二将军围秦丰于黎丘。十二月丙寅，进幸黎丘。是岁，征西大将军冯异与公孙述将程焉战于陈仓，破之[⑩]。

五年春正月癸巳，车驾还宫。二月丙午，大赦天下。捕虏将军马武、偏将军王霸拔垂惠。乙丑，幸魏郡。壬申，封殷后孔安为殷绍嘉公。彭宠为其苍头所杀[⑪]，渔阳平。大司马吴汉率建威大将军耿弇击富平、获索贼于平原[⑫]，大破降之。复遣耿弇率二将军讨张步。三月癸未，徙广阳王良为赵王，始就国。平狄将军庞萌反，杀楚郡太守孙萌而东附董宪。遣征南大将军岑彭率二将军伐田戎于津乡，大破之。夏四月，旱，蝗。河西大将军窦融始遣使贡献。五月丙子，诏曰："久旱伤麦，秋种未下，朕甚忧之。将残吏未胜，狱多冤结，元元愁恨，感动天气乎？其令中都官、三辅、郡国出系囚，罪非犯殊死，一切勿案，见徒免为庶人[13]。务进柔良，退贪酷，各正厥事焉。"

六月，建义大将军朱佑拔黎丘，获秦丰。而庞萌、苏茂围桃城[14]。帝时幸蒙[15]，因自将征之。先理兵任城，乃进救桃城，大破萌等。秋七月丁丑，幸沛，祠高原庙[16]。诏修复西京园陵。进幸湖陵，征董宪。又幸蕃，遂攻董宪于昌虑，大破之[17]。八月己酉，进幸郯，留吴汉攻刘纡、董宪等，车驾转徇彭城、下邳。吴汉拔郯，获刘纡，汉进围董宪、庞萌于朐。冬十月，还幸鲁，使大司空祠孔子。耿弇等与张步战于临淄，大破之。帝幸临淄，进幸剧[18]。张步斩苏茂以降，齐地平。初起太学，车驾还宫，幸太学，赐博士弟子各有差。十一月壬寅，大司徒伏湛免，尚书令侯霸为大司徒。十二月，卢芳自称天子于九原[19]。西州大将军隗嚣遣子恂入侍。交阯牧邓让率七郡太守遣使奉贡。诏复济阳二年傜役。

是岁，野谷渐少，田亩益广焉。

【注 释】

① 回溪：溪名，在今宁夏永宁。② 崤底：即崤坂，在今河南洛阳洛宁东北。③ 有罪先请：即先请奏再论罪。④ 诏所名捕：诏书上指名逮捕。⑤ 验问：审查，查办。女徒雇山归家：汉制，女子犯罪，每月出钱雇人于山伐木，可抵罪还家。雇山，雇人于山伐木。⑥ 涿郡：治所在今河北涿州。⑦ 临平：县名，治所在今河北东鹿北。⑧ 垂惠：村落名，地在今安徽寿县。⑨ 舒：今安徽舒城。⑩ 陈仓：县名，在今陕西宝鸡东。⑪ 苍头：秦汉时对家奴的称呼。⑫ 平原：今山东陵县。⑬ 殊死：即斩刑。勿案：不再追查。见：即"现"。⑭ 桃城：村落名，在今山东任城北。⑮ 蒙：县名，在今河南商丘北。⑯ 高原庙：重建的汉高祖神庙。⑰ 蕃：县名，今山东滕州。昌虑：县名，地在今山东东南。⑱ 剧：县名，今山东寿光。⑲ 九原：县名，在今内蒙古包头西。

六年春正月丙辰，改舂陵乡为章陵县，世世复傜役，比丰、沛，无有所豫。辛酉，诏曰："往岁水旱蝗虫为灾，谷价腾跃，人用困乏。朕惟百姓无以自赡，恻然愍之。其命郡国有谷者，给禀，高年鳏寡孤独及笃癃无家属①，贫不能自存者，如律。二千石勉加循抚，无令失职。"扬武将军马成等拔舒，获李宪。二月，大司马吴汉拔朐，获董宪、庞萌，山东悉平。诸将还京师，置酒赏赐。三月，公孙述遣将任满寇南郡。

夏四月丙子，幸长安，始谒高庙，遂有事十一陵。遣虎牙大将军盖延等七将军从陇道伐公孙述。五月己未，至自长安。隗嚣反，盖延等因与嚣战于陇阺，诸将败绩。辛丑，诏曰："惟天水、陇西、安定、北地吏人为隗嚣所诖误者，又三辅遭难赤眉，有犯法不道者，自殊死以下，皆赦除之。"六月辛卯，诏曰："夫张官置吏，所以为人也。今百姓遭难，户口耗少，而县官吏职所置尚繁，其令司隶、州牧各实所部②，省减吏员。县国不足置长吏可并合者，上大司徒、大司空二府。"于是条奏并省四百余县，吏职减损，十置其一。代郡太守刘兴击卢芳将贾览于高柳，战殁。

初，乐浪人王调据郡不服。秋，遣乐浪太守王遵击之，郡吏杀调降。遣前将军李通率二将军，与公孙述将战于西城，破之。夏，蝗。秋九月庚子，赦乐浪谋反大逆殊死已下。丙寅晦，日有食之。

冬十月丁丑，诏曰："吾德薄不明，寇贼为害，强弱相陵，元元失所。《诗》云：'日月告凶，不用其行③。'永念厥咎，内疚于心。其敕公卿举贤良、方正各一人。百僚并上封事，无有隐讳④。有司修职，务遵法度。"十一月丁卯，诏王莽时吏人没入为奴婢不应旧法者，皆免为庶人。十二月壬辰，大司空宋弘免。癸巳，诏曰："顷者师旅未解，用度不足，故行什一之税。今军士屯田，粮储差积。其令郡国收见田租三十税一，如旧制。"隗嚣遣将行巡寇扶风，征西大将军冯异拒破之。

是岁，初罢郡国都尉官。始遣列侯就国。匈奴遣使来献，使中郎将报命。

七年春正月丙申，诏中都官、三辅、郡国出系囚，非犯殊死，皆一切勿案其罪，见徒免为庶人。耐罪亡命，吏以文除之⑤。又诏曰："世以厚葬为德，薄终为鄙，至于富者奢僭，贫者单财，法令不能禁，礼义不能止，仓卒乃知其咎。其布告天下，令知忠臣、孝子、慈兄、悌弟薄葬送终之义。"二月辛巳，罢护漕都尉官。三月丁酉，诏曰："今国有众军，并多精勇，宜且罢轻车、骑士、材官、楼船士及军假吏，令还复民伍。”公孙述立隗嚣为朔宁王。……五月戊戌，前将军李通为大司空。甲寅，诏吏人遭饥乱及为青、徐贼所略为奴婢、下妻，欲去留者，恣听之。敢拘制不还，以卖人法从事。……

八年春正月，中郎将来歙袭略阳，杀隗嚣守将而据其城。夏四月，司隶校尉傅抗下狱死。隗嚣攻来歙，不能下。闰月，帝自征嚣，河西太守窦融率五郡太守与车驾会高平⑥。

陇右溃，隗嚣奔西城，遣大司马吴汉、征南大将军岑彭围之。进幸上邽⑦，不降，命虎牙大将军盖延、建威大将军耿弇攻之。颍川盗贼寇没属县，河东守守兵亦叛，京师骚动。秋，大水。八月，帝自上邽晨夜东驰。九月乙卯，车驾还宫。庚申，帝自征颍川盗贼，皆降。安丘侯张步叛归琅邪，琅邪太守陈俊讨获之。戊寅，至自颍川。冬十月丙午，幸怀。十一月乙丑，至自怀。公孙述遣兵救隗嚣，吴汉、盖延等还军长安，天水、陇西复反归嚣。十二月，高句丽王遣使奉贡。

是岁大水。

九年春正月，隗嚣病死，其将王元、周宗复立嚣子纯为王。……

十年春正月，大司马吴汉率捕虏将军王霸等五将军击贾览于高柳，匈奴遣骑救览，诸将与战，却之。修理长安高庙。夏，征西大将军冯异破公孙述将赵匡于天水，斩之。征西大将军冯异薨。秋八月己亥，幸长安，祠高庙，遂有事十一陵。戊戌，进幸汧⑧。隗嚣将高峻降。冬十月，中郎将来歙等大破隗纯于落门，其将王元奔蜀，纯与周宗降，陇右平。先零羌寇金城、陇西，来歙率诸将击羌于五溪，大破之。庚寅，车驾还宫。

是岁，省定襄郡，徙其民于西河。泗水王歙薨。淄川王终薨。

【注 释】

① 笃癃：困于疾病。② 各实：各自核实。③ 日月告凶，不用其行：见《诗经·大雅·十月之交》。告凶，告示凶兆。④ 封事：密封的奏章。⑤ 耐罪亡命：谓犯轻罪而逃亡。耐罪，轻罪。⑥ 高平：县名，今宁夏固原。⑦ 上邽：县名，今甘肃天水。⑧ 汧：县名，治所在今陕西陇县南。

十一年春二月己卯，诏曰："天地之性人为贵，其杀奴婢，不得减罪。"三月己酉，幸南阳。还，幸章陵[①]，祠园陵。城阳王祉薨。庚午，车驾还宫。闰月，征南大将军岑彭率三将军与公孙述将田戎、任满战于荆门，大破之，获任满。威虏将军冯骏围田戎于江州，岑彭遂率舟师伐公孙述，平巴郡。夏四月丁卯，省大司徒司直官。先零羌寇临洮。六月，中郎将来歙率扬武将军马成破公孙述将王元、环安于下辩。安遣间人刺杀中郎将来歙。帝自将征公孙述，秋七月，次长安。八月，岑彭破公孙述将侯丹于黄石。辅威将军臧宫与公孙述将延岑战于沈水[②]，大破之，王元降。至自长安。癸亥，诏曰："敢炙灼奴婢[③]，论如律，免所炙灼者为庶人。"冬十月壬午，诏除奴婢射伤人弃市律。公孙述遣间人刺杀征南大将军岑彭。马成平武都，因陇西太守马援击破先零羌，徙致天水、陇西、扶风。十二月，大司马吴汉率舟师伐公孙述。……

十二年春正月，大司马吴汉与公孙述将史兴战于武阳，斩之。三月癸酉，诏陇、蜀民被略为奴婢自讼者，及狱官未报，一切免为庶人[④]。夏，甘露降南行唐。六月，黄龙见东阿。秋七月，威虏将军冯骏拔江州，获田戎。九月，吴汉大破公孙述将谢丰于广都，斩之。辅威将军臧宫拔涪城，斩公孙恢。大司空李通罢。冬十一月戊寅，吴汉、臧宫与公孙述战于成都，大破之。述被创，夜死。辛巳，吴汉屠成都，夷述宗族及延岑等。十二月辛卯，扬武将军马成行大司空事。

是岁，九真徼外蛮夷张游率种人内属，封为归汉里君[⑤]。省金城郡属陇西。参狼羌寇武都，陇西太守马援讨降之。诏边吏力不足战则守，追虏料敌不拘以逗留法。横野大将军王常薨。遣骠骑大将军杜茂将众郡施刑屯北边，筑亭候，修烽燧[⑥]。

十三年春正月庚申，大司徒侯霸薨。戊子，诏曰："往年已敕郡国，异味不得有所献御，今犹未止，非徒有豫养导择之劳[⑦]，至乃烦扰道上，疲费过所。其令太官勿复受。明敕下以远方口实所以荐宗庙，自如旧制。"二月，遣捕虏将军马武屯呼沱河以备匈奴。卢芳自五原亡入匈奴。丙辰，诏曰："长沙王兴、真定王得、河间王邵、中山王茂，皆袭爵为王，不应经义[⑧]。其以兴为临湘侯，得为真定侯，邵为乐成侯，茂为单父侯。"其宗室及绝国封侯者凡一百三十七人。丁巳，降赵王良为赵公，太原王章为齐公，鲁王兴为鲁公。庚午，以殷绍嘉公孔安为宋公，周承休公姬武为卫公。省并西京十三国：广平属巨鹿，真定属常山，河间属信都，城阳属琅邪，泗水属广陵，淄川属高密，胶东属北海，六安属庐江，广阳属上谷。三月辛未，沛郡太守韩歆为大司徒。丙子，行大司空马成罢。夏四月，大司马吴汉自蜀还京师，于是大飨将士，班劳策勋[9]。功臣增邑更封，凡三百六十五人，其外戚恩泽封者四十五人。罢左右将军官。建威大将军耿弇罢。益州传送公孙述瞽师、郊庙乐器、葆车、舆辇，于是法物始备[10]。时兵革既息，天下少事，文书调役[11]，务从简寡，至乃十存一焉。甲寅，冀州牧窦融为大司空。五月，匈奴寇河东。秋七月，广汉徼外白马羌豪率种人内属。九月，日南徼外蛮夷献白雉、白兔。冬十二月甲寅，诏益州民自八年以来被略为奴婢者，皆一切免为庶人，或依托为人下妻，欲去者，恣听之，敢拘留者，比青、徐二州以略人法从事。复置金城郡。

十四年春正月，起南宫前殿。匈奴遣使奉献，使中郎将报命。夏四月辛巳，封孔子后志为成侯。越巂人任贵自称太守，遣使奉计。秋九月，平城人贾丹杀卢芳将尹由来降。是岁，会稽大疫。莎车国、鄯善国遣使奉献。十二月癸卯，诏益、凉二州奴婢，自八年以来自讼在所官，一切免为庶人，卖者无还直[12]。

【注 释】

① 章陵：即舂陵，东汉改为章陵，在今湖北枣阳南。② 沈水：河流名，在今四川省。③ 炙灼：烧灼。④ 自讼：自行申诉。狱官未报：未经狱官判决的犯人。⑤ 九真：在今越南清化一带。徼外：境外。内属：归附朝廷为属地。⑥ 施刑：除去刑具赭衣之囚徒。亭候：伺敌瞭望之堡垒。烽燧：烽火。⑦ 豫养：预先饲养。导择：选择。⑧ 不应经义：不符合经书所规定的义理。⑨ 班：同“颁”，颁布。⑩ 法物：指车驾、卤簿等。⑪ 调役：发役，征发徭役。⑫ 直：通“值”，指卖身钱。

十五年春正月辛丑，大司徒韩歆免，自杀。丁未，有星孛于昴。汝南太守欧阳歙为大司徒。建义大将军朱佑罢。丁未，有星孛于营室。二月，徙雁门、代郡、上谷三郡民，置常山关、居庸关以东。

初，巴蜀既平，大司马吴汉上书请封皇子，不许，重奏连岁。三月，乃诏群臣议。大司空融、固始侯通、胶东侯复、高密侯禹、太常登等奏议曰[①]：……夏四月戊申，以太牢告祠宗庙。丁巳，使大司空融告庙，封皇子辅为右翊公，英为楚公，阳为东海公，康为济南公，苍为东平公，延为淮阳公，荆为山阳公，衡为临淮公，焉为左翊公，京为琅邪公。癸丑，追谥兄伯升为齐武公，兄仲为鲁哀公。六月庚午，复置屯骑、长水、射声三校尉官，改青巾左校尉为越骑校尉。诏下州郡检核垦田顷亩及户口年纪，又考实二千石长吏阿枉不平者。冬十一月甲戌，大司徒欧阳歙下狱死。十二月庚午，关内侯戴涉为大司徒。卢芳自匈奴入居高柳。

是岁，骠骑大将军杜茂免，虎牙大将军盖延薨。

十六年春二月，交阯女子征侧反，略有城邑。三月辛丑晦，日有蚀之。秋九月，河南尹张伋及诸郡守十余人，坐度田不实[②]，皆下狱死。郡国大姓及兵长、群盗处处并起[③]，攻劫在所，害杀长吏。郡县追讨，到则解散，去复屯结。青、徐、幽、冀四州尤甚。冬十月，遣使者下郡国，听群盗自相纠擿，五人共斩一人者，除其罪。吏虽逗留回避故纵者，皆勿问，听以禽讨为效。其牧守令长坐界内盗贼而不收捕者，又以畏愞捐城委守者，皆不以为负，但取获贼多少为殿最，唯蔽匿者乃罪之。于是更相追捕，贼并解散。徙其魁帅于它郡，赋田受禀，使安生业[④]。自是牛马放牧，邑门不闭。卢芳遣使乞降。十二月甲辰，封芳为代王。

初，王莽乱后，货币杂用布、帛、金、粟。是岁，始行五铢钱。

十七年春正月，赵公良薨。二月乙未晦，日有食之。……秋七月，妖巫李广等群起据皖城[⑤]，遣虎贲中郎将马援、骠骑将军段志讨之。九月，破皖城，斩李广等。冬十月辛巳，废皇后郭氏为中山太后，立贵人阴氏为皇后。进右翊公辅为中山王，食常山郡。其余九国公，皆即旧封进爵为王。甲申，幸章陵。修园庙，祠旧宅，观田庐，置酒作乐，赏赐。时宗室诸母因酣悦，相与语曰："文叔少时谨信，与人不款曲，唯直柔耳[⑥]。今乃能如此！"帝闻之，大笑曰："吾理天下，亦欲以柔道行之。"乃悉为舂陵宗室起祠堂。有五凤皇见于颍川之郏县[⑦]。十二月，至自章陵。

是岁，莎车国遣使贡献。

十八年春二月，蜀郡守将史歆叛，遣大司马吴汉率二将军讨之，围成都。甲寅，西巡狩，幸长安。三月壬午，祠高庙，遂有事十一陵。历冯翊界，进幸蒲坂⑧，祠后土。夏四月癸酉，车驾还宫。甲戌，诏曰："今边郡盗谷五十斛，罪至于死，开残吏妄杀之路，其蠲除此法，同之内郡。"遣伏波将军马援率楼船将军段志等击交阯贼征侧等。甲申，幸河内。戊子，至自河内。五月，旱。卢芳复亡入匈奴。秋七月，吴汉拔成都，斩史歆等。壬戌，赦益州所部殊死已下。冬十月庚辰，幸宜城⑨。还，祠章陵。十二月乙丑，车驾还宫。

是岁，罢州牧，置刺史。

十九年春正月庚子，追尊孝宣皇帝曰中宗，始祠昭帝、元帝于太庙，成帝、哀帝、平帝于长安，舂陵节侯以下四世于章陵。妖巫单臣、傅镇等反，据原武⑩，遣太中大夫臧宫围之。夏四月，拔原武，斩臣、镇等。伏波将军马援破交阯，斩征侧等。因击破九真贼都阳等，降之。闰月戊申，进赵、齐、鲁三国公爵为王。六月戊申，诏曰："《春秋》之义，立子以贵。东海王阳，皇后之子，宜承大统。皇太子强，崇执谦退，愿备藩国。父子之情，重久违之。其以强为东海王，立阳为皇太子，改名庄。"秋九月，南巡狩。壬申，幸南阳。进幸汝南南顿县舍，置酒会，赐吏人，复南顿田租岁。父老前叩头言："皇考居此日久，陛下识知寺舍⑪，每来辄加厚恩，愿赐复十年。"帝曰："天下重器⑫，常恐不任，日复一日，安敢远期十岁乎?"吏人又言："陛下实惜之，何言谦也?"帝大笑，复增一岁。……

是岁，复置函谷关都尉，修西京宫室。

二十年春二月戊子，车驾还宫。夏四月庚辰，大司徒戴涉下狱死。大司空窦融免。五月辛亥，大司马吴汉薨。匈奴寇上党、天水，遂至扶风。……秋，东夷韩国人率众诣乐浪内附。冬十月，东巡狩。甲午，幸鲁，进幸东海、楚、沛国。十二月，匈奴寇天水。壬寅，车驾还宫。

是岁，省五原郡，徙其吏人置河东。复济阳县徭役六岁。

二十一年春正月，武威将军刘尚破益州夷，平之。夏四月，安定属国胡叛，屯聚青山⑬，遣将兵长史陈欣讨平之。秋，鲜卑寇辽东，辽东太守祭肜大破之。冬十月，遣伏波将军马援出塞击乌桓，不克。匈奴寇上谷、中山。其冬，鄯善王、车师王等十六国皆遣子入侍奉献，愿请都护。帝以中国初定，未遑外事，乃还其侍子，厚加赏赐。

二十二年春闰月丙戌，幸长安，祠高庙，遂有事十一陵。二月己巳，至自长安。夏五月乙未晦，日有食之。秋七月，司隶校尉苏邺下狱死。九月戊辰，地震裂。制诏曰："日者地震，南阳尤甚。夫地者，任物至重⑭，静而不动者也。而今震裂，咎在君上。鬼神不顺无德，殃将及吏人，朕甚惧焉。其令南阳勿输今年田租刍稾⑮。遣谒者案行，其死罪系囚在戊辰以前，减死罪一等，徒皆弛解钳，衣丝絮。赐郡中居人压死者棺钱，人三千。其口赋逋税而庐宅尤破坏者，勿收责⑯。吏人死亡，或在坏垣毁屋之下，而家羸弱不能收拾者，其以见钱谷取佣⑰，为寻求之。"冬十月壬子，大司空朱浮免。癸丑，光禄勋杜林为大司空。

是岁，齐王章薨，青州蝗。匈奴薁鞬日逐王比遣使诣渔阳请和亲，使中郎将李茂报命。乌桓击破匈奴，匈奴北徙，幕南地空。诏罢诸边郡亭候吏卒。

【注 释】

① 奏议：向帝王所上的议论是非的奏章。② 度田：丈量田亩。③ 兵长：军人的首领，指私人武装。④ 生业：谋生之业，指农业。⑤ 皖城：今安徽潜山。⑥ 款曲：殷勤应酬。直柔：坦率而温和。⑦ 郏县：今河南郏县。⑧ 蒲坂：县名，治所在今山西永济西。⑨ 宜城：县名，今河北宜城。⑩ 原武：县名，今河南原阳。⑪ 寺舍：官府所留居之处的房舍。刘秀曾从其父至南顿，故父老乃云其识知寺舍。⑫ 重器：象征国家政权的宝器，此指政权。⑬ 青山：在今甘肃庆阳。⑭ 任物：载物。任，承载。⑮ 刍稾：喂牲口的干草。⑯ 逋税：所欠的田税。责：通"债"。⑰ 见钱：即现钱。见，通"现"。

二十三年春正月，南郡蛮叛，遣武威将军刘尚讨破之，徙其种人于江夏。……十二月，武陵蛮叛，寇掠郡县，遣刘尚讨之，战于沅水，尚军败殁。

是岁，匈奴薁鞬日逐王比率部曲遣使诣西河内附。

二十四年春正月乙亥，大赦天下。匈奴薁鞬日逐王比遣使款五原塞，求扞御北虏。秋七月，武陵蛮寇临沅，遣谒者李嵩、中山太守马成讨蛮，不克。于是伏波将军马援率四将军讨之。诏有司申明旧制阿附蕃王法。冬十月，匈奴薁鞬日逐王比自立为南单于，于是分为南、北匈奴。

二十五年春正月，辽东徼外貊人寇右北平、渔阳、上谷、太原[1]，辽东太守祭肜招降之。乌桓大人来朝。南单于遣使诣阙贡献，奉蕃称臣，又遣其左贤王击破北匈奴，却地千余里。三月，南单于遣子入侍。戊申晦，日有食之。伏波将军马援等破武陵蛮于临沅。冬十月，叛蛮悉降。夫馀王遣使奉献。是岁，乌桓大人率众内属，诣阙朝贡。

二十六年春正月，诏有司增百官奉。其千石已上，减于西京旧制，六百石已下，增于旧秩。初作寿陵[2]。将作大匠窦融上言园陵广袤，无虑所用。帝曰："古者帝王之葬，皆陶人瓦器，木车茅马，使后世之人不知其处。太宗识终始之义，景帝能述遵孝道，遭天下反复，而霸陵独完受其福[3]，岂不美哉！今所制地不过二三顷，无为山陵，陂池裁令流水而已。"遣中郎将段郴授南单于玺绶，令入居云中，始置使匈奴中郎将，将兵卫护之。南单于遣子入侍，奉奏诣阙。于是云中、五原、朔方、北地、定襄、雁门、上谷、代八郡民归于本土。遣谒者分将施刑补理城郭。发遣边民在中国者，布还诸县，皆赐以装钱[4]，转输给食。

二十七年夏四月戊午，大司徒玉况薨。五月丁丑，诏曰："昔契作司徒，禹作司空，皆无'大'名，其令二府去'大'。"又改大司马为太尉。骠骑大将军行大司马刘隆即日罢，以太仆赵憙为太尉，大司农冯勤为司徒。益州郡徼外蛮夷率种人内属。北匈奴遣使诣武威乞和亲[5]。冬，鲁王兴、齐王石始就国。……

二十九年春二月丁巳朔，日有食之。遣使者举冤狱，出系囚。庚申，赐天下男子爵，人二级。鳏、寡、孤、独、笃癃、贫不能自存者粟[6]，人五斛。夏四月乙丑，诏令天下系囚自殊死已下及徒各减本罪一等，其余赎罪输作各有差[7]。

三十年春正月，鲜卑大人内属，朝贺。二月，东巡狩。甲子，幸鲁，进幸济南。闰月癸丑，车驾还宫。有星孛于紫宫。夏四月戊子，徙左翊王焉为中山王。五月，大水。赐天下男子爵，人二级。鳏、寡、孤、独、笃癃、贫不能自存者粟，人五斛。秋七月丁酉，幸鲁国。复济阳县是年徭役。冬十一月丁酉，至自鲁。

三十一年夏五月，大水。戊辰，赐天下男子爵，人二级。鳏、寡、孤、独、笃癃、贫不能自存者粟，人六斛。癸酉晦，日有食之。是夏，蝗。秋九月甲辰，诏令死罪系囚皆一切募下蚕室，其女子宫。

是岁，陈留雨谷，形如稗实⑧。北匈奴遣使奉献。

中元元年春正月，东海王强、沛王辅、楚王英、济南王康、淮阳王延、赵王盱皆来朝。丁卯，东巡狩。二月己卯，幸鲁。进幸太山。北海王兴、齐王石朝于东岳。辛卯，柴望岱宗，登封太山。甲午，禅于梁父⑨。三月戊辰，司空张纯薨。夏四月癸酉，车驾还宫。己卯，大赦天下。复嬴、博、梁父、奉高，勿出今年田租刍稾。改年为中元。行幸长安。戊子，祀长陵⑩。

五月乙丑，至自长安。六月辛卯，太仆冯鲂为司空。乙未，司徒冯勤薨。是夏，京师醴泉涌出，饮之者固疾皆愈，惟眇、蹇者不瘳⑪。又有赤草生于水崖。郡国频上甘露。群臣奏言："地祇灵应而朱草萌生。孝宣帝每有嘉瑞，辄以改元，神爵、五凤、甘露、黄龙，列为年纪⑫，盖以感致神祇，表彰德信。是以化致升平，称为中兴⑬。今天下清宁，灵物仍降⑭。陛下情存损挹⑮，推而不居，岂可使祥符显庆，没而无闻？宜令太史撰集，以传来世。"帝不纳。常自谦无德，每郡国所上，辄抑而不当，故史官罕得记焉。……

是岁，初起明堂、灵台、辟雍，及北郊兆域⑯。宣布图谶于天下。复济阳、南顿是年傜役。参狼羌寇武都，败郡兵，陇西太守刘盱遣军救之，及武都郡兵讨叛羌，皆破之。

【注 释】

① 貊人：古代少数民族，居洮儿河及嫩江交汇处，以捕鱼为生，后在吉林西团山建扶馀国。② 寿陵：帝王生时所作之陵，初未有名，故号寿陵，取长久之意。③ 霸陵：汉文帝陵墓。④ 装钱：指行装费用。⑤ 武威：郡名，地在今甘肃中部。⑥ 笃癃：重病，困于疾病。⑦ 输作：犯罪后罚作劳役。⑧ 稗实：稗草所结之籽。稗，一种形似稻的杂草。⑨ 禅于梁父：在梁父祭地神。梁父，泰山下的小山。⑩ 长陵：汉高祖刘邦的陵墓。⑪ 醴泉：甘甜的泉水。眇：一目失明。蹇：跛足。⑫ 年纪：祥瑞之年的纪录。⑬ 中兴：指国家由衰退而复兴。⑭ 仍降：频降。⑮ 损挹：谦退。⑯ 明堂：古代帝王宣明政教之处，凡朝会、祭祀、庆赏、选士、养老、教学

等大典，皆在此举行。灵台：古时帝王观察天文星象、妖祥灾异的建筑。辟雍：本为西周天子所设大学，为举行乡饮、大射或祭祀之礼的地方。兆域：地坛。

二年春正月辛未，初立北郊，祀后土。东夷倭奴国王遣使奉献。

二月戊戌，帝崩于南宫前殿，年六十二。遗诏曰："朕无益百姓，皆如孝文皇帝制度[①]，务从约省。刺史、二千石长吏皆无离城郭，无遣吏及因邮奏[②]。"

初，帝在兵间久，厌武事，且知天下疲耗，思乐息肩[③]。自陇、蜀平后，非儆急[④]，未尝复言军旅。皇太子尝问攻战之事，帝曰："昔灵公问陈[⑤]，孔子不对，此非尔所及。"每旦视朝，日仄乃罢[⑥]。数引公卿、郎、将讲论经理，夜分乃寐。皇太子见帝勤劳不怠，承间谏曰："陛下有禹汤之明，而失黄老养性之福，愿颐爱精神，优游自宁。"帝曰："我自乐此，不为疲也。"虽身济大业，兢兢如不及，故能明慎政体，总揽权纲，量时度力，举无过事[⑦]。退功臣而进文吏，戢弓矢而散马牛，虽道未方古，斯亦止戈之武焉。

论曰[⑧]：皇考南顿君初为济阳令，以建平元年十二月甲子夜生光武于县舍，有赤光照室中。钦异焉，使卜者王长占之。长辟左右曰[⑨]："此兆吉不可言。"是岁县界有嘉禾生，一茎九穗，因名光武曰秀。明年，方士有夏贺良者，上言哀帝，云汉家历运中衰[⑩]，当再受命。于是改号为太初元年，称"陈圣刘太平皇帝"，以厌胜之[⑪]。及王莽篡位，忌恶刘氏，以钱文有金刀[⑫]，故改为货泉。或以货泉字文为"白水真人"。后望气者苏伯阿为王莽使至南阳，遥望见舂陵郭，唶曰[⑬]："气佳哉，郁郁葱葱然！"及始起兵还舂陵，远望舍南，火光赫然属天[⑭]，有顷不见。初，道士西门君惠、李守等亦云刘秀当为天子。其王者受命，信有符乎[⑮]？不然，何以能乘时龙而御天哉！

赞曰：炎正中微，大盗移国。九县飙回，三精雾塞。人厌淫诈，神思反德。光武诞命，灵贶自甄。沈几先物，深略纬文。寻、邑百万，貔虎为群。长毂雷野，高锋彗云。英威既振，新都自焚。虔刘庸、代，纷纭梁、赵。三河未澄，四关重扰。神旌乃顾，递行天讨。金汤失险，车书共道。灵庆既启，人谋咸赞。明明庙谟，赳赳雄断。于赫有命，系隆我汉。

【注 释】

① 孝文皇帝制度：汉文帝死后，葬皆用瓦器，不以金银铜锡为饰，因其山，不起坟。② 邮奏：指通过邮传上奏章表示哀悼。③ 息肩：让肩头得到休息，指减除百姓负担。④ 儆急：紧急事件。⑤ 灵公问陈：《论语·卫灵公》记载说，卫灵公曾问陈于孔子，子曰："俎豆之事，则尝闻之矣；军旅之事，未之学也。"陈，通"阵"。⑥ 日仄：日斜，日过中午。⑦ 兢兢：小心谨慎。明慎：明察。政体：施政纲领。⑧ 论：正史在纪、传末尾的评论或陈述。⑨ 长辟左右：卜者王长要别人避开。⑩ 历运：天象运行所显示的朝代的气数。中衰：中途衰落。⑪ 厌胜：压制而取胜，谓去邪得吉。厌，通"压"。⑫ 金刀：指"劉"字。⑬ 喟：嗟叹。⑭ 赫然：显赫盛大貌。属天：通天。⑮ 符：征兆。

【导 读】

新莽地皇三年(22)十月，光武帝刘秀与兄长刘縯乘王莽政治混乱之机在舂陵起兵，在绿林军所推举的更始帝刘玄部下任太常、偏将军，并在昆阳之战中立有大功。不久兄长刘縯因功高遭忌，为刘玄所杀，他忍辱负重，以韬晦之计主动请罪，取得了刘玄的信任。他又以废除王莽苛政，恢复汉室为号召，取得河北豪强的支持，镇压并收编了部分农民起义军，击败王郎割据势力，迅速扩张了军事实力。建武元年(25)六月，刘秀于鄗称帝，不久，定都洛阳，建立了东汉政权。建武三年，刘秀击败赤眉农民起义军，控制了整个黄河中下游地区。建武六年，统一了关东地区。建武九年以后，又先后消灭了铜马和赤眉等多股武装，平定了隗嚣和公孙述的地方割据势力，平定了巴蜀地区。最终完成了统一大业。

刘秀在位期间，广泛施行德政，以缓解社会矛盾。在他称帝的第二年，就下诏命令民间释放奴婢，此后，他曾七次下诏释放官私奴婢，其中一次是免罪徒为庶民。他采取了减轻赋税、裁并郡县、精减官吏等一系列政治措施，以减轻人民的负担。此外，他还限制外戚的权利，妥善安置功臣，严惩贪官污吏，大司徒欧阳歙以及河南尹等郡太守以上官员多人因贪赃枉法，被下狱处死。自身则谨厚诚信，勤俭自励，成了一代开明君主的典范。这篇传记正体现了他智勇双全的英雄本色和宽仁儒雅的帝王形象，也为后世提供了丰富的政治经验。

刘秀善于用兵，具有高超的军事才能。特别是在昆阳之战中，他表现出了卓越的政治家和军事统帅的气质。当时，王莽命大将王寻、王邑率领精兵四十二万，号称百万，围昆阳城，而城中守军仅有八九千人。刘秀劝说王凤、王常守城，自己则率十三骑出城发汉军数千人击王莽军。昆阳城被围十多重，危在旦夕，刘秀以步骑千余人为前锋，直冲王莽军中坚，阵斩敌军主将王寻。城内汉兵乘机出战，内外合击，取得大胜。这次战役也成了我国战争史上以少胜多的典型战例之一。而在其兄刘縯事件的处理上，则更体现了他性格上的大智大勇。刘縯功高遭忌，无罪被更始帝刘玄所杀。在这一生死存亡的危急关头，刘秀一方面考虑到当时自己的力量尚不足以与刘玄的力量相抗衡，另一方面也顾忌过早的内部分裂对统一大业所造成的巨大危害，他并没有采用对抗的手段，而是隐忍韬晦，立即赶到宛城，向刘玄谢罪。在宛城期间，他不与刘縯的部属来往，也不为刘縯举行丧礼，行为举止则不改常态，只说自己的过错，绝不提昆阳的战功。这不仅得到了刘玄的信任，也得到了刘玄部下的敬重，从而顺利地渡过了这一危难时期，为自己赢得了发展力量的机会，也为日后统一大业的完成奠定了基础。

在叙述过程中，作者不仅通过昆阳之战等重大历史事件来表现刘秀这一人物形象，而且注意通过细节的描绘进行补充和烘托。在与割据势力王郎的交战中，刘秀诛杀王郎，最终取得了胜利。但当时由于王郎力量强大，刘秀部下一些立场并不坚定的人为了保全自己，在战争期间却暗中与王郎往来。在战争结束，得到部下与王郎来往的书信以后，刘秀连看也不看，即付之一炬，文中说：

五月甲辰，拔其城，诛王郎。收文书，得吏人与郎交关谤毁者数千章。光武不省，会诸将军烧之，曰："令反侧子自安。"

寥寥几句，即突出地表现了刘秀令人叹为观止的宽容与大度，特别是刘秀所说的"令反侧子自安"，更表明了他性格的坦荡和光明磊落。在邯郸时，曾有人向他提出决黄河水以淹赤眉军的建议：

故赵缪王子林说光武曰："赤眉今在河东，但决水灌之，百万之众,可使为鱼。"光武不答。

决黄河水以淹赤眉军的做法,肯定能置赤眉军于死地,刘秀之所以没有回答,文中没有交待,但笔者认为,唯一的原因只有一条,就是决黄河水会严重危害到无辜人民生命财产的安全。虽然不答的后果十分严重,因为日后另一股强大的敌对力量即王郎势力的形成正是因为他的不答所造成的。这一点,作为杰出政治家的刘秀不会不知道,但为了不伤害到无辜的人民,他甚至连回答的意愿都没有。并不经意的"不答"二字,一方面极好地烘托了刘秀宽厚爱民的性格,另一方面也表现了他对刘林这类无耻小人的蔑视。以小见大,烘托了刘秀性格中的闪光之处。

献帝伏皇后纪

献帝伏皇后讳寿,琅邪东武人[①],大司徒湛之八世孙也。父完,沈深有大度,袭爵不其侯,尚桓帝女阳安公主[②],为侍中。初平元年,从大驾西迁长安,后时入掖庭为贵人[③]。兴平二年,立为皇后,完迁执金吾[④]。帝寻而东归,李傕、郭汜等追败乘舆于曹阳,帝乃潜夜度河走,六宫皆步行出营[⑤]。后手持缣数匹,董承使符节令孙徽以刃胁夺之,杀傍侍者,血溅后衣。既至安邑[⑥],御服穿敝,唯以枣栗为粮。建安元年,拜完辅国将军,仪比三司[⑦]。完以政在曹操,自嫌尊戚,乃上印绶,拜中散大夫,寻迁屯骑校尉。十四年卒,子典嗣。

自帝都许,守位而已,宿卫兵侍,莫非曹氏党旧姻戚。议郎赵彦尝为帝陈言时策,曹操恶而杀之。其余内外,多见诛戮。操后以事入见殿中,帝不任其愤,因曰:"君若能相辅则厚,不尔,幸垂恩相舍。"操失色,俛仰求出[⑧]。旧仪,三公领兵朝见,令虎贲执刃挟之[⑨]。操出,顾左右,汗流浃背,自后不敢复朝请[⑩]。董承女为贵人,操诛承而求贵人杀之。帝以贵人有孕,累为请,不能得[⑪]。后自是怀惧,乃与父完书,言曹操残逼之状,令密图之,完不敢发。至十九年,事乃露泄,操追大怒,遂逼帝废后,假为策曰:"皇后寿,得由卑贱,登显尊极,自处椒房,二纪于兹[⑫]。既无任、姒徽音之美[⑬],又乏谨身养己之福,而阴怀妒害,苞藏祸心,弗可以承天命,奉祖宗。

今使御史大夫郗虑持节策诏,其上皇后玺绶,退避中宫,迁于它馆。呜呼伤哉!自寿取之,未致于理,为幸多焉。"又以尚书令华歆为郗虑副,勒兵入宫收后。闭户藏壁中⑭,歆就牵后出。时帝在外殿,引虑于坐,后被发,徒跣行泣过诀曰⑮:"不能复相活邪?"帝曰:"我亦不知命在何时!"顾谓虑曰:"郗公,天下宁有是邪?"遂将后下暴室,以幽崩⑯。所生二皇子,皆鸩杀之⑰。后在位二十年,兄弟及宗族死者百余人,母盈等十九人徙涿郡。

【注 释】

① 东武:今山东诸城。② 尚:专指娶公主为妻。因尊帝王之女,不敢言娶,故云。尚,有侍奉、仰攀之意。③ 初平:汉献帝的年号。初平共四年,初平元年为公元190年。掖庭:宫中的旁舍,为后妃、宫嫔所居之处。贵人:皇帝妃嫔中的一个等级。④ 兴平:汉献帝的年号,共二年,兴平元年为公元194年。执金吾:保卫京都的武官。⑤ 乘舆:皇帝的车驾,这里指皇帝的卫队。度河:即渡河。度,通"渡"。⑥ 安邑:县名,地在今河南省。⑦ 三司:指三公,东汉以司徒、司空、太尉为三公。⑧ 俛仰:即俯仰,低头抬头,比喻很短的时间。⑨ 虎贲:皇宫中掌守卫的武官。⑩ 朝请:朝见皇帝有所请示。⑪ 累为请,不能得:指汉献帝屡次为董贵人求情而没有得到曹操的许可。⑫ 椒房:皇帝后宫所住称椒房,以椒和泥涂壁,故称。取其香暖且多子之意。二纪:一纪为十二年。⑬ 任、姒:任,周文王母;姒,周武王母。徽:美。⑭ 闭户藏壁中:指伏皇后关上房门藏于夹墙之内。⑮ 徒跣行:赤足步行。⑯ 暴室:宫中的监狱。以幽崩:被禁闭而死。⑰ 鸩杀:被毒酒毒死。鸩,毒酒。

【导读】

本篇选自《皇后纪》。献帝伏皇后作为一国之母,但在董卓之乱时,手持的几匹缣帛尚要遭到董承的抢夺,董承甚至为此杀死了她的近身侍者。"血溅后衣",简单的四字,将伏后当时的处境充分地表露了出来。曹操专权时期,伏后更是连自己的生命也无法得到保障。曹操的使者入宫废后时,她先是关闭房门躲进夹墙,被搜出之后披发徒跣向汉献帝乞求保护而不可得,最终不仅自己被禁闭而死,她的两个儿子也被毒死。汉献帝的妃子董贵人有孕在身，曹操要杀她时，汉献帝数次为之求请却仍然得不到曹操的许可。这些都将汉末后宫处境的艰险，以及曹操的凶狠残忍、专横跋扈，对汉献帝控制的严酷表现得淋漓尽致。

文中汉献帝和伏皇后的形象描绘也颇为生动。汉献帝本是一个懦弱无能的君主，但在实在无法忍受曹操的压制时也愤而发出责问，以至于曹操"自后不敢复朝请"。当伏皇后被抓而自己却无法保护时，他又向曹操的使者发出"天下宁有是邪"的责问。伏皇后作为一个弱女子，可以忍受董承劫夺其缣帛，也可以忍受"以枣栗为粮"的艰苦，但当生命受到威胁时，她终于无法忍受而密令其父伏完除去曹操。在被抓后，明知汉献帝无法保护自己，但仍然向汉献帝乞求保护。这些都较好地说明了人性对尊严的维护和对生命的渴求。

隗嚣传

隗嚣字季孟，天水成纪人也[①]。少仕州郡，王莽国师刘歆引嚣为士[②]。歆死，嚣归乡里。季父崔，素豪侠，能得众。闻更始立而莽兵连败，于是乃与兄义及上邽人杨广、冀人周宗谋起兵应汉。嚣止之曰："夫兵，凶事也。宗族何辜[③]！"崔不听，遂聚众数千人，攻平襄，杀莽镇戎大尹[④]。崔、广等以为举事宜立主以一众心，咸谓嚣素有名，好经书，遂共推为上将军。嚣辞让不得已，曰："诸父众贤不量小子，必能用嚣言者，乃敢从命。"众皆曰："诺。"

嚣既立，遣使聘请平陵人方望，以为军师。望至，说嚣曰："足下欲承天顺民，辅汉而起，今立者乃在南阳，王莽尚据长安，虽欲以汉为名，其实无所受命，将何以见信于众乎？宜急立高庙，称臣奉祠，所谓'神道设教'[⑤]，求助人神者也。且礼有损益，质文无常[⑥]。削地开兆[⑦]，茅茨土阶，以致其肃敬。虽未备物，神明其舍诸[⑧]。"嚣从其言，遂立庙邑东，祀高祖、太宗、世宗[⑨]。嚣等皆称臣执事，史奉璧而告。祝毕，有司穿坎于庭，牵马操刀，奉盘错锓，遂割牲而盟[⑩]。曰："凡我同盟三十一将，十有六姓，允承天道，兴辅刘宗。如怀奸虑，明神殛之。高祖、文皇、武皇，俾坠厥命，厥宗受兵，族类灭亡。”有司奉血鍉进，护军举手揖诸将军曰：“鍉不濡血，歃不入口，是欺神明也，厥罚如盟[11]。”既而薶血加书，一如古礼。事毕，移檄告郡国曰：

汉复元年七月己酉朔，己巳，上将军隗嚣、白虎将军隗崔、左将军隗义、右将军杨广、明威将军王遵、云旗将军周宗等，告州牧、部监、郡卒正、连率、大尹、尹、尉队大夫、属正、属令：

故新都侯王莽，慢侮天地，悖道逆理。鸩杀孝平皇帝，篡夺其位。矫托天命，伪作符书[12]，欺惑众庶，震怒上帝。反戾饰文，以为祥瑞[13]。戏弄神祇，歌颂祸殃。楚、越之竹，不足以书其恶[14]。天下昭然，所共闻见。今略举大端，以喻吏民。

盖天为父，地为母，祸福之应，各以事降。莽明知之，而冥昧触冒，不顾大忌，诡乱天术[15]，援引史传。昔秦始皇毁坏谥法，以一二数欲至万世，而莽下三万六千岁之历[16]，言身当尽此度。循亡秦之轨，推无穷之数。是其逆天之大罪也。

分裂郡国，断截地络。田为王田，卖买不得。规锢山泽，夺民本业[17]。造起九庙[18]，穷极土作。发冢河东，攻劫丘垄。此其逆地之大罪也。

尊任残贼，信用奸佞，诛戮忠正，覆按口语，赤车奔驰，法冠晨夜，冤系无辜，妄族众庶[19]。行炮烙之刑，除顺时之法，灌以醇醯，裂以五毒[20]。政令日变，官名月易，货币岁改，吏民昏乱，不知所从，商旅穷窘，号泣市道。设为六管，增重赋敛，刻剥百姓，厚自奉养，苞苴流行，财入公辅，上下贪贿，莫相检考。民坐挟铜炭，没入钟官，徒隶殷积，数十万人，工匠饥死，长安皆臭[21]。既乱诸夏，狂心益悖，北攻强胡，南扰劲越，西侵羌戎，东摘涉貊。使四境之外，并入为害，缘边之郡，江海之濒，涤地无类[22]。故攻战之所败，苛法之所陷，饥馑之所夭，疾疫之所及，以万万计。其死者则露尸不掩，生者则奔亡流散，幼孤妇女，流离系虏。此其逆人之大罪也。

是故上帝哀矜，降罚于莽，妻子颠殒，还自诛刈[23]。大臣反据，亡形已成。大司马董忠，国师刘歆，卫将军王涉，皆结谋内溃。司命孔仁，纳言严尤，秩宗陈茂，举众外降。今山东之兵二百余万，已平齐、楚，下蜀、汉，定宛、洛，据敖仓，守函谷，威命四布，宣风中岳[24]。兴灭继绝，封定万国，遵高祖之旧制，修孝文之遗德。有不从命，武军平之。驰使四夷，复其爵号。然后还师振旅，櫜弓卧鼓[25]。申命百姓，各安其所，庶无负子之责。

【注释】

① 成纪：县名，今甘肃秦安。② 国师：王莽置国师，位上公。士：国师的属官。③ 宗族何辜：各地豪强起兵，往往首领的宗族也被官方杀害。④ 平襄：今甘肃通渭。镇戎大尹：即天水太守，王莽改天水郡为镇戎郡，改郡守为大尹。⑤ 神道设教：利用神鬼之道进行教化，语出《易·观》："圣人以神道设教，而天下服矣。"⑥ 质文无常：质朴和华美没有一定的常规。⑦ 削地开兆：破土划定范围。⑧ 虽未备物，神明其舍诸：意谓器物不精，礼数不备，难道神明就会抛弃我们吗？⑨ 高祖、太宗、世宗：分别为汉高祖、汉文帝和汉武帝的庙号。⑩ 穿坎于庭：在庭中掘地为坑。此为古代行礼前的准备。错鍉：放置小盘。错，置。鍉，小盘。⑪"鍉不濡血"数句：意谓盆不沾血，歃血不上口，乃是欺骗神明，就会受到神明的惩罚，如盟誓中所说的那样。⑫ 伪作符书：王莽篡位前曾假造代汉受命的符书。⑬ 反戾饰文，以为祥瑞：违背天意，用美好的文辞，粉饰为祥瑞。⑭ 楚、越之竹，不足以书其恶：古代书写用竹简，故有此言。⑮ 天术：指当时的《洪范》一类学说。⑯ 莽下三万六千岁之历：王莽曾令太史推三万六千岁历法，六岁一改元，布告天下，表示王氏将在此年数之内世代相传。⑰ 规锢山泽，夺民本业：王莽规定名山大川由官府专管，剥夺了人民渔樵生产的权利。⑱ 造起九庙：古代天子七庙，王莽则立九庙。⑲ 覆按口语，赤车奔驰：禁止臣民批评朝廷，官府车马横行，到处追查反抗的言论。⑳ 除顺时之法：古代以春夏为生长季节，不杀罪犯，王莽则春夏杀人，故云。醘：即醋字。㉑ 民坐挟铜炭，没入钟官：王莽时，民有铜炭者即被认为是私自铸钱，没为奴婢，使属钟官。钟官，主管铸钱的官。㉒ 涤地无类：遍地被清洗得没有人烟。㉓ 妻子颠殒：王莽的妻子王氏失明病卒。还自诛刈：王莽曾杀其子王宇、王临等。㉔ 宣风中岳：于中岳宣扬风教德化，意谓更始大军已至洛阳。中岳，嵩山。

㉕ 櫜弓卧鼓：藏起武器。櫜，息。

嚣乃勒兵十万，击杀雍州牧陈庆。将攻安定，安定大尹王向，莽从弟平阿侯谭之子也，威风独能行其邦内，属县皆无叛者。嚣乃移书于向，喻以天命，反复诲示，终不从。于是进兵虏之，以徇百姓，然后行戮，安定悉降。而长安中亦起兵诛王莽。嚣遂分遣诸将徇陇西、武都、金城、武威、张掖、酒泉、敦煌，皆下之。

更始二年，遣使征嚣及崔、义等。嚣将行，方望以为更始未可知，固止之，嚣不听。望以书辞谢而去。……嚣等遂至长安，更始以为右将军，崔、义皆即旧号。其冬，崔、义谋欲叛归，嚣惧并祸，即以事告之，崔、义诛死。更始感嚣忠，以为御史大夫。

明年夏，赤眉入关，三辅扰乱。流闻光武即位河北，嚣即说更始归政于光武叔父国三老良[①]，更始不听。诸将欲劫更始东归，嚣亦与通谋。事发觉，更始使使者召嚣，嚣称疾不入，因会客王遵、周宗等勒兵自守。更始使执金吾邓晔将兵围嚣，嚣闭门拒守。至昏时，遂溃围，与数十骑夜斩平城门关，亡归天水。复招聚其众，据故地，自称西州上将军。及更始败，三辅耆老士大夫皆奔归嚣[②]。

嚣素谦恭爱士，倾身引接为布衣交。以前王莽平河大尹长安谷恭为掌野大夫，平陵范逡为师友，赵秉、苏衡、郑兴为祭酒，申屠刚、杜林为持书，杨广、王遵、周宗及平襄人行巡、阿阳人王捷、长陵人王元为大将军，杜陵、金丹之属为宾客，由此名震西州，闻于山东[③]。

建武二年，大司徒邓禹西击赤眉，屯云阳。禹裨将冯愔引兵叛禹，西向天水，嚣逆击，破之于高平，尽获辎重。于是禹承制遣使持节命嚣为西州大将军[④]，得专制凉州、朔方事。及赤眉去长安，欲西上陇，嚣遣将军杨广迎击，破之，又追败之于乌氏、泾阳间[⑤]。嚣既有功于汉，又受邓禹爵，署其腹心，议者多劝通使京师。三年，嚣乃上书诣阙。光武素闻其风声，报以殊礼，言称字，用敌国之仪，所以慰藉之良厚[⑥]。时陈仓人吕鲔拥众数万，与公孙述通，寇三辅。嚣复遣兵佐征西大将军冯异击之，走鲔，遣使上状。帝报以手书曰："慕乐德义，思相结纳。昔文王三分，犹服事殷。但驽马铅刀，不可强扶[⑦]。数蒙伯乐一顾之价，而苍蝇之飞，不过数步，即托骥尾，得以绝群。隔于盗贼，声问不数。将军操执款款，扶倾救危，南距公孙之兵，北御羌胡之乱，是以冯异西征，得以数千百人踯躅三辅[8]。微将军之助，则咸阳已为他人禽矣。今关东寇贼，往往屯聚，志务广远，多所不暇，未能观兵成都，与子阳角力[9]。如令子阳到汉中、三辅，愿因将军兵马，鼓旗相当。傥肯如言[10]，蒙天之福，即智士计功割地之秋也。管仲曰：'生我者父母，成我者鲍子。'自今以后，手书相闻，勿用傍人解构之言[11]。"自是恩礼愈笃。

其后公孙述数出兵汉中，遣使以大司空扶安王印绶授嚣。嚣自以与述敌国，耻为所臣，乃斩其使，出兵击之，连破述军，以故蜀兵不复北出。

时关中将帅数上书，言蜀可击之状，帝以示嚣，因使讨蜀，以效其信。嚣乃遣长史上书，盛言三辅单弱，刘文伯在边[12]，未宜谋蜀。帝知嚣欲持两端，不愿天下统一，于是稍黜其礼，正君臣之仪。

【注释】

① 国三老：古代设三老五更之位，天子以父兄之礼养之，多以致仕三公任之。② 耆老：老年人，此指致仕卿大夫。③ 平河：即清河郡，王莽改为平河郡。平陵：县名，今陕西咸阳。④ 承制：谓秉承皇帝旨意而便宜行事。西州：即凉州。⑤ 泾阳：今甘肃平凉。⑥ 风声：声望，声誉。敌国：地位或势力相等的国家。⑦ 驽马铅刀，不可强扶：谓驽马铅刀，不可强扶持而用。⑧ 踯躅：犹踟蹰，徘徊。⑨ 子阳：公孙述的字。⑩ 傥：倘若，假如。⑪ 解构：离间。⑫ 刘文伯：卢芳的字。卢芳于王莽末冒名汉武帝曾孙刘文伯，起兵于安定，后称帝，事见《后汉书》本传。

初，嚣与来歙、马援相善，故帝数使歙、援奉使往来，劝令入朝，许以重爵。嚣不欲东，连遣使深持谦辞，言无功德，须四方平定，退伏闾里。五年，复遣来歙说嚣遣子入侍，嚣闻刘永、彭宠皆已破灭，乃遣长子恂随歙诣阙。以为胡骑校尉，封镌羌侯。而嚣将王元、王捷常以为天下成败未可知，不愿专心内事。元遂说嚣曰："昔更始西都，四方响应，天下喁喁[1]，谓之太平。一旦败坏，大王几无所厝[2]。今南有子阳，北有文伯，江湖海岱，王公十数，而欲牵儒生之说，弃千乘之基，羁旅危国，以求万全，此循覆车之轨，计之不可者也。今天水完富，士马最强，北收西河、上郡，东收三辅之地，案秦旧迹，表里河山。元请以一丸泥为大王东封函谷关[3]，此万世一时也。若计不及此，且畜养士马，据隘自守，旷日持久，以待四方之变，图王不成，其弊犹足以霸。要之，鱼不可脱于渊，神龙失势，即还与蚯蚓同。”嚣心然元计，虽遣子入质，犹负其险厄，欲专方面，于是游士长者，稍稍去之。

六年，关东悉平。帝积苦兵间，以嚣子内侍，公孙述远据边陲，乃谓诸将曰：“且当置此两子于度外耳。”因数腾书陇、蜀[4]，告示祸福。嚣宾客、掾史多文学生，每所上事，当世士大夫皆讽诵之，故帝有所辞答，尤加意焉。嚣复遣使周游诣阙，先到冯异营，游为仇家所杀。帝遣卫尉铫期持珍宝缯帛赐嚣，期至郑被盗，亡失财物。帝常称嚣长者，务欲招之，闻而叹曰：“吾与隗嚣事欲不谐，使来见杀，得赐道亡。”

会公孙述遣兵寇南郡，乃诏嚣当从天水伐蜀，因此欲以溃其心腹。嚣复上言：“白水险阻，栈阁绝败[5]。”又多设支阂[6]。帝知其终不为用，叵欲讨之[7]。遂西幸长安，遣建威大将军耿弇等七将军从陇道伐蜀，先使来歙奉玺书喻旨。嚣疑惧，即勒兵，使王元据陇坻[8]，伐木塞道，谋欲杀歙。歙得亡归。

诸将与嚣战，大败，各引退。嚣因使王元、行巡侵三辅，征西大将军冯异、征虏将军祭遵等击破之。嚣乃上疏谢曰：“吏人闻大兵卒至，惊恐自救，臣嚣不能禁止。兵有大利，不敢废臣子之节，亲自追还。昔虞舜事父，大杖则走，小杖则受。臣虽不敏，敢忘斯义。今臣之事，在于本朝，赐死则死，加刑则刑。如遂蒙恩，更得洗心，死骨不朽。”有司以嚣言慢[9]，请诛其子恂，帝不忍，复使来歙至汧，赐嚣书曰：“昔柴将军与韩信书云[10]：‘陛下宽仁，诸侯虽有亡叛而后归，辄复位号，不诛也。’以嚣文吏，晓义理，故复赐书。深言则似不逊，略言则事不决。今若束手[11]，复遣恂弟归阙庭者，则爵禄获全，有浩大之福矣。吾年垂四十，在兵中十岁，厌浮语虚辞。即不欲，勿报。”嚣知帝审其诈，遂遣使称臣于公孙述。

明年，述以嚣为朔宁王，遣兵往来，为之援势。秋，嚣将步骑三万侵安定，至阴盘[12]，冯异率诸将拒之。嚣又令别将下陇，攻祭遵于汧，兵并无利，乃引还。

【注 释】

① 喁喁：随声附和。② 厝：放置，安放。③ 丸泥：一粒泥丸。④ 腾书：传书。⑤ 白水：县名，地在今四川省，白水关为古之要隘。栈阁：指在绝壁上开的栈道和用木材架成的阁道。⑥ 支阂：支柱障碍。句谓以种种借口来敷衍刘秀。⑦ 叵：通"颇"。⑧ 陇坻：即陇山，因所在位置不同，而有陇坂、陇首、陇坻等名。⑨ 言慢：言辞傲慢。⑩ 柴将军与韩信书：柴将军，柴武；韩信，韩王信。信反，入匈奴，与汉战，柴武与之书，事见《汉书·韩王信列传》。⑪ 束手：捆绑双手，表示停止抵抗。⑫ 阴盘：县名，今陕西长武。

帝因令来歙以书招王遵，遵乃与家属东诣京师，拜为太中大夫，封向义侯。遵字子春，霸陵人也，父为上郡太守。遵少豪侠，有才辩，虽与嚣举兵，而常有归汉意。曾于天水私于来歙曰："吾所以戮力不避矢石者，岂要爵位哉！徒以人思旧主，先君蒙汉厚恩，思效万分耳。"又数劝嚣遣子入侍，前后辞谏切甚，嚣不从，故去焉。

八年春，来歙从山道袭得略阳城。嚣出不意，惧更有大兵，乃使王元拒陇坻，行巡守番须口，王孟塞鸡头道，牛邯军瓦亭，嚣自悉其大众围来歙[①]。公孙述亦遣其将李育、田弇助嚣攻略阳，连月不下。帝乃率诸将西征之，数道上陇，使王遵持节监大司马吴汉留屯于长安。

遵知嚣必败灭，而与牛邯旧故，知其有归义意，以书喻之曰：……邯得书，沈吟十余日，乃谢士众，归命洛阳，拜为太中大夫。于是嚣大将十三人，属县十六，众十余万，皆降。

王元入蜀求救，嚣将妻子奔西城[②]，从杨广，而田弇、李育保上邽。诏告嚣曰："若束手自诣，父子相见，保无它也。高皇帝云：'横来，大者王，小者侯[③]。'若遂欲为黥布者，亦自任也。"嚣终不降。于是诛其子恂，使吴汉与征南大将军岑彭围西城，耿弇与虎牙大将军盖延围上邽。车驾东归。月余，杨广死，嚣穷困。其大将王捷别在戎丘，登城呼汉军曰："为隗王城守者，皆必死无二心！愿诸军亟罢，请自杀以明之。"遂自刎颈死。数月，王元、行巡、周宗将蜀救兵五千余人，乘高卒至，鼓噪大呼曰："百万之众方至！"汉军大惊，未及成陈，元等决围，殊死战，遂得入城，迎嚣归冀。会吴汉等食尽退去，于是安定、北地、天水、陇西复反为嚣。

九年春，嚣病且饿，出城餐糗糒，恚愤而死④。王元、周宗立嚣少子纯为王。明年，来歙、耿弇、盖延等攻破落门，周宗、行巡、苟宇、赵恢等将纯降。宗、恢及诸隗分徙京师以东，纯与巡、宇徙弘农。唯王元留为蜀将，及辅威将军臧宫破延岑，元举众诣宫降。

十八年，纯与宾客数十骑亡入胡，至武威，捕得，诛之。

论曰：隗嚣援旗纠族，假制明神⑤，迹夫创图首事，有以识其风矣。终于孤立一隅，介于大国，陇坻虽隘，非有百二之势，区区两郡，以御堂堂之锋，至使穷庙策，竭征徭，身殁众解，然后定之⑥。则知其道有足怀者，所以栖有四方之桀，士至投死绝亢而不悔者矣⑦。夫功全则誉显，业谢则衅生，回成丧而为其议者⑧，或未闻焉。若嚣命会符运，敌非天力，虽坐论西伯，岂多嗤乎⑨？

【注 释】

① 鸡头道：山道，一名崆峒山，在今甘肃平凉西。瓦亭：瓦亭故关在今甘肃安定境内。② 西城：县名，地在今甘肃天水西南。③ 横：指田横，本齐王田荣弟，秦亡后自立为齐王，汉灭楚，横率五百人逃至海岛，后自杀，事见《史记·田儋列传》。④ 糗糒：干粮。糗，炒熟的米麦。糒，干饭。恚愤：愤怒。⑤ 纠族：聚族。假制明神：假借汉高祖神灵。按，隗嚣为汉高祖立庙祭祀，故有此说。⑥ 介于大国：指隗嚣介于汉与公孙述之间。陇坻虽隘，非有百二之势：《史记·汉高祖本纪》有“秦得百二”之语，意谓秦地理形势险固，人物众多，百倍于诸侯。此句指隗嚣所据之陇坻虽然险要，但并无秦地形势。两郡：指隗嚣所据之陇西、天水二郡。⑦ 则知其道有足怀者：可知隗嚣的道义确有足以使人拥护的地方。绝亢：扼喉自杀。⑧ 回成丧而为其议：回避成败而议论，即不以成败论人。⑨ 符运：上天预示帝王受命的符兆。天力：天意，指刘秀。西伯：周文王姬昌。意谓如果不是天意不在隗嚣，则他是可以成为周文王一类人物的。

【导 读】

西汉末年王莽乱政，天下混乱，群雄逐鹿。隗嚣因缘际会，揭竿而起，虽然以失败而告终，但却是一个失败的英雄，一个足以令人尊重和怀念的不可多得的优秀人物。

隗嚣在起事之初即选用方望为军师，与诸将约法三章，确立了自己的领导地位，并移檄郡县，宣告拥立汉室，共讨王莽，使自己师出有名。此后在讨伐王莽的过程中，先是依附更始帝刘玄，后看出更始帝并无统一天下的才能，乃毅然脱离更始，独树一帜，与群雄逐鹿中原，几乎形成了与刘秀、公孙述鼎足三分的局面。

隗嚣注重招纳人才，除了在起事之初聘请方望为军师之外，他还注意引用各方面的人才，甚至是与自己敌对的王莽的手下的人物，“倾身引接，为布衣交”。隗嚣谦恭爱士，得到士大夫的广泛拥护和爱戴，《马援传》中说他与马援“共卧起”，就是一个极好的例证。正因为如此，所以在隗嚣屡屡兵败之时，他手下的主要将领始终没有背叛他，他的大将王捷困守戎丘孤城，宁自刎而死也决不投降。隗嚣死后，他手下将领仍然拥立其少子隗纯为主，可以说都是他谦恭爱士的结果。从这一点看，隗嚣远比割据四川的公孙述更具领袖气质和领导才能。

但是，隗嚣又毕竟是一个饱读经书的文人，因此也有着一般文人共有的弱点，即在关键时刻优柔寡断和对形势认识不足，诚如作者在传论中所说的，以区区的陇西、天水两郡狭小之地，又无险可守，乃欲与刘秀争夺天下，其最终失败也是必然的。

冯 异 传

冯异字公孙，颍川父城人也①。好读书，通《左氏春秋》、《孙子兵法》。汉兵起，异以郡掾监五县②，与父城长苗萌共城守，为王莽拒汉。光武略地颍川，攻父城不下，屯兵巾车乡③。异间出行属县，为汉兵所执。时异从兄孝及同郡丁綝、吕晏，并从光武，因共荐异，得召见。异曰：“异一夫之用，不足为强弱。有老母在城中，愿归据五城，以效功报德。”光武曰“善”。异归，谓苗萌曰：“今诸将皆壮士屈起④，多暴横，独有刘将军所到不虏掠。观其言语举止，非庸人也，可以归身。”苗萌曰：“死生同命，敬从子计。”光武南还宛，更始诸将攻父城者前后十余辈，异坚守不下。及光武为司隶校尉，道经父城，异等即开门奉牛酒迎。光武署异为主簿，苗萌为从事。异因荐邑子铫期、叔寿、段建、左隆等，光武皆以为掾史，从至洛阳。

更始数欲遣光武徇河北⑤，诸将皆以为不可。是时左丞相曹竟子诩为尚书，父子用事，异劝光武厚结纳之。及度河北，诩有力焉。

自伯升之败，光武不敢显其悲戚，每独居，辄不御酒肉，枕席有涕泣处。异独叩头宽譬哀情。光武止之曰："卿勿妄言。"异复因间进说曰："天下同苦王氏，思汉久矣。今更始诸将从横暴虐，所至虏掠，百姓失望，无所依戴。今公专命方面，施行恩德。夫有桀纣之乱，乃见汤武之功。人久饥渴，易为充饱。宜急分遣官属，徇行郡县，理冤结，布惠泽。"光武纳之。至邯郸，遣异与铫期乘传抚循属县，录囚徒，存鳏寡，亡命自诣者除其罪，阴录二千石长吏同心及不附者上之⑥。

及王郎起，光武自蓟东南驰，晨夜草舍，至饶阳无蒌亭。时天寒烈，众皆饥疲，异上豆粥。明旦，光武谓诸将曰："昨得公孙豆粥，饥寒俱解。"及至南宫，遇大风雨，光武引车入道傍空舍，异抱薪，邓禹爇火，光武对灶燎衣，异复进麦饭菟肩⑦。因复度呼沱河至信都，使异别收河间兵。还，拜偏将军。从破王郎，封应侯。

异为人谦退不伐，行与诸将相逢，辄引车避道。进止皆有表识⑧，军中号为整齐。每所止舍，诸将并坐论功，异常独屏树下⑨，军中号曰"大树将军"。及破邯郸，乃更部分诸将，各有配隶。军士皆言愿属大树将军，光武以此多之。别击破铁胫于北平，又降匈奴于林闟顿王，因从平河北。

【注 释】

① 颍川：郡名，治所在今河南登封东。父城：颍川属县，今河南宝丰。② 郡掾：太守的辅佐官员。③ 巾车乡：父城县所属乡。④ 屈起：即崛起，兴起，崭露头角。屈，通"崛"。⑤ 徇：巡视。⑥ 乘传：乘坐驿车。传，驿站的马车。存鳏寡：问候孤身独居的人。鳏，成年无妻或丧妻的人。阴录：暗中记录。⑦ 爇火：燃火。燎衣：烘烤衣服。燎，炙，烘烤。菟：通"兔"。⑧ 进止皆有表识：谓进退皆有一定的规矩。⑨ 独屏：

退避独处。屏，退避。

时更始遣舞阴王李轶、廪丘王田立、大司马朱鲔、白虎公陈侨将兵号三十万，与河南太守武勃共守洛阳。光武将北徇燕、赵，以魏郡、河内独不逢兵，而城邑完，仓廪实，乃拜寇恂为河内太守，异为孟津将军，统二郡军河上，与恂合势，以拒朱鲔等。

异乃遗李轶书曰："愚闻明镜所以照形，往事所以知今。昔微子去殷而入周，项伯畔楚而归汉，周勃迎代王而黜少帝，霍光尊孝宣而废昌邑[1]。彼皆畏天知命，睹存亡之符，见废兴之事，故能成功于一时，垂业于万世也。苟令长安尚可扶助，延期岁月，疏不间亲，远不逾近，季文岂能居一隅哉[2]？今长安坏乱，赤眉临郊，王侯构难，大臣乖离，纲纪已绝，四方分崩，异姓并起，是故萧王跋涉霜雪，经营河北。方今英俊云集，百姓风靡，虽邠岐慕周[3]，不足以喻。季文诚能觉悟成败，亟定大计，论功古人，转祸为福，在此时矣。如猛将长驱，严兵围城，虽有悔恨，亦无及已。"初，轶与光武首结谋约，加相亲爱，及更始立，反共陷伯升。虽知长安已危，欲降又不自安。乃报异书曰："轶本与萧王首谋造汉，结死生之约，同荣枯之计。今轶守洛阳，将军镇孟津，俱据机轴，千载一会，思成断金[4]。唯深达萧王，愿进愚策，以佐国安人。"轶自通书之后，不复与异争锋，故异因此得北攻天井关，拔上党两城，又南下河南成皋已东十三县，及诸屯聚，皆平之，降者十余万。武勃将万余人攻诸畔者，异引军度河，与勃战于士乡下，大破斩勃，获首五千余级，轶又闭门不救。异见其信效，具以奏闻。光武故宣露轶书，令朱鲔知之。鲔怒，遂使人刺杀轶。由是城中乖离，多有降者。鲔乃遣讨难将军苏茂将数万人攻温，鲔自将数万人攻平阴以缀异。异遣校尉护军将兵，与寇恂合击茂，破之。异因度河击鲔，鲔走。异追至洛阳，环城一匝而归[5]。

移檄上状，诸将皆入贺，并劝光武即帝位。光武乃召异诣鄗，问四方动静。异曰："三王反畔[6]，更始败亡，天下无主，宗庙之忧，在于大王。宜从众议，上为社稷，下为百姓。"光武曰："我昨夜梦乘赤龙上天，觉悟，心中动悸[7]。"异因下席再拜贺曰："此天命发于精神[8]，心中动悸，大王重慎之性也。"异遂与诸将定议上尊号。

【注 释】

① 微子去殷而入周：微子名启，为商纣王庶兄，周武王伐纣，微子弃殷商奔周。项伯畔楚而归汉：项伯，项羽之季父，与张良友善，鸿门宴上项羽欲杀刘邦，项伯以身遮蔽刘邦。项羽败死，项伯归汉。周勃迎代王而黜少帝：汉惠帝死后，周勃弃少帝而迎立代王。少帝，惠帝后宫所生。代王，即汉文帝。霍光尊孝宣而废昌邑：汉昭帝死后无子，霍光迎立汉武帝孙昌邑王刘贺为帝，刘贺无道，霍光废之而立宣帝。② 季文：李轶字季文。③ 邠岐慕周：周之远祖古公亶父原居邠地，积德行义，深得邠人爱戴。狄人前来攻伐，古公不忍伤害邠人，乃迁离邠地，邠人扶老携幼，尽归古公于岐山之下。④ 机轴：谓要害之地。思成断金：《易经》有"二人同心，其利断金"之语，这里指李轶希望与冯异结为同盟。⑤ 环城一匝而归：谓冯异的军队绕城一周以扬威而归。⑥ 三王：指更始所封三王，张卬为淮阳王，廖湛为穰王，胡殷为随王。更始后欲杀卬等，三王遂勒兵掠东西市，入战于宫中，更始大败。⑦ 动悸：惊动。⑧ 天命发于精神：《易经·乾卦》有"飞龙在天，大人造也"之语，与刘秀梦正相应，所以冯异说天命发于精神。

建武二年春，定封异阳夏侯。引击阳翟贼严终、赵根，破之。诏异归家上冢，使太中大夫赍牛酒，令二百里内太守、都尉已下及宗族会焉。

时赤眉、延岑暴乱三辅，郡县大姓各拥兵众，大司徒邓禹不能定，乃遣异代禹讨之。车驾送至河南，赐以乘舆七尺具剑[①]。敕异曰："三辅遭王莽、更始之乱，重以赤眉、延岑之酷，元元涂炭[②]，无所依诉。今之征伐，非必略地屠城，要在平定安集之耳。诸将非不健斗，然好虏掠。卿本能御吏士，念自修敕[③]，无为郡县所苦。"异顿首受命，引而西，所至皆布威信。弘农群盗称将军者十余辈，皆率众降异。

异与赤眉遇于华阴，相拒六十余日，战数十合，降其将刘始、王宣等五千余人。三年春，遣使者即拜异为征西大将军。会邓禹率车骑将军邓弘等引归，与异相遇，禹、弘要异共攻赤眉[④]。异曰："异与贼相拒且数十日，虽屡获雄将，余众尚多，可稍以恩信倾诱，难卒用兵破也。上今使诸将屯黾池要其东[⑤]，而异击其西，一举取之，此万成计也。"禹、弘不从。弘遂大战移日[⑥]，赤眉阳败，弃辎重走。车皆载土，以豆覆其上，兵士饥，争取之。赤眉引还击弘，弘军溃乱。异与禹合兵救之，赤眉小却。异以士卒饥倦，可且休，禹不听，复战，大为所败，死伤者三千余人，禹得脱归宜阳。异弃马步走上回溪阪，与麾下数人归营。复坚壁，收其散卒，招集诸营保数万人，与贼约期会战。使壮士变服与赤眉同，伏于道侧。旦日，赤眉使万人攻异前部，异裁出兵以救之[⑦]。贼见势弱，遂悉众攻异，异乃纵兵大战。日昃[⑧]，贼气衰，伏兵卒起，衣服相乱，赤眉不复识别，众遂惊溃。追击，大破于崤底，降男女八万人。余众尚十余万，东走宜阳降。玺书劳异曰："赤眉破平，士吏劳苦，始虽垂翅回溪，终能奋翼黾池，可谓失之东隅，收之桑榆[⑨]。方论功赏，以答大勋[⑩]。"

时赤眉虽降，众寇犹盛，延岑据蓝田，王歆据下邽，芳丹据新丰，蒋震据霸陵，张邯据长安，公孙守据长陵，杨周据谷口，吕鲔据陈仓，角闳据汧，骆延据盩厔，任良据鄠，汝章据槐里，各称将军，拥兵多者万余，少者数千人，转相攻击。异且战且行，屯军上林苑中。延岑既破赤眉，自称武安王，拜置牧守，欲据关中，引张邯、任良共攻异。异击破之，斩首千余级，诸营保守附岑者皆来降归异。岑走攻析，异遣复汉将军邓晔、辅汉将军于匡要击岑，大破之，降其将苏臣等八千余人，岑遂自武关走南阳。时百姓饥饿，人相食，黄金一斤易豆五升。道路断隔，委输不至[⑪]，军士悉以果实为粮。诏拜南阳赵匡为右扶风，将兵助异，并送缣谷[⑫]，军中皆称万岁。异兵食渐盛，乃稍诛击豪杰不从令者，褒赏降附有功劳者，悉遣其渠帅诣京师，散其众归本业[⑬]，威行关中。唯吕鲔、张邯、蒋震遣使降蜀，其余悉平。

明年，公孙述遣将程焉，将数万人就吕鲔出屯陈仓。异与赵匡迎击，大破之，焉退走汉川。异追战于箕谷，复破之，还击破吕鲔，营保降者甚众。其后蜀复数遣将间出，异辄摧挫之。怀来百姓，申理枉结，出入三岁，上林成都[⑭]。

【注 释】

① 具剑：指用宝玉所装饰的剑。② 元元：百姓，庶民。③ 修敕：整顿，约束。④ 要：通"邀"。邀约。⑤ 要其东：从东边截击。要，拦阻，截击。⑥ 移日：移动日影。指较长时间。⑦ 裁出兵：出去少量的军队。

裁，少。⑧ 日昃：太阳偏西，约在下午二时左右。⑨ 失之东隅，收之桑榆：《太平御览》引《淮南子》说："日臻于衡阳，是谓禺中。日垂西，景在树端，谓之桑榆。"东隅即禺中，是日出之处。桑榆，是日落之处。这里意谓早上打了败仗，晚上却取得了胜利。⑩ 方论功赏：将要论功行赏。方，将。⑪ 委输：指转运的物资。⑫ 缣谷：指布匹和粮食。缣，浅黄色细绢。⑬ 本业：指农业。⑭ 怀来：亦作"怀徕"，招来。枉结：冤结，冤屈。上林成都：指冯异所驻军的上林苑成了一个都会。成都，指百姓归附的人众多。

异自以久在外，不自安，上书思慕阙廷，愿亲帷幄[①]，帝不许。后人有章言异专制关中，斩长安令，威权至重，百姓归心，号为"咸阳王"。帝使以章示异[②]，异惶惧，上书谢曰："臣本诸生，遭遇受命之会，充备行伍，过蒙恩私，位大将，爵通侯，受任方面，以立微功，皆自国家谋虑，愚臣无所能及[③]。臣伏自思惟：以诏敕战攻，每辄如意。时以私心断决，未尝不有悔。国家独见之明，久而益远，乃知'性与天道，不可得而闻也'。当兵革始起，扰攘之时，豪杰竞逐，迷惑千数。臣以遭遇，托身圣明，在倾危溷殽之中，尚不敢过差，而况天下平定，上尊下卑，而臣爵位所蒙，巍巍不测乎[④]？诚冀以谨敕，遂自终始。见所示臣章，战栗怖惧。伏念明主知臣愚性，固敢因缘自陈。"诏报曰："将军之于国家，义为君臣，恩犹父子。何嫌何疑，而有惧意？"

六年春，异朝京师。引见，帝谓公卿曰："是我起兵时主簿也，为吾披荆棘，定关中。"既罢，使中黄门赐以珍宝、衣服、钱帛。诏曰："仓卒无蒌亭豆粥，呼沱河麦饭，厚意久不报。"异稽首谢曰[⑤]："臣闻管仲谓桓公曰：'愿君无忘射钩，臣无忘槛车[⑥]。'齐国赖之。臣今亦愿国家无忘河北之难，小臣不敢忘巾车之恩[⑦]。"后数引燕见[⑧]，定议图蜀，留十余日，令异妻子随异还西。

夏，遣诸将上陇，为隗嚣所败，乃诏异军栒邑。未及至，隗嚣乘胜使其将王元、行巡将二万余人下陇，因分遣巡取栒邑。异即驰兵，欲先据之。诸将皆曰："虏兵盛而新乘胜，不可与争，宜止军便地，徐思方略。"异曰："虏兵临境，忸忕小利，遂欲深入[⑨]。若得栒邑，三辅动摇，是吾忧也。夫

‘攻者不足，守者有余’。今先据城，以逸待劳，非所以争也。”潜往闭城，偃旗鼓。行巡不知，驰赴之。异乘其不意，卒击鼓建旗而出。巡军惊乱奔走，追击数十里，大破之。祭遵亦破王元于汧，于是北地诸豪长耿定等，悉畔隗嚣降。异上书言状，不敢自伐[10]。诸将或欲分其功，帝患之。乃下玺书曰：“制诏大司马，虎牙、建威、汉忠、捕虏、武威将军：虏兵猥下[11]，三辅惊恐。栒邑危亡，在于旦夕。北地营保，按兵观望。今偏城获全，虏兵挫折，使耿定之属，复念君臣之义。征西功若丘山，犹自以为不足。孟之反奔而殿[12]，亦何异哉？今遣太中大夫赐征西吏士死伤者医药、棺敛，大司马已下亲吊死问疾，以崇谦让。”于是使异进军义渠，并领北地太守事。

青山胡率万余人降异，异又击卢芳将贾览、匈奴薁鞬日逐王，破之。上郡、安定皆降，异复领安定太守事。九年春，祭遵卒，诏异守征虏将军，并将其营。及隗嚣死，其将王元、周宗等复立嚣子纯，犹总兵据冀，公孙述遣将赵匡等救之，帝复令异行天水太守事，攻匡等且一年，皆斩之。诸将共攻冀，不能拔，欲且还休兵，异固持不动，常为军锋[13]。

明年夏，与诸将攻落门，未拔，病发，薨于军，谥曰节侯。长子彰嗣。

明年，帝思异功，复封彰弟䜣为析乡侯。十三年，更封彰东缗侯，食三县。永平中，徙封平乡侯。彰卒，子普嗣，有罪，国除。

永初六年，安帝下诏曰：“夫仁不遗亲，义不忘劳，兴灭继绝，善善及子孙，古之典也。昔我光武受命中兴，恢弘圣绪，横被四表，昭假上下，光耀万世，祉祚流衍，垂于罔极[14]。予末小子，夙夜永思，追惟勋烈，披图案籍，建武元功二十八将，佐命虎臣，谶记有征。盖萧、曹绍封，传继于今。况此未远，而或至乏祀，朕甚愍之。其条二十八将无嗣绝世[15]，若犯罪夺国，其子孙应当统后者，分别署状上。将及景风，章叙旧德，显兹遗功焉。”于是绍封普子晨为平乡侯。明年，二十八将绝国者，皆绍封焉。

论曰：中兴将帅立功名者众矣，唯岑彭、冯异建方面之号[16]，自函谷以西，方城以南，两将之功，实为大焉。若冯、贾之不伐[17]，岑公之义信，乃足以感三军而怀敌人，故能克成远业，终全其庆也。昔高祖忌柏人之名，违之以全福[18]；征南恶彭亡之地，留之以生灾[19]。岂几虑自有明惑，将期数使之然乎[20]？

【注 释】

① 帷幄：本为室内悬挂的帐幕、帷幔，借指天子近侧。② 以章示异：将别人弹劾冯异的奏章给冯异看。③ 通侯：本名彻侯，秦统一后所建立的二十级军功爵中的最高级，后避汉武帝讳，改称通侯。国家：指刘秀。④ 溷殽：亦作“溷淆”，混乱，杂乱。过差：过失，差错。⑤ 稽首：古代的一种跪拜礼，叩头至地，是九拜中最恭敬者。⑥ 射钩：指管仲射齐桓公事。春秋时齐襄公昏乱，其弟纠奔鲁，以管仲为师；小白奔莒，以鲍叔牙为师。襄公死，纠与小白争归齐国为君。管仲将兵遮莒道阻小白，射中其衣带钩。槛车：指后来公子纠战败，管仲被囚于槛车事。此二句意谓不忘过去所受的苦难。⑦ 巾车之恩：指冯异为王莽拒汉时，在巾车乡为刘秀所俘获后被放归之事。⑧ 燕见：古代帝王退朝闲居时召见或接见臣子。⑨ 忸忕：习惯。忸忕小利，指习惯于贪图小利。⑩ 自伐：自我夸耀。⑪ 猥下：即猥出，并出，同时而出。⑫ 孟之反奔而殿：孟之反，春秋时鲁国大夫。鲁与齐战，鲁军败，之反殿后，保全鲁军立功。将入鲁门，乃策其马曰：“吾非敢后，马不进。”后来被作为谦虚而不自夸的典型。⑬ 军锋：军中前锋。⑭ 祉祚流衍：福禄延续。罔极：没有穷尽。⑮ 条：逐条记下。⑯ 方面之号：独当一面的称号。这里指冯异被任为征西大将军，岑彭被任为征南大将军事。⑰ 贾：指贾复。⑱ 高祖忌柏人之名：柏人，县名，汉高祖刘邦曾留宿于柏人，说：“柏人者，迫于人也。”不宿而离开了柏人，因而避免了当晚被刺客刺杀的危险。⑲ 征南恶彭亡之地，留之以生灾：岑彭在击破公孙述后，所住之处名彭亡，岑彭听说后想离开，因天黑而未能成行，当夜被刺客所杀。征南，指岑彭，当时官征南大将军。⑳ 期数：命中的定数。

【导 读】

在东汉开国功臣之中，冯异是个举足轻重的将领，也是“中兴二十八将”中的另类人物。他具有吴汉等人所不具备的长处，就是他本是一个文人，“好读书，通《左氏春秋》、《孙子兵法》”，他在给刘秀的上书中也自称“臣本诸生”。正因为他的好读书和精通《左传》和《孙子兵法》等书，使他在动乱年代中脱颖而出，创立了丰功伟绩，也使他成了一代儒将的代表。

作为一代儒将，冯异最为突出的表现不是在战场上的一往无前，而是在战前的审时度势和战时所采取的战略战术上。在是否要兵巡河北这一对刘秀极为重要的问题上，“诸将皆以为不可”，冯异则力劝刘秀厚结更始的用事大臣曹竟父子，从而使刘秀顺利地渡过黄河，建立了河北根据地。在与更始争夺洛阳的关键之战中，他遗书李轶，在李轶无斗志之时，乘机北下攻克天井关和上党两大重镇，南取河南成皋以东十三县。在与赤眉的华阴之战中，邓禹不听其劝阻而战败；他随后采用了少出兵与战，变服伏于道侧的做法，乘敌军气衰之时出其不意，迅速出击，从而顺利地击败赤眉军。在诸将于陇上之战中为隗嚣所败时，冯异迅速占领栒邑，出其不意，轻松大破隗嚣主力行巡的大军，取得了此战的最终胜利。因此，在冯异的军事生涯中，始终见不到轰轰烈烈的大砍大杀的战争场面，他所指挥的战争似乎都很轻松，但他始终是战争的胜利者，他始终能在别的将领作战失利的危急关头转危为安。这些都是一个典型儒将的过人之处。

冯异的优秀品质主要表现有两点：一方面是他的谦虚不自夸。在他大破隗嚣军于陇上时，“异上书言状，不敢自伐，诸将或欲分其功”，倒是刘秀看不过去，亲自出面下诏褒奖。可以说就是他这一品质的最为突出的体现。另一方面就是他的仁爱之心。这在他早期对刘秀“宜急分遣官属，徇行郡县，理冤结，布德泽”的建议中，就可见一斑。他在击破公孙述大将吕鲔后又“怀来百姓，申理枉结”，从而使他所屯军的上林苑，三年之后，成了一个大的都市。正由于他的仁爱之心，得到了广大战士的热爱，在刘秀重新分配部将的士兵时，“军士皆言愿属大树将军”。这不由得使我们自然地想起西汉一代与士卒共饮食的名将李广。他们一个是识字不多的武将，一个则是熟读兵书的儒将，但二人的仁爱之心却是共同的。

冯异无疑是作者深所敬仰的人物，传文中的一段细节描写就明确地传达出了作者对他的态度：

> 异为人谦退不伐，行与诸将相逢，辄引车避道。进止皆有表识，军中号为整齐。每所止舍，诸将并坐论功，异常独屏树下，军中号曰“大树将军”。

从此以后，“大树将军”这一称号不胫而走，并成为谦恭而不自夸人物的代名词，可以说这篇传记起到了相当大的作用。

传文在剪裁上也颇具匠心。汉安帝永初六年的诏书，本来是针对“中兴二十八将”这一群体而发，但作者却置之于这篇传文之中，即可见出作者对冯异的无限敬仰之情，和对他卓越功绩的高度赞赏。这些，都是我们在读这篇传记时需要特别注意之处。

吴汉传

吴汉字子颜，南阳宛人也。家贫，给事县为亭长①。王莽末，以宾客犯法，乃亡命至渔阳②。资用乏，以贩马自业，往来燕、蓟间，所至皆交结豪杰。更始立，使使者韩鸿徇河北。或谓鸿曰：“吴子颜，奇士也，可与计事。”鸿召见汉，甚悦之，遂承制拜为安乐令③。

会王郎起，北州扰惑。汉素闻光武长者，独欲归心。乃说太守彭宠曰：“渔阳、上谷突骑，天下所闻也。君何不合二郡精锐，附刘公击邯郸，此一时之功也④。”宠以为然，而官属皆欲附王郎，宠不能夺。汉乃辞出，止外亭，念所以谲众，未知所出⑤。望见道中有一人似儒生者，汉使人召之，为具食，问以所闻。生因言刘公所过，为郡县所归；邯郸举尊号者，实非刘氏。汉大喜，即诈为光武书，移檄渔阳，使生赍以诣宠，令具以所闻说之，汉复随后入⑥。宠甚然之。于是遣汉将兵与上谷诸将并军而南，所至击斩王郎将帅。及光武于广阿，拜汉为偏将军。既拔邯郸，赐号建策侯。

汉为人质厚少文，造次不能以辞自达⑦。邓禹及诸将多知之，数相荐举，及得召见，遂见亲信，常居门下⑧。光武将发幽州兵，夜召邓禹，问可使行者。禹曰：“间数与吴汉言，其人勇鸷有智谋，诸将鲜能及者⑨。”即拜汉大将军，持节北发十郡突骑。更始幽州牧苗曾闻之，阴勒兵，敕诸郡，不肯应调⑩。汉乃将二十骑先驰至无终。曾以汉无备，出迎于路，汉即㧑兵骑⑪，收曾斩之，而夺其军。北州震骇，城邑莫不望风弭从⑫。遂悉发其兵，引而南，与光武会清阳。诸将望见汉还，士马甚盛，皆曰：“是宁肯分兵与人邪？”及汉至莫府，上兵簿，诸将人人多请之⑬。光武曰：“属者恐不与人，今所请又何多也？”诸将皆惭。

【注 释】

① 给事：供事，犹当差。亭长：秦汉时，十里设亭，置亭长，主管地方事务和治安。② 亡命：逃亡。渔阳：郡名，辖境在今北京及河北一带。③ 承制：谓奉皇帝旨意而便宜行事。安乐：县名，时属渔阳。④ 一时之功：意谓不可再遇的立功机会。⑤ 谲：诈，欺骗。未知所出：不知道用什么计策去做。⑥ 移檄：移与檄都是古代的官方文书，用于征召和晓谕、声讨等。赍：持，携带。⑦ 造次：匆忙，指短时间内。以辞自达：用语言表达自己的想法。⑧ 门下：门庭之下。指吴汉得到刘秀的信任而常在刘秀的身边。⑨ 勇鸷：勇猛。⑩ 阴勒兵：暗中整顿军队。应调：服从征调。⑪ 扐：指挥。⑫ 弭从：顺从。⑬ 莫府：将帅驻扎的大帐篷，引申为将帅的办事处。莫，通"幕"，帐篷。兵簿：士兵的名册。

初，更始遣尚书令谢躬率六将军攻王郎，不能下。会光武至，共定邯郸，而躬裨将虏掠不相承禀，光武深忌之。虽俱在邯郸，遂分城而处，然每有以慰安之。躬勤于职事，光武常称曰："谢尚书真吏也。"故不自疑。躬既而率其兵数万，还屯于邺。时光武南击青犊，谓躬曰："我追贼于射犬，必破之。尤来在山阳者，势必当惊走。若以君威力，击此散虏，必成禽也。"躬曰："善。"及青犊破，而尤来果北走隆虑山[①]，躬乃留大将军刘庆、魏郡太守陈康守邺，自率诸将军击之。穷寇死战[②]，其锋不可当，躬遂大败，死者数千人。光武因躬在外，乃使汉与岑彭袭其城。汉先令辩士说陈康曰："盖闻上智不处危以侥幸，中智能因危以为功，下愚安于危以自亡。危亡之至，在人所由[③]，不可不察。今京师败乱，四方云扰[④]，公所闻也。萧王兵强士附，河北归命，公所见也。谢躬内背萧王，外失众心，公所知也。公今据孤危之城，待灭亡之祸，义无所立，节无所成。不若开门内军[⑤]，转祸为福，免下愚之败，收中智之功，此计之至者也。"康然之。于是康收刘庆及躬妻子，开门内汉等。及躬从隆虑归邺，不知康已反之，乃与数百骑轻入城。汉伏兵收之，手击杀躬，其众悉降。躬字子张，南阳人。初，其妻知光武不平之，常戒躬曰："君与刘公积不相能，而信其虚谈，不为之备，终受制矣[⑥]。"躬不纳，故及于难。

光武北击群贼，汉常将突骑五千为军锋，数先登陷陈[⑦]。及河北平，汉与诸将奉图书，上尊号[8]。光武即位，拜为大司马，更封舞阳侯。

【注释】

①隆虑山：在今河南林州西。②穷寇：陷于绝境的敌寇。③在人所由：在于人的选择。所由，所从。④云扰：如云一般的纷扰变化。⑤内军：指接纳吴汉的军队。内，容纳，接纳。⑥积不相能：素来不和。积，积累。能，和善。虚谈：空谈。⑦登陷陈：登城陷阵，陈，通“阵”。⑧图书：指帝王受命验征的图谶等。尊号：帝王之号。

建武二年春，汉率大司空王梁，建义大将军朱佑，大将军杜茂，执金吾贾复，扬化将军坚镡，偏将军王霸，骑都尉刘隆、马武、阴识，共击檀乡贼于邺东漳水上[1]，大破之，降者十余万人。帝使使者玺书定封汉为广平侯[2]，食广平、斥漳、曲周、广年，凡四县。复率诸将击邺西山贼黎伯卿等，及河内修武，悉破诸屯聚。车驾亲幸抚劳。复遣汉进兵南阳，击宛、涅阳、郦、穰、新野诸城[3]，皆下之。引兵南，与秦丰战黄邮水上，破之。又与偏将军冯异击昌城五楼贼张文等，又攻铜马、五幡于新安，皆破之。

明年春，率建威大将军耿弇、虎牙大将军盖延，击青犊于轵西，大破降之。又率骠骑大将军杜茂、强弩将军陈俊等，围苏茂于广乐。刘永将周建别招聚收集得十余万人[4]，救广乐。汉将轻骑迎与之战，不利，坠马伤膝，还营，建等遂连兵入城[5]。诸将谓汉曰："大敌在前而公伤卧，众心惧矣。"汉乃勃然裹创而起，椎牛飨士，令军中曰："贼虽多，皆劫掠群盗，'胜不相让，败不相救'，非有仗节死义者也[6]。今日封侯之秋，诸君勉之！"于是军士激怒，人倍其气。旦日，建、茂出兵围汉，汉选四部精兵黄头吴河等[7]，及乌桓突骑三千余人，齐鼓而进。建军大溃，反还奔城。汉长驱追击，争门并入，大破之，茂、建突走。汉留杜茂、陈俊等守广乐，自将兵助盖延围刘永于睢阳。永既死，二城皆降。

明年，又率陈俊及前将军王梁，击破五校贼于临平，追至东郡箕山，大破之。北击清河长直及平原五里贼，皆平之。时鬲县五姓共逐守长[8]，据城而反。诸将争欲攻之，汉不听，曰："使鬲反者，皆守长罪也。敢轻冒进兵者斩。"乃移檄告郡，使收守长，而使人谢城中[9]。五姓大喜，即相率归降。诸将乃服，曰："不战而下城，非众所及也。"

冬，汉率建威大将军耿弇、汉忠将军王常等，击富平、获索二贼于平原。明年春，贼率五万余人夜攻汉营，军中惊乱，汉坚卧不动，有顷乃定。即夜发精兵出营突击，大破其众。因追讨余党，遂至无盐，进击勃海，皆平之⑩。又从征董宪，围朐城。明年春，拔朐，斩宪，事已见《刘永传》。东方悉定，振旅还京师。

会隗嚣畔，夏，复遣汉西屯长安。八年，从车驾上陇⑪，遂围隗嚣于西城。帝敕汉曰："诸郡甲卒但坐费粮食，若有逃亡，则沮败众心，宜悉罢之。"汉等贪并力攻嚣，遂不能遣，粮食日少，吏士疲役，逃亡者多，及公孙述救至，汉遂退败。

【注 释】

① 漳水：发源于今山西长子，流入卫河。② 定封：确定爵位和封地。③ 宛：与以下数城皆在今河南省境内。④ 别招聚：在他处招聚。⑤ 连兵：集结军队。⑥ 仗节死义：坚守节操，为义而死。⑦ 黄头吴河：指吴河所率领的裹着黄头巾的军队。⑧ 鬲县五姓：鬲县的五个大族。鬲县，在今山东德州东南。⑨ 谢城中：向鬲县城中的人道歉。⑩ 无盐：县名，治所在今山东东平东。勃海：郡名，属今河北省。⑪ 从车驾上陇：跟随光武帝到陇。

十一年春，率征南大将军岑彭等伐公孙述。及彭破荆门，长驱入江关，汉留夷陵，装露桡船，将南阳兵及弛刑募士三万人溯江而上①。会岑彭为刺客所杀，汉并将其军。十二年春，与公孙述将魏党、公孙永战于鱼涪津②，大破之，遂围武阳。述遣子婿史兴将五千人救之。汉迎击兴，尽殄其众，因入犍为界③。诸县皆城守，汉乃进军攻广都，拔之。遣轻骑烧成都市桥，武阳以东诸小城皆降。

帝戒汉曰："成都十余万，不可轻也。但坚据广都，待其来攻，勿与争锋。若不敢来，公转营迫之④，须其力疲，乃可击也。"汉乘利，遂自将步骑二万余人进逼成都，去城十余里，阻江北为营，作浮桥，使副将武威将军刘尚将万余人屯于江南，相去二十余里。帝闻大惊，让汉曰："比敕公千条万端，何意临事勃乱[5]！既轻敌深入，又与尚别营，事有缓急，不复相及。贼若出兵缀公，以大攻尚，尚破，公即败矣。幸无它者，急引兵还广都。”诏书未到，述果使其将谢丰、袁吉将众十许万，分为二十余营，并出攻汉。使别将将万余人劫刘尚，令不得相救。汉与大战一日，兵败，走入壁，丰因围之。汉乃召诸将厉之曰：“吾共诸君逾越险阻，转战千里，所在斩获，遂深入敌地，至其城下。而今与刘尚二处受围，势既不接，其祸难量。欲潜师就尚于江南，并兵御之。若能同心一力，人自为战，大功可立；如其不然，败必无余。成败之机，在此一举。”诸将皆曰“诺”。于是飨士秣马，闭营三日不出，乃多树幡旗，使烟火不绝，夜衔枚引兵与刘尚合军[6]。丰等不觉，明日，乃分兵拒江北，自将攻江南。汉悉兵迎战，自旦至晡，遂大破之[7]，斩谢丰、袁吉，获甲首五千余级。于是引还广都，留刘尚拒述，具以状上，而深自谴责。帝报曰：“公还广都，甚得其宜，述必不敢略尚而击公也。若先攻尚，公从广都五十里悉步骑赴之，适当值其危困，破之必矣。”自是汉与述战于广都、成都之间，八战八克，遂军于其郭中[8]。述自将数万人出城大战，汉使护军高午、唐邯将数万锐卒击之。述兵败走，高午奔陈刺述[9]，杀之。事已见《述传》。旦日城降，斩述首传送洛阳。明年正月，汉振旅浮江而下。至宛，诏令过家上冢[10]，赐谷二万斛。

【注 释】

① 露桡船：露出船桨的船。桡，船桨。弛刑募士：囚徒解除刑具后招募来作为士兵。② 鱼涪津：在今四川南安。③ 殄：灭绝。犍为：郡名，地在今四川和云南、贵州交界处。④ 转营：转移军营。⑤ 勃乱：错乱。⑥ 秣马：喂马。衔枚：秘密行军时，为防止士兵喧哗，每人口含小木棍称衔枚。枚，类似筷子的小木棍，两端有绳，行军时横含口中。⑦ 自旦至晡：从早上至下午。晡，即申时，每天的下午三点至五点。⑧ 郭：外城。这句意谓吴汉军已攻破成都的外城，并驻军于外城之中。⑨ 奔陈：奔向敌阵。陈，通“阵”。⑩ 过家上冢：吴汉为宛人，大军至宛，故特许其经过家乡时为祖先上坟。冢，坟。

十五年，复率扬武将军马成、捕虏将军马武北击匈奴，徙雁门、代郡、上谷吏人六万余口，置居庸、常山关以东。

十八年，蜀郡守将史歆反于成都，自称大司马，攻太守张穆，穆逾城走广都，歆遂移檄郡县，而宕渠杨伟、朐䏰徐容等，起兵各数千人以应之[①]。帝以歆昔为岑彭护军，晓习兵事，故遣汉率刘尚及太中大夫臧宫将万余人讨之。汉入武都，乃发广汉、巴、蜀三郡兵围成都，百余日城破，诛歆等。汉乃乘桴沿江下巴郡[②]，杨伟、徐容等惶恐解散，汉诛其渠帅二百余人，徙其党与数百家于南郡、长沙而还。

汉性强力，每从征伐，帝未安，恒侧足而立[③]。诸将见战陈不利，或多惶惧，失其常度。汉意气自若，方整厉器械，激扬士吏。帝时遣人观大司马何为，还言方修战攻之具，乃叹曰："吴公差强人意，隐若一敌国矣[④]！"每当出师，朝受诏，夕即引道，初无办严之日[⑤]。故能常任职[⑥]，以功名终。及在朝廷，斤斤谨质[⑦]，形于体貌。汉尝出征，妻子在后买田业。汉还，让之曰："军师在外[⑧]，吏士不足，何多买田宅乎！"遂尽以分与昆弟外家[⑨]。

二十年，汉病笃。车驾亲临，问所欲言。对曰："臣愚无所知识，唯愿陛下慎无赦而已[⑩]。"及薨，有诏悼愍，赐谥曰忠侯。发北军五校、轻车、介士送葬，如大将军霍光故事[⑪]。

子哀侯成嗣，为奴所杀。二十八年，分汉封为三国：成子旦为灈阳侯，以奉汉嗣；旦弟盱为筑阳侯；成弟国为新蔡侯。旦卒，无子，国除。建初八年，徙封盱为平春侯，以奉汉后。盱卒，子胜嗣。初，汉兄尉为将军，从征战死，封尉子彤为安阳侯。帝以汉功大，复封弟翕为褒亲侯。吴氏侯者凡五国。

初，渔阳都尉严宣，与汉俱会光武于广阿，光武以为偏将军，封建信侯。

论曰：吴汉自建武世，常居上公之位，终始倚爱之亲，谅由质简而强力也[⑫]。子曰"刚毅木讷近仁"，斯岂汉之方乎[⑬]！昔陈平智有余以见疑，周勃资朴忠而见信[⑭]。夫仁义不足以相怀，则智者以有余为疑，而朴者以不足取信矣[⑮]。

赞曰；吴公鸷强，实为龙骧[⑯]。电扫群孽，风行巴、梁。

【注 释】

① 逾城：越城，指张穆穿过广都城逃走。宕渠、朐䏰：二县名，地皆在今重庆市。② 桴：小木筏。③ 性强力：个性坚强能忍耐。侧足而立：指因为畏惧而不敢正立。④ 隐若一敌国：指吴汉威重得可以和一个国家相当。隐，威重貌。敌，匹敌。敌国，与一国相匹敌，与一国相当。⑤ 初无办严：全无置办行装的时候。初，全。严，即“装”。因避汉明帝讳而改。⑥ 任职：称职。⑦ 斤斤：明察貌。⑧ 军师：军队。⑨ 昆弟：兄弟。外家：指母亲与妻子的娘家人。⑩ 慎无赦：对大赦要谨慎。⑪ 介士：甲士。如大将军霍光故事：如同霍光办丧事时的形式规模。故事：旧事。⑫ 上公之位：据《后汉书·百官志一》，东汉仅太傅称上公，吴汉并非太傅，这里泛指高官显爵。倚：倚仗。⑬ 刚毅木讷近仁：语出《论语·子路》。刚毅，指刚强而有决断；木讷，拘谨迟钝，不善言辞。方：比拟。⑭ 陈平智有余以见疑，周勃资朴忠而见信：《史记·高祖本纪》载高祖说：“陈平智有余，然难以独任。周勃重厚少文，然安刘氏者，必勃也。”所以说陈平见疑，周勃见信。⑮ 怀：依赖。不足：指忠直。⑯ 龙骧：谓吴汉之威如龙之升腾。骧，举。

【导 读】

吴汉出身贫寒，曾以贩马为业。他作战勇敢，身先士卒，屡立奇功，再加上他为人忠实可靠，所以深得光武帝刘秀的倚重和信任，由偏将军而逐渐成长为独当一面的主将。最后官至大司马，位居三公，成了东汉最重要的开国功臣之一。本篇传记即记载了吴汉在东汉统一战争中所起到的举足轻重的作用，也充分表现了他刚强果敢、有勇有谋和谨慎朴实的个性特征。

毅力刚强、为人质朴简易、不善言辞是吴汉的主要性格特征，正如传论所说的“质简而强力，子曰‘刚毅木讷近仁’，斯岂汉之方乎”。可是，在传文中首先表现出来的却是吴汉过人的智慧，他一出场的“谲说彭宠”，就基本显示了他的聪明才智，紧接着的“智取谢躬”，则更将他过人的机智表现得淋漓尽致。以后，传文才通过几次战争场景的描述，去展示他坚韧刚毅的一面，表现出作者在刻画人物上的匠心独运。因此，吴汉的个性，基本上可以用大智若愚来概括，这是读这篇传记时需要注意的地方。

文章通过几次重要的战争来表现吴汉的功绩，其中最为突出的是建武十二年率军平定四川公孙述割据势力的战争。当时由于贪功冒进，大军被公孙述分割包围，吴汉江北和江南的军队无法呼应作战。在这一危急的形势之下，吴汉一方面激励士气，另一方面又迅速调整作战方案。他先是“多树旗幡，使烟火不绝”，以迷惑敌军的注意力，然后乃“夜衔枚引兵，与刘尚合军”，在敌军毫无准备的情况下，合江南和江北二军之力，猛攻敌阵，一鼓作气，不仅大破敌军，而且阵斩敌军主帅谢丰。接着又乘胜攻克成都，斩公孙述，彻底平定了公孙述割据势力。

文中的一些细节，对刻画吴汉这一人物也起到了相当大的作用。如“汉尝出征，妻子在后买田业。汉还，让之曰：‘军师在外，吏士不足，何多买田宅乎！’遂尽以分与昆弟外家。”寥寥数语，使他的形象得到了进一步的丰满。结尾写吴汉死后的葬礼说：“如大将军霍光故事。”表面上看是在介绍他葬礼的规模，但却通过与霍光的对比，暗示了光武帝对他的充分肯定，更突出了他如同霍光般安定汉室的巨大功绩。

马援传

马援字文渊，扶风茂陵人也。其先赵奢为赵将，号曰马服君①，子孙因为氏。武帝时，以吏二千石自邯郸徙焉②。曾祖父通，以功封重合侯，坐兄何罗反，被诛，故援再世不显③。援三兄况、余、员，并有才能，王莽时皆为二千石。

援年十二而孤④，少有大志，诸兄奇之。尝受《齐诗》，意不能守章句，乃辞况，欲就边郡田牧⑤。况曰：“汝大才，当晚成。良工不示人以朴，且从所好。”会况卒，援行服期年⑥，不离墓所。敬事寡嫂，不冠不入庐。后为郡督邮⑦，送囚至司命府，囚有重罪，援哀而纵之，遂亡命北地。遇赦，因留牧畜，宾客多归附者，遂役属数百家。转游陇汉间，常谓宾客曰：“丈夫为志，穷当益坚，老当益壮。”因处田牧，至有牛马羊数千头，谷数万斛。既而叹曰：“凡殖货财产⑧，贵其能施赈也，否则守钱虏耳。”乃尽散以班昆弟故旧，身衣羊裘皮绔⑨。

王莽末，四方兵起，莽从弟卫将军林广招雄俊，乃辟援及同县原涉为掾。荐之于莽，莽以涉为镇戎大尹，援为新成大尹[10]。及莽败，援兄员时为增山连率[11]，与援俱去郡，复避地凉州。世祖即位，员先诣洛阳，帝遣员复郡，卒于官。援因留西州[12]，隗嚣甚敬重之，以援为绥德将军，与决筹策。

是时公孙述称帝于蜀，嚣使援往观之。援素与述同里闬，相善，以为既至当握手欢如平生，而述盛陈陛卫，以延援入，交拜礼毕，使出就馆，更为援制都布单衣、交让冠，会百官于宗庙中，立旧交之位[13]。述鸾旗旄骑，警跸就车，磬折而入，礼飨官属甚盛，欲授援以封侯大将军位[14]。宾客皆乐留，援晓之曰："天下雄雌未定，公孙不吐哺走迎国士，与图成败，反修饰边幅，如偶人形[15]。此子何足久稽天下士乎[16]？"因辞归，谓嚣曰："子阳井底蛙耳，而妄自尊大，不如专意东方。"

【注 释】

① 马服君：战国时，赵国大将赵奢因功被赐号马服君，见《史记·赵世家》。马服，意为能驭烈马。② 以吏二千石自邯郸徙：谓马援的祖先在任二千石的官职时将家从邯郸迁徙到了扶风茂陵。③ 再世不显：几代不显要，指几代不能担任显要的职位。④ 孤：父母早亡称孤。⑤《齐诗》：汉初齐人辕固生所传的《诗经》。章句：对古代诗文的字句的解释。意：料想。⑥ 期年：整一年。⑦ 督邮：官名，太守的属官，代表太守督察属县，宣达教令，兼司狱讼，权力较大。⑧ 殖货财产：增长的财产。⑨ 皮绔：皮裤。这句指他衣着俭朴。⑩ 镇戎大尹：即天水太守。镇戎，王莽称帝后改天水为镇戎，改汉中为新成。大尹，即太守，王莽即位，改太守为大尹或连率。⑪ 增山连率：即上郡太守。增山，王莽改上郡为增山。⑫ 西州：凉州的别称，辖今甘肃及内蒙古、宁夏部分地区。⑬ 同里闬：指同乡。里闬，里门，乡里。盛陈陛卫：置立众多护卫。陛卫：皇帝的侍卫。⑭ 鸾旗旄骑：指公孙述的仪仗队。警跸：出警入跸，指戒严。就车：上车。磬折：意谓公孙述的官属如磬一般弯曲身体。⑮ 吐哺：吐出口中食物。客人来时吐出口中食物，表示对客人的欢迎。古代有周公"一饭三吐哺，一沐三握发"的说法。国士：一个国家优秀人物的代表。修饰边

幅：比喻重视仪表和威严。偶人：木偶。⑯ 稽：留。

建武四年冬，嚣使援奉书洛阳。援至，引见于宣德殿。世祖迎笑谓援曰："卿遨游二帝间，今见卿，使人大惭。"援顿首辞谢，因曰："当今之世，非独君择臣也，臣亦择君矣。臣与公孙述同县，少相善。臣前至蜀，述陛戟而后进臣[①]。臣今远来，陛下何知非刺客奸人，而简易若是？"帝复笑曰："卿非刺客，顾说客耳。"援曰："天下反复，盗名字者不可胜数。今见陛下，恢廓大度，同符高祖，乃知帝王自有真也[②]。"帝甚壮之。援从南幸黎丘，转至东海。及还，以为待诏，使太中大夫来歙持节送援西归陇右。

隗嚣与援共卧起，问以东方流言及京师得失[③]。援说嚣曰："前到朝廷，上引见数十，每接燕语[④]，自夕至旦，才明勇略，非人敌也。且开心见诚，无所隐伏，阔达多大节，略与高帝同[⑤]。经学博览，政事文辩，前世无比。"嚣曰："卿谓何如高帝？"援曰："不如也。高帝无可无不可[⑥]。今上好吏事，动如节度[⑦]，又不喜饮酒。"嚣意不怿，曰："如卿言，反复胜邪？"然雅信援，故遂遣长子恂入质[⑧]。援因将家属随恂归洛阳，居数月而无它职任。援以三辅地旷土沃，而所将宾客猥多，乃上书求屯田上林苑中，帝许之[⑨]。

会隗嚣用王元计，意更狐疑，援数以书记责譬于嚣。嚣怨援背己，得书增怒，其后遂发兵拒汉。援乃上疏曰："臣援自念归身圣朝，奉事陛下，本无公辅一言之荐，左右为容之助。臣不自陈，陛下何因闻之。夫居前不能令人轻，居后不能令人轩，与人怨不能为人患，臣所耻也[⑩]。故敢触冒罪忌，昧死陈诚。臣与隗嚣，本实交友。初，嚣遣臣东，谓臣曰：'本欲为汉，愿足下往观之。于汝意可，即专心矣。'及臣还反，报以赤心，实欲导之于善，非敢谲以非义。而嚣自挟奸心，盗憎主人，怨毒之情遂归于臣[⑪]。臣欲不言，则无以上闻。愿听诣行在所，极陈灭嚣之术，得空胸腹，申愚策，退就陇亩，死无所恨。"帝乃召援计事，援具言谋画。因使援将突骑五千，往来游说嚣将高峻、任禹之属，下及羌豪[⑫]，为陈祸福，以离嚣支党。

援又为书与嚣将杨广，使晓劝于嚣，曰："春卿无恙。前别冀南，寂无音驿[⑬]。援间还长安，因留上林。窃见四海已定，兆民同情，而季孟闭拒背畔，为天下表的[⑭]。常惧海内切齿，思相屠裂，故遗书恋恋，以致恻隐之计。乃闻季孟归罪于援，而纳王游翁谄邪之说，自谓函谷以西，举足可定，以今而观，竟何如邪？援间至河内，过存伯春，见其奴吉从西方还，说伯春小弟仲舒望见吉，欲问伯春无它否，竟不能言，晓夕号泣，婉转尘中。又说其家悲愁之状，不可言也。夫怨雠可刺不可毁⑮，援闻之，不自知泣下也。援素知季孟孝爱，曾、闵不过⑯。夫孝于其亲，岂不慈于其子？可有子抱三木，而跳梁妄作，自同分羹之事乎⑰？季孟平生自言所以拥兵众者，欲以保全父母之国而完坟墓也，又言苟厚士大夫而已。而今所欲全者将破亡之，所欲完者将毁伤之，所欲厚者将反薄之。季孟尝折愧子阳而不受其爵，今更共陆陆⑱，欲往附之，将难为颜乎？若复责以重质，当安从得子主给是哉！往时子阳独欲以王相待，而春卿拒之。今者归老，更欲低头与小儿曹共槽枥而食，并肩侧身于怨家之朝乎？男儿溺死何伤而拘游哉！今国家待春卿意深，宜使牛孺卿与诸耆老大人共说季孟，若计划不从，真可引领去矣。前披舆地图，见天下郡国百有六所，奈何欲以区区二邦以当诸夏百有四乎⑲？春卿事季孟，外有君臣之义，内有朋友之道。言君臣邪，固当谏争。语朋友邪，应有切磋。岂有知其无成，而但萎腇咋舌，叉手从族乎⑳？及今成计，殊尚善也。过是，欲少味矣。且来君叔天下信士，朝廷重之，其意依依，常独为西州言。援商朝廷，尤欲立信于此，必不负约。援不得久留，愿急赐报。"广竟不答。

八年，帝自西征嚣，至漆㉑，诸将多以王师之重，不宜远入险阻，计犹豫未决。会召援，夜至，帝大喜，引入，具以群议质之。援因说隗嚣将帅有土崩之势，兵进有必破之状。又于帝前聚米为山谷㉒，指画形势，开示众军所从道径往来，分析曲折，昭然可晓。帝曰："虏在吾目中矣。"明旦，遂进军至第一㉓，嚣众大溃。

【注 释】

① 陛戟：在殿阶两边站立持戟的卫士。② 恢廓大度：胸襟宽广，气度大。同符高祖：与汉高祖相同。③ 流言：指民间传言。④ 燕语：在宴饮时私下所说的话。⑤ 阔达：犹豁达。指心胸开阔，气量大。大节：宏大的志节、志向。⑥ 无可无不可：谓简易随便，善于变通。⑦ 动如节度：行事有规矩，不随便。⑧ 入质：指到洛阳做人质。⑨ 猥多：众多。上林

苑：本为秦代苑囿，汉武帝时有所增广，地在今西安市西。⑩ 居前不能令人轻，居后不能令人轩：指为人无足轻重。轻轩，车行时的前俯后仰。⑪ 盗憎主人：比喻邪恶的人憎恨正直的人。怨毒：怨恨。⑫ 羌豪：羌人的首领。⑬ 音驿：驿站传来的消息，指二人无书信来往。⑭ 为天下表的：意谓成了天下人指责的对象。表，犹标。表的，靶子。⑮ 怨雠可刺不可毁：谓仇敌可以直接指责却不应该去诬陷。⑯ 曾、闵：即曾参与闵子骞，二人皆孔子弟子，以孝著称。⑰ 抱三木：指上刑具。三木，古代加在犯人颈和手足上的刑具。跳梁妄作：胡作非为。⑱ 陆陆：犹碌碌，无所作为貌。⑲ 诸夏：整个华夏地区，指全国。⑳ 萎腇：疲软。咋舌：咬住舌头，不敢出声。此为极端恐惧或悔恨的表现。从族：随同被族灭。㉑ 漆：县名，属右扶风，今陕西彬县。㉒聚米为山谷：堆积米谷做成山谷的模型。㉓ 第一：指高平郡的第一城，地在今甘肃固原。

九年，拜援为太中大夫，副来歙监诸将平凉州。自王莽末，西羌寇边，遂入居塞内，金城属县多为虏有。来歙奏言陇西侵残，非马援莫能定。十一年夏，玺书拜援陇西太守。援乃发步骑三千人，击破先零羌于临洮，斩首数百级，获马牛羊万余头。守塞诸羌八千余人诣援降。诸种有数万，屯聚寇钞，拒浩亹隘[①]。援与扬武将军马成击之，羌因将其妻子辎重移阻于允吾谷。援乃潜行间道，掩赴其营。羌大惊坏，复远徙唐翼谷中，援复追讨之。羌引精兵聚北山上，援陈军向山，而分遣数百骑绕袭其后，乘夜放火，击鼓叫噪，虏遂大溃，凡斩首千余级。援以兵少，不得穷追，收其谷粮畜产而还。援中矢贯胫[②]，帝以玺书劳之，赐牛羊数千头，援尽班诸宾客。

是时，朝臣以金城破羌之西[③]，涂远多寇，议欲弃之。援上言，破羌以西城多完牢[④]，易可依固；其田土肥壤，灌溉流通。如令羌在湟中，则为害不休，不可弃也。帝然之。于是诏武威太守，令悉还金城客民[⑤]。归者三千余口，使各反旧邑。援奏为置长吏，缮城郭，起坞候，开导水田，劝以耕牧，郡中乐业[⑥]。又遣羌豪杨封譬说塞外羌，皆来和亲。又武都氐人背公孙述来降者，援皆上复其侯王君长，赐印绶，帝悉从之。乃罢马成军。

十三年，武都参狼羌与塞外诸种为寇[⑦]，杀长吏。援将四千余人击之，至氐道县[⑧]，羌在山上，援军据便地，夺其水草，不与战，羌遂穷困，豪帅数十万户亡出塞，诸种万余人悉降，于是陇右清静。

援务开恩信，宽以待下，任吏以职，但总大体而已[9]。宾客故人，日满其门。诸曹时白外事，援辄曰："此丞、掾之任，何足相烦。颇哀老子，使得遨游[10]。若大姓侵小民，黠羌欲旅距，此乃太守事耳。"傍县尝有报仇者，吏民惊言羌反，百姓奔入城郭。狄道长诣门，请闭城发兵[11]。援时与宾客饮，大笑曰："烧虏何敢复犯我。晓狄道长归守寺舍，良怖急者，可床下伏。"后稍定，郡中服之。视事六年，征入为虎贲中郎将。

初，援在陇西上书，言宜如旧铸五铢钱[12]。事下三府，三府奏以为未可许，事遂寝[13]。及援还，从公府求得前奏，难十余条，乃随牒解释[14]，更具表言。帝从之，天下赖其便。援自还京师，数被进见。为人明须发，眉目如画。闲于进对[15]，尤善述前世行事。每言及三辅长者，下至闾里少年，皆可观听。自皇太子、诸王侍闻者，莫不属耳忘倦。又善兵策，帝常言"伏波论兵，与我意合"，每有所谋，未尝不用。

【注 释】

① 浩亹：县名，在今甘肃省。② 贯胫：穿透小腿。胫，小腿。③ 破羌：县名，地在今青海省。④ 城多完牢：城池大多完整坚固。⑤ 金城客民：指金城人客居在武威者。⑥ 坞候：防御用的土堡。开导水田：即开挖田地导水，以为灌溉。⑦ 参狼羌：羌族的一种，主要居住在武都郡，故又称武都羌。⑧ 氐道县：地在今甘肃武山西。⑨ 任吏以职：将具体的事务交给下属官吏。总大体：总揽大局。⑩ 老子：马援自称，即老夫、老头子。⑪ 狄道长：狄道县的县令。古代小县的县令称长。⑫ 五铢钱：钱币的一种，钱身重五铢。⑬ 三府：三公府。寝：搁置。⑭ 牒：公文，文书。⑮ 闲于进对：进见时善于应对。

初，卷人维汜[1]，妖言称神，有弟子数百人，坐伏诛。后其弟子李广等宣言汜神化不死，以诳惑百姓。十七年，遂共聚会徒党，攻没皖城[2]，杀皖侯刘闵，自称"南岳大师"。遣谒者张宗将兵数千人讨之[3]，复为广所败。于是使援发诸郡兵，合万余人，击破广等，斩之。

又交阯女子征侧及女弟征贰反[4]，攻没其郡，九真、日南、合浦蛮夷皆应之，寇略岭外六十余城，侧自立为王。于是玺书拜援伏波将军，以扶乐侯刘隆为副，督楼船将军段志等南击交阯。军至合浦而志病卒，诏援并将其兵。遂缘海而进，随山刊道千余里。十八年春，军至浪泊上⑤，与贼战，破之，斩首数千级，降者万余人。援追征侧等至禁溪，数败之，贼遂散走。明年正月，斩征侧、征贰，传首洛阳。封援为新息侯，食邑三千户。援乃击牛釃酒，劳飨军士。从容谓官属曰："吾从弟少游常哀吾慷慨多大志，曰：'士生一世，但取衣食裁足，乘下泽车，御款段马，为郡掾史，守坟墓，乡里称善人，斯可矣⑥。致求盈余，但自苦耳。'当吾在浪泊、西里间，虏未灭之时，下潦上雾，毒气重蒸，仰视飞鸢跕跕坠水中⑦，卧念少游平生时语，何可得也！今赖士大夫之力，被蒙大恩，猥先诸君纡佩金紫，且喜且惭⑧。"吏士皆伏称万岁。

援将楼船大小二千余艘，战士二万余人，进击九真贼征侧余党都羊等，自无功至居风，斩获五千余人，峤南悉平⑨。援奏言西于县户有三万二千，远界去庭千余里⑩，请分为封溪、望海二县，许之。援所过辄为郡县治城郭，穿渠灌溉，以利其民。条奏越律与汉律驳者十余事⑪，与越人申明旧制以约束之，自后骆越奉行马将军故事。

【注释】

① 卷：县名，地在今河南省。② 晥城：县名，今安徽潜山。③ 谒者：官名。④ 交阯：辖境相当于今广东、广西大部和越南的北部、中部。东汉末改为交州。⑤ 浪泊：地在今越南境内。⑥ 下泽车：一种善于在沼泽地上行驶的轻便小车。款段马：行步迟缓的马，指劣马。⑦ 跕跕：坠落貌。⑧ 猥先诸君：先于诸君。猥，浅薄，自谦之辞。纡佩金紫：佩带金印紫绶，指得居高位。纡，佩带，系结。⑨ 楼船：古代一种高级的战船，船上建楼。峤南：即岭南。峤，岭。⑩ 远界去庭千余里：意谓县中远的地方离县城有千余里。⑪ 条奏：逐条上奏。驳：不相符合，不相一致。

二十年秋，振旅还京师，军吏经瘴疫死者十四五①。赐援兵车一乘，朝见位次九卿。

援好骑，善别名马，于交阯得骆越铜鼓，乃铸为马式②，还上之。因表曰："夫行天莫如龙，行地莫如马。马者甲兵之本，国之大用。安宁则以别尊卑之序，有变则以济远近之难。昔有骐骥，一日千里，伯乐见之③，昭然不惑。近世有西河子舆，亦明相法。子舆传西河仪长孺，长孺传茂陵丁君都，君都传成纪杨子阿，臣援尝师事子阿，受相马骨法④。考之于行事，辄有验效。臣愚以为传闻不如亲见，视景不如察形。今欲形之于生马，则骨法难备具，又不可传之于后。孝武皇帝时，善相马者东门京铸作铜马法献之⑤，有诏立马于鲁班门外，则更名鲁班门曰金马门。臣谨依仪氏輢，中帛氏口齿，谢氏唇鬐，丁氏身中，备此数家骨相以为法⑥。"马高三尺五寸，围四尺五寸。有诏置于宣德殿下，以为名马式焉。

初，援军还，将至，故人多迎劳之，平陵人孟冀，名有计谋，于坐贺援。援谓之曰："吾望子有善言，反同众人邪？昔伏波将军路博德开置七郡，裁封数百户⑦。今我微劳，猥飨大县，功薄赏厚，何以能长久乎？先生奚用相济？"冀曰："愚不及。"援曰："方今匈奴、乌桓尚扰北边，欲自请击之。男儿要当死于边野，以马革裹尸还葬耳⑧，何能卧床上在儿女子手中邪？"冀曰："谅为烈士，当如此矣⑨。"

还月余，会匈奴、乌桓寇扶风，援以三辅侵扰，园陵危逼，因请行，许之。自九月至京师，十二月复出屯襄国。诏百官祖道⑩。援谓黄门郎梁松、窦固曰："凡人为贵，当使可贱，如卿等欲不可复贱，居高坚自持，勉思鄙言。"松后果以贵满致灾，固亦几不免。

明年秋，援乃将三千骑出高柳⑪，行雁门、代郡、上谷障塞。乌桓候者见汉军至⑫，虏遂散去，援无所得而还。

援尝有疾，梁松来候之⑬，独拜床下，援不答。松去后，诸子问曰："梁伯孙帝婿，贵重朝廷，公卿已下莫不惮之，大人奈何独不为礼？"援曰："我乃松父友也。虽贵，何得失其序乎？"松由是恨之。

【注 释】

① 瘴：瘴气，南方山林间温热蒸腾所形成的毒气。② 铸为马式：这句是说马援将所得铜鼓改铸为马的式样。③ 伯乐：古代著名的相马专家。④ 相马骨法：指相马时对马形体结构和骨骼等方面的要求法则。⑤ 东门京：人名，姓东门，名京。⑥ 輢：通"羁"，马络头。唇鬐：嘴和鬃

毛。⑦ 路博德：西汉名将，汉武帝时收复南越，封伏波将军。开置七郡：据《汉书·南粤王赵佗传》，路博德平南越后，分其地为九郡，此作七郡，当有误。⑧ 马革裹尸：用马皮包裹尸体，指死于战场。⑨ 谅：料想。烈士：志向高远之士。⑩ 祖道：指送行。⑪ 高柳：县名，地在今山西省。⑫ 候者：即斥候，军中担任侦察和守望巡逻的士兵。⑬ 候：看望，问候。

二十四年，武威将军刘尚击武陵五溪蛮夷，深入，军没，援因复请行。时年六十二，帝愍其老，未许之。援自请曰：“臣尚能被甲上马。”帝令试之，援据鞍顾眄，以示可用[①]。帝笑曰：“矍铄哉是翁也[②]！”遂遣援率中郎将马武、耿舒、刘匡、孙永等，将十二郡募士及弛刑四万余人征五溪[③]。援夜与送者诀，谓友人谒者杜愔曰：“吾受厚恩，年迫馀日索[④]，常恐不得死国事。今获所愿，甘心瞑目，但畏长者家儿或在左右，或与从事，殊难得调，介介独恶是耳[⑤]。”明年春，军至临乡，遇贼攻县，援迎击，破之，斩获二千余人，皆散走入竹林中。

初，军次下隽，有两道可入，从壶头则路近而水险，从充则涂夷而运远，帝初以为疑[⑥]。及军至，耿舒欲从充道，援以为弃日费粮，不如进壶头，扼其喉咽，充贼自破。以事上之，帝从援策。三月，进营壶头。贼乘高守隘，水疾，船不得上。会暑甚。士卒多疫死，援亦中病，遂困，乃穿岸为室，以避炎气[⑦]。贼每升险鼓噪，援辄曳足以观之[⑧]，左右哀其壮意，莫不为之流涕。耿舒与兄好畤侯弇书曰：“前舒上书当先击充，粮虽难运而兵马得用，军人数万争欲先奋。今壶头竟不得进，大众怫郁行死[⑨]，诚可痛惜。前到临乡，贼无故自致，若夜击之，即可殄灭。伏波类西域贾胡，到一处辄止，以是失利[⑩]。今果疾疫，皆如舒言。”弇得书，奏之。帝乃使虎贲中郎将梁松乘驿责问援，因代监军。会援病卒，松宿怀不平，遂因事陷之。帝大怒，追收援新息侯印绶。

初，兄子严、敦并喜讥议，而通轻侠客[⑪]。援前在交阯，还书诫之曰：

吾欲汝曹闻人过失，如闻父母之名，耳可得闻，口不可得言也。好论议人长短，妄是非正法[⑫]，此吾所大恶也，宁死不愿闻子孙有此行也。汝曹知吾恶之甚矣，所以复言者，施衿结褵，申父母之戒，欲使汝曹不忘之耳。龙伯高敦厚周慎，口无择言[13]，谦约节俭，廉公有威，吾爱之重之，愿汝曹效之。杜季良豪侠好义，忧人之忧，乐人之乐，清浊无所失，父丧致客，数郡毕至，吾爱之重之，不愿汝曹效也。效伯高不得，犹为谨敕之士，所谓刻鹄不成尚类鹜者也[14]。效季良不得，陷为天下轻薄子，所谓画虎不成反类狗者也。讫今季良尚未可知，郡将下车辄切齿，州郡以为言，吾常为寒心，是以不愿子孙效也。

季良名保，京兆人，时为越骑司马。保仇人上书，讼保"为行浮薄，乱群惑众。伏波将军万里还书以诫兄子，而梁松、窦固以之交结，将扇其轻伪[15]，败乱诸夏"。书奏，帝召责松、固，以讼书及援诫书示之。松、固叩头流血，而得不罪。诏免保官。伯高名述，亦京兆人，为山都长，由此擢拜零陵太守[16]。

【注 释】

① 据鞍：跨上马鞍。顾眄：谓左顾右盼。眄，斜视。② 矍铄：身体壮健，精力充沛。③ 募士：招募来的士兵。弛刑：免除刑具的犯人。④ 馀日索：来日不多。索，尽。⑤ 长者家儿：指权贵子弟。与从事：参与军中事务。⑥ 壶头：山名，在今湖南沅陵。涂夷：路途平整。⑦ 穿岸为室：挖掘堤岸作为住所。⑧ 曳足以观：挪动脚步出来观看。⑨ 怫郁：忧郁。行：将。⑩ 西域贾胡：西域做生意的商人。商人每到一地必须停下，所以下句说"到一处辄止"。⑪ 通：结交。轻侠客：轻生重义的侠客。⑫ 妄是非正法：随意批评朝政。正法，国家的法度。⑬ 口无择言：说话不加选择。因为心中没有不正确想法，所以说话在理，不必选择。⑭ 谨敕：谨慎勤勉。鹄：天鹅。类鹜：像野鸭。鹜，野鸭。⑮ 扇：扇动，宣扬。轻伪：轻薄奸诈。⑯ 零陵：郡名，辖地包括今湖南南部及广西东北部部分地区。

初，援在交阯，常饵薏苡实[1]，用能轻身省欲，以胜瘴气。南方薏苡实大，援欲以为种，军还，载之一车。时人以为南土珍怪，权贵皆望之[2]。援时方有宠，故莫以闻。及卒后，有上书谮之者，以为前所载还，皆明珠文犀。马武与于陵侯侯昱等皆以章言其状，帝益怒。援妻孥惶惧，不敢以丧还旧茔，裁买城西数亩地槀葬而已[③]。宾客故人莫敢吊会。严与援妻子草索相连，诣阙请罪[④]。帝乃出松书以示之，方知所坐，上书诉冤，前后六上，辞甚哀切，然后得葬。

又前云阳令同郡朱勃诣阙上书曰：

臣闻王德圣政，不忘人之功，采其一美，不求备于众。故高祖赦蒯通而以王礼葬田横，大臣旷然，咸不自疑[⑤]。夫大将在外，谗言在内，微过辄记，大功不计，诚为国之所慎也。故章邯畏口而奔楚，燕将据聊而不下[⑥]。岂其甘心末规哉，悼巧言之伤类也[⑦]。窃见故伏波将军新息侯马援，拔自西州，钦慕圣义，间关险难[⑧]，触冒万死，孤立群贵之间，傍无一言之佐，驰深渊，入虎口，岂顾计哉！宁自知当要七郡之使，徼封侯之福邪？八年，车驾西讨隗嚣，国计狐疑，众营未集，援建宜进之策，卒破西州。及吴汉下陇，冀路断隔，唯独狄道为国坚守，士民饥困，寄命漏刻[⑨]。援奉诏西使，镇慰边众，乃招集豪杰，晓诱羌戎，谋如涌泉，势如转规，遂救倒县之急，存几亡之城，兵全师进，因粮敌人，陇、冀略平，而独守空郡，兵动有功，师进辄克[⑩]。铢锄先零，缘入山谷，猛怒力战，飞矢贯胫。又出征交阯，土多瘴气，援与妻子生诀，无悔吝之心，遂斩灭征侧，克平一州。间复南讨，立陷临乡[⑪]，师已有业，未竟而死，吏士虽疫，援不独存。夫战或以久而立功，或以速而致败，深入未必为得，不进未必为非。人情岂乐久屯绝地，不生归哉！惟援得事朝廷二十二年，北出塞漠，南度江海，触冒害气，僵死军事，名灭爵绝，国土不传[⑫]。海内不知其过，众庶未闻其毁，卒遇三夫之言，横被诬罔之谗，家属杜门，葬不归墓，怨隙并兴，宗亲怖栗[⑬]。死者不能自列，生者莫为之讼，臣窃伤之。

夫明主醲于用赏，约于用刑[⑭]。高祖尝与陈平金四万斤以间楚军，不问出入所为，岂复疑以钱谷间哉[⑮]？夫操孔父之忠而不能自免于谗，此邹阳之所悲也[⑯]。诗云："取彼谗人，投畀豺虎。豺虎不食，投畀有北。有北不受，投畀有昊[⑰]。"此言欲令上天而平其恶。惟陛下留思竖儒之言，无使功臣怀恨黄泉。臣闻《春秋》之义，罪以功除；圣王之祀，臣有五义。若援，所谓以死勤事者也。愿下公卿平援功罪，宜绝宜续，以厌海内之望[⑱]。

臣年已六十，常伏田里，窃感栾布哭彭越之义[19]，冒陈悲愤，战栗阙庭。

书奏，报，归田里。

勃字叔阳，年十二能诵《诗》、《书》，常候援兄况。勃衣方领，能矩步，辞言娴雅，援裁知书，见之自失[20]。况知其意，乃自酌酒慰援曰："朱勃小器速成，智尽此耳，卒当从汝禀学，勿畏也。"朱勃未二十，右扶风请试守渭城宰，及援为将军，封侯，而勃位不过县令。援后虽贵，常待以旧恩而卑侮之，勃愈身自亲，及援遇谗，唯勃能终焉。肃宗即位，追赐勃子谷二千斛。

【注 释】

①饵：服食。薏苡实：即芡实，中医以为久服能使人轻身益气。②望：期望得到。③稾葬：薄葬，简单地埋葬。④草索相连：用草绳捆绑在一起。⑤高祖赦蒯通：楚汉相争时蒯通劝说韩信背汉，后刘邦赦免了蒯通之罪。以王礼葬田横：楚汉战争时，田横自称齐王，与刘邦对抗，刘邦平定天下，田横以五百壮士退保海岛，刘邦追击，田横自杀，刘邦以王礼葬之。旷然：谓心胸开阔，释怀。⑥章邯畏口而奔楚：秦将章邯与项羽交战失败后，害怕赵高谗言，遂投降项羽。燕将据聊而不下：战国时燕齐交战，燕将攻下齐聊城后，齐将田单使人用反间计谗之，燕将乃据聊城不敢回国。⑦末规：指下策。悼：惧。伤类：伤害善人。⑧间关：指道路崎岖坎坷。⑨寄命漏刻：寄托生命于短暂的时间，指随时有生命危险。⑩倒县：倒悬。县，通"悬"。因粮敌人：缴获敌人的粮食供给自己的军队。⑪间复：短时间。⑫国土不传：指马援被追收新息侯印绶。⑬横被诬罔：意外地受到诬陷。杜门：闭门。⑭醲于用赏：用赏要多。醲，即浓，厚。⑮高祖尝与陈平金：事见《汉书・高帝纪上》。间楚军：离间楚军。出入所为：所做事情的明细支出。⑯邹阳之所悲：见《史记・邹阳列传》载邹阳《狱中与梁王书》。⑰"取彼谗人"数句：语出《诗经・小雅・巷伯》，大意说，那个造谣的坏人应该将他送给虎狼吃掉，直到将他送给老天去发落。畀，给。⑱厌海内之望：满足全国人民的愿望。⑲栾布哭彭越：汉初，彭越为梁王，栾布为梁大夫，彭越被杀时栾布出使在外，还，祠而哭之。事见《史记・栾布列传》。⑳矩步：端正合度的步姿。娴

雅：沉静优雅。

初，援兄子婿王盘子石，王莽从兄平阿侯仁之子也。莽败，盘拥富赀居故国[①]，为人尚气节而爱士好施，有名江淮间。后游京师，与卫尉阴兴、大司空朱浮、齐王章共相友善。援谓姊子曹训曰："王氏，废姓也。子石当屏居自守，而反游京师长者，用气自行，多所陵折，其败必也[②]。"后岁余，盘果与司隶校尉苏邺、丁鸿事相连，坐死洛阳狱[③]。而盘子肃复出入北宫及王侯邸第。援谓司马吕种曰："建武之元，名为天下重开。自今以往，海内日当安耳。但忧国家诸子并壮，而旧防未立，若多通宾客，则大狱起矣[④]。卿曹戒慎之！"及郭后薨，有上书者，以为肃等受诛之家，客因事生乱，虑致贯高、任章之变[⑤]。帝怒，乃下郡县收捕诸王宾客，更相牵引，死者以千数。吕种亦豫其祸，临命叹曰[⑥]："马将军诚神人也！"

永平初[⑦]，援女立为皇后。显宗图画建武中名臣、列将于云台，以椒房故，独不及援[⑧]。东平王苍观图，言于帝曰："何故不画伏波将军像？"帝笑而不言。至十七年，援夫人卒，乃更修封树[⑨]，起祠堂。

建初三年，肃宗使五官中郎将持节追策，谥援曰忠成侯。

四子：廖，防，光，客卿。

客卿幼而歧嶷[⑩]，年六岁，能应接诸公，专对宾客。尝有死罪亡命者来过，客卿逃匿不令人知。外若讷而内沈敏，援甚奇之，以为将相器，故以客卿字焉[⑪]。援卒后，客卿亦夭没。

论曰：马援腾声三辅，遨游二帝，及定节立谋，以干时主，将怀负鼎之愿，盖为千载之遇焉[⑫]。然其戒人之祸，智矣，而不能自免于谗隙。岂功名之际，理固然乎？夫利不在身，以之谋事则智；虑不私己，以之断义必厉[⑬]。诚能回观物之智而为反身之察，若施之于人则能恕，自鉴其情亦明矣[⑭]。

赞曰：伏波好功，爰自冀、陇。南静骆越，西屠烧种。徂年已流，壮情方勇[⑮]。

【注 释】

① 赀：通"资"。故国：指以前王莽所封之地，即平阿。② 屏居：指退居家中。陵折：欺凌，折辱。③ 相连：受到牵连。坐死：判处死刑。

④ 国家诸子：指皇子。旧防：指西汉时所立的诸侯王子不得交通宾客的规定。大狱：大案。⑤ 贯高、任章之变：西汉初张敖封赵王，不受刘邦礼遇，其相贯高以为耻，乃使人刺杀刘邦。事见《史记·张耳陈馀列传》；任章，任章父任宣谋反被杀，任章为报父仇而谋刺宣帝。事见《汉书·儒林传》。⑥ 临命：临死。⑦ 永平：汉明帝刘庄年号。⑧ 显宗：汉明帝庙号。椒房：这里指皇后。⑨ 封树：堆土为坟并于墓傍种树。封，堆土为坟。⑩ 岐嶷：聪明有见识。⑪ 以客卿字：战国时虞卿、张仪皆曾为客卿，故马援以客卿作为其子的名字。客卿，春秋战国时授予非本国人的官职。⑫ 腾声：扬声。干时主：干谒当时的君主。负鼎之愿：希图担负辅佐君王大任的愿望。⑬ "夫利不在身"数句：意谓不涉及自己的利益，谋划事情就有智慧；不考虑私利，判断是非就严格。⑭ 反身之察：反观自身清楚明察。恕：推己及人，仁爱待物。⑮ 徂年：逝去的年岁。壮情：豪壮之情。

【导读】

总体上说，马援是个大智大勇的人物，在光武帝刘秀统一天下的战争中，功勋卓著的将领很多，但最值得人们尊重的，应该就是马援。

马援的大智，首先表现在他对明主的选择，诚如文中他对刘秀所说的："当今之世，非独君择臣也，臣亦择君焉。"如果选择不当，不仅不能实现自己的人生理想和目标，反而会落得个身败名裂的下场。因此，他在周旋于隗嚣、公孙述和刘秀之间时，虽然隗嚣任他为绥德将军，参与决策；公孙述也欲封他为侯并授以大将军之位，而在刘秀手下却只是"居数月而无它职任"，无奈之下只能"上书求屯田上林苑中"，但他并没有为眼前的得失所动，最后毅然放弃了与他"同里闬，相善"的公孙述以及对他"甚敬重"，且与他"共卧起"的隗嚣，而投奔与他并无任何私交的刘秀。而这也正是造就了他日后人生成功的关键。

马援的大智也表现在他的可贵品质上。首先，他"务开恩信，宽以待下"，可以说是古代良吏的典范。无论是战争时期还是和平时期，他首先想到的都是人民的安居乐业。他在初到武威太守之任时，即"缮城郭，起坞候，开导水田，劝以耕牧，郡中乐业"。在陇西时，马援上书铸五铢钱遭到拒绝后,他又"随牒解释,更具表言,帝从之",从而"天下赖其便"。在南征征侧的战争时期,"援所过辄为郡县治城郭,穿渠灌溉,以利其民"。需要指出的是,"所过"二字意谓着马援在这些地方并不是任地方官,而是战争中路过而已。因此,他的爱民,可以说乃是他发自内心的对人民纯朴真挚情感的自然流露。

马援为人廉洁,在任陇西太守时,"赐牛羊数千头,援尽班诸宾客";在南征征侧得胜还朝时,马援带回家的只是用以作为种子的薏苡实一车,却被朝中权贵误以为是一车南方的奇珍异宝而眼红万分。这貌似平常的举动,即使在今天,想来也会使很多人为之汗颜吧。

马援的大智,还突出地表现在他对一些重大问题敏锐而深刻的见解上。他在《诫兄子书》所说的"吾欲汝曹闻人过失,如闻父母之名,耳可得闻,口不可得言也。好论议人长短,妄是非正法,此吾所大恶也,宁死不愿闻子孙有此行也",已经超出了一般家书的价值,甚至可以说是人生处世的格言。他对梁松和窦固所说的"凡人为贵,当使可贱,如卿等欲不可复贱,居高坚自持,勉思鄙言"等,即使在今天看来,都还有着相当的现实意义。

作为一个武将,他的大勇则更是在多方面表现出来,如征先零羌时的"中矢贯胫",六十二岁高龄尚请求率军出征时的"据鞍顾眄",他在征武陵五溪蛮时遇险,临死前"贼每升险鼓噪,援辄曳足以观之"的抱病巡营,以及他"男儿当死于边野,以马革裹尸还葬耳,何能卧床上在儿女子手中邪"的豪言壮语,都是他这一特点的具体体现。

由于马援早先曾在王莽手下担任过新成大尹;其后又得到割据一方的隗嚣的敬重,参与隗嚣的决策,是隗嚣军事集团中的关键人物;同时又是割据四川的军阀公孙述的同乡并且与公孙述有深厚的交情,因此从一开始马援就没有真正得到过刘秀的信任。虽然他屡立战功,也屡次为刘秀出奇计良策,但却并不属于刘秀集团的核心人物。才能愈高,功劳愈大,只会更多地引起刘秀的猜忌,这也正是他后来悲剧结局的重要原因。这种功高遭忌、蒙冤被屈的结局,是马援的个人悲剧,也是历史悲剧的一次又一次重复上演中的一幕。这种悲剧,是任何家天下的封建朝代都无法避免的。

桓谭传

桓谭字君山，沛国相人也[①]。父成帝时为太乐令[②]。谭以父任为郎[③]，因好音律，善鼓琴。博学多通，遍习《五经》[④]，皆诂训大义，不为章句。能文章，尤好古学[⑤]，数从刘歆、杨雄辩析疑异。性嗜倡乐[⑥]，简易不修威仪。而非毁俗儒，由是多见排抵[⑦]。

哀平间，位不过郎。傅皇后父孔乡侯晏深善于谭。是时高安侯董贤宠幸，女弟为昭仪，皇后日已疏，晏嘿嘿不得意。谭进说曰："昔武帝欲立卫子夫[⑧]，阴求陈皇后之过，而陈后终废，子夫竟立。今董贤至爱而女弟尤幸，殆将有子夫之变，可不忧哉！"晏惊动，曰："然，为之奈何？"谭曰："刑罚不能加无罪，邪枉不能胜正人[⑨]。夫士以才智要君，女以媚道求主。皇后年少，希更艰难，或驱使医巫，外求方技，此不可不备[⑩]。又君侯以后父尊重而多通宾客，必借以重势[⑪]，贻致讥议。不如谢遣门徒，务执谦悫[⑫]，此修已正家避祸之道也。"晏曰："善。"遂罢遣常客，入白皇后，如谭所戒。后贤果风太医令真钦，使求傅氏罪过，遂逮后弟侍中喜，诏狱无所得，乃解，故傅氏终全于哀帝之时[⑬]。及董贤为大司马，闻谭名，欲与之交。谭先奏书于贤，说以辅国保身之术，贤不能用，遂不与通。当王莽居摄篡弑之际[⑭]，天下之士，莫不竞称德美，作符命以求容媚，谭独自守，默然无言。莽时为掌乐大夫，更始立[⑮]，召拜太中大夫。

【注释】

① 相：县名，在今安徽省。② 太乐令：主管音乐的官，属太常。③ 以父任为郎：因为父亲的原因而被任为郎官。任，举，西汉时二千石以上的官员可保举一子为郎。④ 遍习《五经》：全部并且反复地学习《五经》。《五经》，指《诗》、《书》、《礼》、《易》、《春秋》五部儒家经典。⑤ 古学：指古文经学和古文字学。⑥ 倡：古代歌舞艺人。⑦ 排抵：排斥攻击。⑧ 卫子夫：汉武帝卫皇后名，本为平阳公主家中奴婢，得幸于武帝，后被立为皇后。⑨ 邪枉：邪曲，不合正道。⑩ 希更艰难：很少经历艰难。希，少。更，经因。方技：古代指医、巫和星相之类技术。⑪ 必借以重势

势：指傅晏的宾客借傅晏以加重自己的势力。⑫ 谦悫：谦虚谨慎。⑬ 风：通"讽"，讽劝。诏狱：奉旨办理的案件。⑭ 居摄：皇帝年幼而不能亲政，由他人代居其位并处理政事。⑮ 更始：更始皇帝刘玄。

世祖即位，征待诏，上书言事失旨，不用①。后大司空宋弘荐谭，拜议郎、给事中，因上疏陈时政所宜，曰：

臣闻国之废兴，在于政事；政事得失，由乎辅佐。辅佐贤明，则俊士充朝，而理合世务；辅佐不明，则论失时宜，而举多过事②。夫有国之君，俱欲兴化建善③，然而政道未理者，其所谓贤者异也。昔楚庄王问孙叔敖曰："寡人未得所以为国是也④。"叔敖曰："国之有是，众所恶也，恐王不能定也。"王曰："不定独在君，亦在臣乎？"对曰："君骄士，曰士非我无从富贵；士骄君，曰君非士无从安存。人君或至失国而不悟，士或至饥寒而不进。君臣不合，则国是无从定矣。"庄王曰："善，愿相国与诸大夫共定国是也。"盖善政者，视俗而施教，察失而立防，威德更兴，文武迭用，然后政调于时，而躁人可定⑤。昔董仲舒言"理国譬若琴瑟，其不调者则解而更张⑥。"夫更张难行，而拂众者亡。是故贾谊以才逐，而朝错以智死⑦。世虽有殊能而终莫敢谈者，惧于前事也。

且设法禁者⑧，非能尽塞天下之奸，皆合众人之所欲也，大抵取便国利事多者，则可矣。夫张官置吏，以理万人，县赏设罚，以别善恶，恶人诛伤，则善人蒙福矣。今人相杀伤，虽已伏法，而私结怨雠，子孙相报，后忿深前，至于灭户殄业，而俗称豪健，故虽有怯弱，犹勉而行之，此为听人自理而无复法禁者也。今宜申明旧令，若已伏官诛而私相伤杀者，虽一身逃亡，皆徙家属于边，其相伤者，加常二等，不得雇山赎罪⑨。如此，则仇怨自解，盗贼息矣。

夫理国之道，举本业而抑末利⑩，是以先帝禁人二业，锢商贾不得宦为吏，此所以抑并兼长廉耻也。今富商大贾，多放钱货，中家子弟，为之保役，趋走与臣仆等勤，收税与封君比入，是以众人慕效，不耕而食，至乃多通侈靡，以淫耳目⑪。今可令诸商贾自相纠告，若非身力所得，皆以臧畀告者⑫。如此，则专役一己，不敢以货与人，事寡力弱，必归功田亩。田亩修，则谷入多而地力尽矣[13]。

又见法令决事，轻重不齐，或一事殊法，同罪异论，奸吏得因缘为市[14]，所欲活则出生议，所欲陷则与死比，是为刑开二门也。今可令通义理明习法律者，校定科比，一其法度，班下郡国，蠲除故条[15]。如此，天下知方[16]，而狱无怨滥矣。

书奏，不省。

【注 释】

① 失旨：不合帝王的旨意。② 举多过事：举动多错。过事，过错。③ 兴化建善：兴教化立善政。④ 国是：国家的重大政策。⑤ 躁人：躁动不安之人。⑥ 解而更张：重新上琴弦。⑦ 朝错：即晁错，汉景帝时为御史大夫，号为“智囊”，因请削诸侯封地，致吴楚七国反，为景帝所杀。⑧ 法禁：刑法和禁令。⑨ 雇山赎罪：汉代女子刑罚的一种。女子定罪后每月出钱雇人于山伐木以赎罪。⑩ 本业：根本之业，即农业。末利：指商业。⑪ 保役：居间作保，为债主牟利。封君：封国之君，指诸侯。⑫ 皆以臧畀告者：全部以赃物奖赏给告发的人。臧，通“赃”。⑬ 地力尽：谓土地的力量能完全释放。⑭ 因缘为市：因此作为谋利的手段。市，交易。⑮ 科比：指条例类别。一其法度：统一法令。蠲除：免除。⑯ 知方：懂得理义。

是时帝方信谶[1]，多以决定嫌疑。又酬赏少薄，天下不时安定。谭复上疏曰：

臣前献瞽言[2]，未蒙诏报，不胜愤懑，冒死复陈。愚夫策谋，有益于政道者，以合人心而得事理也。凡人情忽于见事而贵于异闻，观先王之所记述，咸以仁义正道为本，非有奇怪虚诞之事[3]。盖天道性命，圣人所难言也。自子贡以下，不得而闻，况后世浅儒，能通之乎！今诸巧慧小才伎数之人，增益图书，矫称谶记，以欺惑贪邪，诖误人主[4]，焉可不抑远之哉！臣谭伏闻陛下穷折方士黄白之术[5]，甚为明矣。而乃欲听纳谶记，又何误也！其事虽有时合，譬犹卜数只偶之类。陛下宜垂明听，发圣意，屏群小之曲说，述《五经》之正义，略雷同之俗语，详通人之雅谋[⑥]。

又臣闻安平则尊道术之士，有难则贵介胄之臣[⑦]。今圣朝兴复祖统，为人臣主，而四方盗贼未尽归伏者，此权谋未得也。臣谭伏观陛下用兵，诸所降下，既无重赏以相恩诱，或至虏掠夺其财物，是以兵长渠率[⑧]，各生狐疑，党辈连结，岁月不解。古人有言曰："天下皆知取之为取，而莫知与之为取。"陛下诚能轻爵重赏，与士共之，则何招而不至，何说而不释，何向而不开，何征而不克！如此，则能以狭为广，以迟为速，亡者复存，失者复得矣。

帝省奏，愈不悦。

其后有诏会议灵台所处[⑨]，帝谓谭曰："吾欲以谶决之，何如？"谭默然良久，曰："臣不读谶。"帝问其故，谭复极言谶之非经。帝大怒曰："桓谭非圣无法，将下斩之。"谭叩头流血，良久乃得解。出为六安郡丞，意忽忽不乐，道病卒，时年七十余[⑩]。

初，谭著书言当世行事二十九篇，号曰《新论》，上书献之，世祖善焉。《琴道》一篇未成，肃宗使班固续成之。所著赋、诔、书、奏，凡二十六篇。

元和中，肃宗行东巡狩，至沛，使使者祠谭冢，乡里以为荣。

【注释】

① 谶：预言吉凶的文字。② 瞽言：不明事理的言论。瞽，盲人。③ 见事：眼前的事实。虚诞：虚枉怪诞。④ 诖误：贻误。⑤ 穷折：竭力斥责。⑥ 通人：知识渊博通达之人。雅谋：高明的见解。⑦ 道术之士：有道德学问的人。介胄：即甲胄，铠甲头盔。⑧ 渠率：大帅，指盗贼首领。⑨ 灵台：古时帝王观察天文星象、妖祥灾异的建筑。⑩ 六安：今安徽六安。忽忽：失意貌。

【导读】

桓谭是东汉初期的著名学者，他博览丛书，精通古文经学，又擅音律，多才多艺。一生经历西汉的哀、平和新莽、东汉光武帝数朝，但由于他既不结交权贵，又不迎合帝王所好，再加上他简易不修威仪的率真个性和喜欢攻击俗儒的正直性格，使他始终受到排挤。在光武帝刘秀时才做到议郎、给事中这样的小官，并因为极言谶之非经而触犯了刘秀的忌讳，险些被杀，最后被贬为六安郡丞，途中郁郁而死。

桓谭在西汉末年的事迹，文章主要记载了他与外戚孔乡侯傅晏和高安侯董贤的周旋。他劝说傅晏谦虚谨慎，以修己正家的韬晦之术而避免了一场大祸。董贤则不能采纳他的辅国保身之术，因而他也决不与之交往。虽则寥寥数语，但却充分表现了他过人的见识和敏锐的目光。而在王莽新朝政权时期，文章仅以“谭独自守，默然无言”一笔带过，以与他人的“竞褒称德美，作符命以求容媚”对比，表现了他为人刚正不阿的性格，这一性格特征，正是他下文直谏光武帝刘秀的基础。

在光武帝时期，文章主要记载了桓谭的两篇奏疏，第一篇奏疏主要表明他四方面的政治观点：其一是“政事得失，在于辅佐”的任人唯贤观；其二是严明法令，杜绝民间“人相杀伤，虽已伏法，而私结怨雠，子孙相报，后忿深前，至于灭户殄业”的恶习，以维护社会稳定；其三是重农轻商，严厉打击高利贷者，驱民务农，以使地尽其力，增加粮食产量；其四是统一法令，以使执法有严格的标准，减少断案的不确定因素，避免冤案的发生和官吏的枉法。第二篇奏疏则针对当时光武帝迷信谶纬之术和赏轻罚重的弊病而发，乃是切中时弊的治世良方。虽然这些政治主张未能被刘秀所采纳，但却使他敏锐的政治目光和过人的政治见解得到了进一步的深化，也是他不阿谀奉承，苟合求容的刚直性格的具体体现。

孔奋传

孔奋字君鱼，扶风茂陵人也[①]。曾祖霸，元帝时为侍中。奋少从刘歆受《春秋左氏传》，歆称之，谓门人曰：“吾已从君鱼受道矣[②]。”

遭王莽乱，奋与老母幼弟避兵河西[③]。建武五年，河西大将军窦融请奋署议曹掾，守姑臧长[④]。八年，赐爵关内侯。时天下扰乱，唯河西独安，而姑臧称为富邑，通货羌胡，市日四合[⑤]，每居县者，不盈数月辄致丰积。奋在职四年，财产无所增。事母孝谨，虽为俭约，奉养极求珍膳。躬率妻子,同甘菜茹[6]。时天下未定,士多不修节操,而奋力行清絜,为人所笑,或以为身处脂膏,不能以自润,徒益苦辛耳。奋既立节,治贵仁平,太守梁统深相敬待,不以官属礼之,常迎于大门,引入见母。

陇、蜀既平,河西守令咸被征召,财货连毂,弥竟川泽[7]。唯奋无资,单车就路。姑臧吏民及羌胡更相谓曰:"孔君清廉仁贤,举县蒙恩,如何今去,不共报德!"遂相赋敛牛马器物千万以上,追送数百里。奋谢之而已,一无所受。既至京师,除武都郡丞[8]。

时陇西余贼隗茂等夜攻府舍,残杀郡守,贼畏奋追急,乃执其妻子,欲以为质。奋年已五十,唯有一子,终不顾望,遂穷力讨之。吏民感义,莫不倍用命焉。郡多氐人,便习山谷,其大豪齐钟留者,为群氐所信向。奋乃率厉钟留等令要遮抄击[9],共为表里。贼窘惧逼急,乃推奋妻子以置军前,冀当退却,而击之愈厉,遂禽灭茂等,奋妻子亦为所杀。世祖下诏褒美[10],拜为武都太守。

奋自为府丞,已见敬重,及拜太守,举郡莫不改操。为政明断,甄善疾非[11],见有美德,爱之如亲,其无行者,忿之若雠,郡中称为清平。

弟奇,游学洛阳。奋以奇经明当仕,上病去官,守约乡闾,卒于家。奇博通经典,作《春秋左氏删》。奋晚有子嘉,官至城门校尉,作《左氏说》云。

【注 释】

① 茂陵:县名,治所在今陕西兴平东北。② 吾已从君鱼受道:意谓孔奋之道已经超过自己。③ 河西:区域名,今甘肃、青海黄河以西地区。④ 守姑臧长:代理姑臧县令。姑臧,县名,治所在今甘肃武威。⑤ 市日四合:指姑臧商业兴盛,古代市场一天开早、中、晚三市,而姑臧则一天四市。⑥ 甘菜茹:以菜茹为甘。菜茹,蔬菜的总称,此用如动词。⑦ 财货连毂,弥竟川泽:谓运送财货的车遍地。毂,指代车。⑧ 武都郡:即今甘肃成县。⑨ 要遮:邀击阻拦。要,通"邀"。⑩ 世祖:光武帝庙号。⑪ 甄善:选拔善人。

【导 读】

孔奋是一个廉洁官吏的典型,也是一个将国家和人民利益置于个人利益之上的一心为公的正直官吏的典型。

姑臧县所在的河西地区是个富庶之地，孔奋任姑臧县令，乃与妻子“同甘菜茹”，而为“众人所笑”。在这里任职的太守和县令任满被征还时，运送财物的车马充满道路，而孔奋在姑臧四年，被征回时竟至“单车就路”，二者形成了鲜明的对比。

孔奋将国家和人民的利益看得高于一切，他在担任武都郡丞期间，陇西隗嚣的余部隗茂等人乘夜攻入郡中，杀害了太守，孔奋唯一的儿子和妻子被抓去作了人质。孔奋率领军民追击，当贼寇将他的妻儿推至军前，要他退兵时，他却丝毫不为所动，反而“击之愈厉”。最后，虽然隗茂等人被擒灭，他的妻儿却被残忍地杀害。

孔奋高尚的人品和良好的政绩，自然得到了广大人民的拥护和爱戴，当从姑臧县离任时，姑臧吏民“遂相赋敛牛马器物千万以上，追送数百里”，他则“一无所受”。《史记·李将军列传》曾以“桃李不言，下自成蹊”来赞扬李广为广大人民所爱戴，如将这句话加在孔奋身上，当也相当确当。这样一心为公，丝毫不顾私利的官员，不仅对古代官员，就是对今天的一些人来说，也都是极大的讽刺。

梁冀传

冀字伯卓。为人鸢肩豺目，洞精矘眄，口吟舌言，裁能书计[1]。少为贵戚，逸游自恣。性嗜酒，能挽满、弹棋、格五、六博、蹴鞠、意钱之戏[2]，又好臂鹰走狗，骋马斗鸡。初为黄门侍郎，转侍中，虎贲中郎将，越骑、步兵校尉，执金吾。

永和元年[3]，拜河南尹。冀居职暴恣，多非法，父商所亲客洛阳令吕放，颇与商言及冀之短，商以让冀，冀即遣人于道刺杀放。而恐商知之，乃推疑于放之怨仇，请以放弟禹为洛阳令，使捕之，尽灭其宗亲、宾客百余人。商薨未及葬，顺帝乃拜冀为大将军，弟侍中不疑为河南尹。及帝崩，冲帝始在襁褓，太后临朝，诏冀与太傅赵峻、太尉李固参录尚书事[4]。冀虽辞不肯当，而侈暴滋甚。冲帝又崩，冀立质帝。帝少而聪慧，知冀骄横，尝朝群臣，目冀曰："此跋扈将军也[5]。"冀闻，深恶之，遂令左右进鸩加煮饼，帝即日崩。

复立桓帝，而枉害李固及前太尉杜乔，海内嗟惧，语在《李固传》。建和元年，益封冀万三千户，增大将军府举高第茂才，官属倍于三公[6]。又封不疑为颍阳侯，不疑弟蒙西平侯，冀子胤襄邑侯，各万户。和平元年[7]，重增封冀万户，并前所袭合三万户。

【注 释】

① 鸢肩豺目：如鸢肩上耸，豺目上竖，形容相貌凶恶。洞精矘眄：眼窝很深，目光直视。口吟舌言：口齿不清。裁能书计：谓稍能写字算账。裁，通"才"。② 挽满：拉强弓。弹棋：一种游戏，以白黑棋各六枚，轮流对弹，以决胜负。格五：一种赌博的方式。六博：一种二人对局的赌博。蹴鞠：古代的一种游戏，类似现在的足球。意钱：猜钱正反的一种赌博形式。③ 永和：汉顺帝年号。④ 襁褓：背负婴儿用的宽带和包裹婴儿的被子。太后：即汉顺帝皇后，梁冀的姐姐。⑤ 跋扈：骄横凶暴。⑥ 建和：汉桓帝的年号。官属倍于三公：意谓梁冀大将军府的属官是三公府属官人数的一倍。⑦ 和平：汉桓帝年号。

弘农人宰宣素性佞邪，欲取媚于冀，乃上言大将军有周公之功，今既封诸子，则其妻宜为邑君。诏遂封冀妻孙寿为襄城君，兼食阳翟租，岁入五千万，加赐赤绂，比长公主[1]。寿色美而善为妖态，作愁眉，啼妆，堕马髻，折腰步，龋齿笑，以为媚惑[2]。冀亦改易舆服之制，作平上軿车，埤帻，狭冠，折上巾，拥身扇，狐尾单衣[3]。寿性钳忌[4]，能制御冀，冀甚宠惮之。

初，父商献美人友通期于顺帝，通期有微过，帝以归商，商不敢留而出嫁之，冀即遣客盗还通期。会商薨，冀行服[5]，于城西私与之居。寿伺冀出，多从仓头，篡取通期归，截发刮面，笞掠之[6]。欲上书告其事，冀大恐，顿首请于寿母，寿亦不得已而止。冀犹复与私通，生子伯玉，匿不敢出。寿寻知之，使子胤诛灭友氏。冀虑寿害伯玉，常置复壁中。冀爱监奴秦宫，官至太仓令，得出入寿所[7]。寿见宫，辄屏御者，托以言事，因与私焉。宫内外兼宠，威权大震，刺史、二千石皆谒辞之。

冀用寿言，多斥夺诸梁在位者，外以谦让，而实崇孙氏宗亲。冒名而为侍中、卿、校尉、郡守、长吏者十余人，皆贪叨凶淫，各遣私客籍属县富人，被以它罪，闭狱掠拷，使出钱自赎，资物少者至于死徙[⑧]。扶风人士孙奋居富而性吝，冀因以马乘遗之，从贷钱五千万，奋以三千万与之，冀大怒，乃告郡县，认奋母为其守臧婢，云盗白珠十斛、紫金千斤以叛，遂收考奋兄弟，死于狱中，悉没赀财亿七千余万[⑨]。

其四方调发，岁时贡献，皆先输上第于冀，乘舆乃其次焉[⑩]。吏人赍货求官请罪者，道路相望。冀又遣客出塞，交通外国，广求异物。因行道路，发取妓女御者，而使人复乘势横暴，妻略妇女，驱击吏卒，所在怨毒。

【注 释】

① 长公主：皇帝的姐妹封为长公主，女儿封为公主，帝女中尊崇的也称为长公主，长公主礼仪比藩王。② 啼妆：妇女以粉拭目下，有如啼痕，称啼妆。堕马髻：发饰的一种，发髻侧在一边。折腰步：走路忸怩。龋齿笑：笑时作若齿痛不舒服状。③ 平上軿车：平顶而用布幔围起的车。埤帻：低矮的发巾。帻，古代包扎发髻的头巾。折上巾：头巾的角上折。拥身扇：大扇。狐尾单衣：衣服后摆曳地，如同狐狸般拖着尾巴。④ 钳忌：谓性忌刻，如钳之钳物一般。⑤ 行服：谓穿孝服居丧。⑥ 仓头：奴仆，汉时奴仆以深青色布包头，故称。篡取：犹夺取。⑦ 监奴：为权贵豪门监管家务的奴仆。太仓令：官名，掌京都粮仓。太仓，古代京师储谷的大仓。⑧ 贪叨：贪婪残忍。籍属县富人：谓籍没所属县中富人财产。籍，籍没，全部没收财产。⑨ 士孙奋：人名，士孙为其姓。守臧婢：保管财物的婢女。⑩ 上第：头等的物品。乘舆：指皇帝。

冀乃大起第舍，而寿亦对街为宅，殚极土木[①]，互相夸竞。堂寝皆有阴阳奥室[②]，连房洞户。柱壁雕镂，加以铜漆。牖皆有绮疏青琐[③]，图以云气仙灵。台阁周通，更相临望；飞梁石蹬，陵跨水道。金玉珠玑，异方珍怪，充积臧室[④]。远致汗血名马。又广开园囿，采土筑山，十里九阪，以像二崤[⑤]。深林绝涧，有若自然，奇禽驯兽，飞走其间。冀、寿共乘辇车，张羽盖，饰以金银，游观第内，多从倡伎，鸣钟吹管，酣讴竟路。或连继日夜，以骋娱恣。客到门不得通，皆请谢门者[⑥]，门者累千金。又多拓林苑，禁同王家，西至弘农，东界荥阳，南极鲁阳，北达河、淇[⑦]。包含山薮，远带丘荒，周旋封域，殆将千里。又起兔苑于河南城西，经亘数十里[⑧]，发属县卒徒，缮修楼观，数年乃成。移檄所在，调发生兔，刻其毛以为识，人有犯者，罪至刑死[⑨]。尝有西域贾胡[⑩]，不知禁忌，误杀一兔，转相告言，坐死者十余人。冀二弟尝私遣人出猎上党，冀闻而捕其宾客，一时杀三十余人，无生还者。冀又起别第于城西，以纳奸亡。或取良人，悉为奴婢，至数千人，名曰“自卖人”。

元嘉元年，帝以冀有援立之功，欲崇殊典，乃大会公卿，共议其礼。于是有司奏“冀入朝不趋，剑履上殿，谒赞不名，礼仪比萧何。悉以定陶、成阳余户增封为四县，比邓禹。赏赐金钱、奴婢、彩帛、车马、衣服、甲第，比霍光，以殊元勋。每朝会，与三公绝席。十日一入，平尚书事。宣布天下，为万世法”，冀犹以所奏礼薄，意不悦。专擅威柄，凶恣日积，机事大小，莫不谘决之。宫卫近侍，并所亲树[⑪]，禁省起居，纤微必知。百官迁召，皆先到冀门笺檄谢恩，然后敢诣尚书。下邳人吴树为宛令，之官辞冀，冀宾客布在县界，以情托树。树对曰：“小人奸蠹，比屋可诛[⑫]。明将军以椒房之重，处上将之位，宜崇贤善，以补朝阙。宛为大都，士之渊薮[⑬]，自侍坐以来，未闻称一长者，而多托非人，诚非敢闻。”冀嘿然不悦。树到县，遂诛杀冀客为人害者数十人，由是深怨之。树后为荆州刺史，临去辞冀，冀为设酒，因鸩之，树出，死车上。又辽东太守侯猛，初拜不谒，冀托以它事，乃腰斩之。

时郎中汝南袁著[⑭]，年十九，见冀凶纵，不胜其愤，乃诣阙上书曰：“臣闻仲尼叹凤鸟不至，河不出图，自伤卑贱，不能致也。今陛下居得致之位，又有能致之资，而和气未应，贤愚失序者，势分权臣，上下壅隔之故也。夫四时之运，功成则退，高爵厚宠，鲜不致灾[⑮]。今大将军位极功成，可为至戒，宜遵悬车之礼，高枕颐神[⑯]。传曰：‘木实繁者，披枝害心。’若不抑损权盛，将无以全其身矣。左右闻臣言，将侧目切齿，臣特以童蒙见拔，故敢忘忌讳。昔舜、禹相戒无若丹朱[⑰]，周公戒成王无如殷王纣，愿除诽谤之罪，以开天下之口。”书得奏御，冀闻而密遣掩捕著。著乃变易姓名，后托病伪死，结蒲为人，市棺殡送。冀廉问知其诈，阴求得，笞杀之，隐蔽其事。学生桂阳刘常，当世名儒，素善于著，冀召补令史以辱之。时太原郝絜、胡武，皆危言高论[18]，与著友善。先是絜等连名奏记三府，荐海内高士，而不诣冀，冀追怒之，又疑为著党，敕中都官移檄捕前奏记者并杀之，遂诛武家，死者六十余人。絜初逃亡，知不得免，因舆榇奏书冀门[19]。书入，仰药而死，家乃得全。及冀诛，有诏以礼祀著等。冀诸忍忌，皆此类也。

【注 释】

① 殚极：竭尽。② 奥室：内室，深宅。③ 绮疏：指窗户雕刻成空心花纹。青琐：谓窗户刻有琐状花纹，再涂上青色。④ 臧室：即仓库。臧，通"藏"。⑤ 二崤：崤山分为二，东西相对，称二崤，中有谷道，在今河南省洛宁县北。⑥ 请谢：有所请求而谢之以礼物。门者：看门人。⑦ 弘农：县名，今河南灵宝。荥阳：县名，今河南荥阳。鲁阳：县名，今河南鲁山。河、淇：黄河和淇水。⑧ 经亘：连绵。⑨"刻其毛以为识"数句：谓在兔子的皮毛上刻上标记，若有人侵犯了兔子，罪重者能判死刑。⑩ 贾胡：做生意的胡人。⑪ 亲树：亲自任用。⑫ 比屋可诛：意谓人人可诛。比屋，家家户户。⑬ 渊薮：泛指人和事物集聚的地方。渊，鱼聚之处。薮，兽聚之处。⑭ 汝南：郡名，治今河南平舆。⑮ 四时之运，功成则退：《易·系辞》："寒往则暑来，暑往则寒来，寒暑相推而岁功成焉。"此借以说梁冀应及早退位。⑯ 悬车：喻退位不出。颐神：养神。⑰ 丹朱：尧子名。⑱ 危言：直言。⑲ 舆榇：载着棺木。

不疑好经书，善待士，冀阴疾之，因中常侍白帝，转为光禄勋。又讽众人共荐其子胤为河南尹。胤一名胡狗，时年十六，容貌甚陋，不胜冠带，道路见者，莫不蚩笑焉。不疑自耻兄弟有隙，遂让位归第，与弟蒙闭门自守。冀不欲令与宾客交通，阴使人变服至门，记往来者，南郡太守马融、江夏太守田明，初除，过谒不疑，冀讽州郡以它事陷之，皆髡笞徙朔方。融自刺不殊，明遂死于路。

永兴二年，封不疑子马为颍阴侯，胤子桃为城父侯。冀一门前后七封侯，三皇后，六贵人，二大将军，夫人、女食邑称君者七人，尚公主者三人，其余卿、将、尹、校五十七人。在位二十余年，穷极满盛，威行内外，百僚侧目，莫敢违命，天子恭己而不得有所亲豫[1]。

帝既不平之。延熹元年②,太史令陈授因小黄门徐璜,陈灾异日食之变,咎在大将军。冀闻之,讽洛阳令收考授,死于狱,帝由此发怒。

初,掖庭人邓香妻宣生女猛③,香卒,宣更适梁纪。梁纪者,冀妻寿之舅也。寿引进猛入掖庭,见幸,为贵人,冀因欲认猛为其女以自固④,乃易猛姓为梁。时猛姊婿邴尊为议郎,冀恐尊沮败宣意,乃结刺客于偃城,刺杀尊,而又欲杀宣。宣家在延熹里,与中常侍袁赦相比,冀使刺客登赦屋,欲入宣家。赦觉之,鸣鼓会众以告宣。宣驰入以白帝,帝大怒,遂与中常侍单超、具瑗、唐衡、左悺、徐璜等五人成谋诛冀。语在《宦者传》。

冀心疑超等,乃使中黄门张恽入省宿⑤,以防其变。具瑗敕吏收恽,以辄从外入,欲图不轨。帝因是御前殿,召诸尚书入,发其事,使尚书令尹勋持节勒丞郎以下皆操兵守省阁,敛诸符节送省中。使黄门令具瑗将左右厩驺、虎贲、羽林、都候剑戟士,合千余人,与司隶校尉张彪共围冀第⑥。使光禄勋袁盱持节收冀大将军印绶,徙封比景都乡侯,冀及妻寿即日皆自杀。悉收子河南尹胤、叔父屯骑校尉让,及亲从卫尉淑、越骑校尉忠、长水校尉戟等,诸梁及孙氏中外宗亲送诏狱⑦,无长少皆弃市。不疑、蒙先卒。其它所连及公卿列校刺史二千石死者数十人,故吏宾客免黜者三百余人,朝廷为空,唯尹勋、袁盱及廷尉邯郸义在焉。是时事卒从中发⑧,使者交驰,公卿失其度,官府市里鼎沸,数日乃定,百姓莫不称庆。

收冀财货,县官斥卖⑨,合三十余万万,以充王府,用减天下税租之半。散其苑囿,以业穷民。录诛冀功者,封尚书令尹勋以下数十人。

论曰:顺帝之世,梁商称为贤辅,岂以其地居亢满⑩,而能以愿谨自终者乎?夫宰相运动枢极⑪,感会天人,中于道则易以兴政,乖于务则难乎御物。商协回天之势,属雕弱之期,而匡朝恤患,未闻上术,憔悴之音,载谣人口。虽舆粟盈门,何救阻饥之厄;永言终制,未解尸官之尤⑫。况乃倾侧孽臣,传宠凶嗣,以至破家伤国,而岂徒然哉!

【注 释】

① 恭己:恭谨以律己,此指君主不问政事,大权旁落。② 延熹:汉桓帝年号。③ 掖庭:宫中官署,掌宫人事务。④ 自固:巩固自己的地位。⑤ 入省宿:入宿宫中。省,宫省,此指中黄门的官署,中黄门由宦官所

任,官署在皇宫中。⑥ 厩驺:掌管马匹的骑士。虎贲:勇士,掌皇帝的仪仗、保卫。羽林:皇帝的卫队。都候剑戟士:都候所率领的武士。都候,属卫尉,宫廷侍卫官。⑦ 诏狱:执行皇帝的诏命而关押犯人的监狱。⑧ 卒从中发:仓猝从宫中发动。卒,通"猝"。⑨ 县官:指朝廷。⑩ 亢满:谓官位极高。⑪ 枢极:斗枢与北极星,此喻中枢权力。⑫ 终制:死者生前对丧葬礼制的嘱咐。尸官:犹尸位,谓居位而无所作为。

【导读】

东汉自汉和帝以后,皇帝大多早夭,幼主即位,太后临朝听政。因此,外戚专权也就成了东汉特定历史条件下的必然产物,东汉也成为我国历史上外戚专权最为严重的朝代,在众多专权的东汉外戚中,梁冀可以说是最为专横跋扈,也最为残暴凶狠的一个。九岁的质帝因梁冀骄横,仅仅说了一句梁冀为"跋扈将军",就被梁冀指使手下毒死。太尉李固、杜乔因不满他的专横,也遭诬陷而被处死。袁著上书指责他,他不但杀了袁著,还杀了袁著友人胡武及其全家,袁著另一友人郝絜因为仰药自杀,家人才得免遭横祸。

梁冀又极其贪婪,他向扶风富户士孙奋借钱五千万,士孙奋只借给他三千万,他即诬陷奋母盗窃了他家白珠十斛,紫金千斤,从而将士孙奋兄弟活活打死,悉没其资产一亿七千馀万。梁冀死后,朝廷变卖其家财,得钱竟然有三十亿之多,以至可减免天下税租之半,实在骇人听闻。

梁冀把持朝政,官吏的任免,政府的法令,皆由己出,年轻的汉桓帝只能"恭己而不得有所亲豫",挂名而已。为了自己的享受,梁冀强占民田建造第宅苑囿,环绕封域,几近千里。远道而来的西域商人仅仅误杀了其苑囿中的一只兔子,牵连而死的竟有十多人。他又强行逼民为奴婢,至数千人,还加上"自卖人"这样一个好听的名称。东汉外戚擅权到了如此严重的程度,它在农民起义的浪潮中迅速覆亡,也就势所必然了。

郑 玄 传

郑玄字康成,北海高密人也。八世祖崇[①],哀帝时尚书仆射。玄少为乡啬夫，得休归，常诣学官，不乐为吏，父数怒之，不能禁②。遂造太学受业，师事京兆第五元先，始通《京氏易》、《公羊春秋》、《三统历》、《九章算术》③。又从东郡张恭祖受《周官》、《礼记》、《左氏春秋》、《韩诗》、《古文尚书》④。以山东无足问者，乃西入关，因涿郡卢植，事扶风马融。融门徒四百余人，升堂进者五十余生⑤。融素骄贵，玄在门下，三年不得见，乃使高业弟子传授于玄⑥。玄日夜寻诵，未尝怠倦。会融集诸生考论图纬⑦，闻玄善算，乃召见于楼上，玄因从质诸疑义，问毕辞归。融喟然谓门人曰："郑生今去，吾道东矣⑧。"

玄自游学，十余年乃归乡里。家贫，客耕东莱⑨，学徒相随已数百千人。及党事起，乃与同郡孙嵩等四十余人俱被禁锢⑩，遂隐修经业，杜门不出。时任城何休好公羊学，遂著《公羊墨守》、《左氏膏肓》、《谷梁废疾》⑪。玄乃发《墨守》，针《膏肓》，起《废疾》⑫。休见而叹曰："康成入吾室，操吾矛，以伐我乎！"初，中兴之后，范升、陈元、李育、贾逵之徒争论古今学，后马融答北地太守刘瑰及玄答何休，义据通深⑬，由是古学遂明。

灵帝末，党禁解，大将军何进闻而辟之。州郡以进权戚，不敢违意，遂迫胁玄，不得已而诣之。进为设几杖⑭，礼待甚优。玄不受朝服，而以幅巾见⑮，一宿逃去。时年六十，弟子河内赵商等自远方至者数千。后将军袁隗表为侍中，以父丧不行。国相孔融深敬于玄，屣履造门⑯。告高密县为玄特立一乡，曰："昔齐置'士乡'，越有'君子军'，皆异贤之意也。郑君好学，实怀明德。昔太史公、廷尉吴公、谒者仆射邓公，皆汉之名臣。又南山四皓有园公、夏黄公⑰，潜光隐耀，世嘉其高，皆悉称公。然则公者仁德之正号，不必三事大夫也⑱。今郑君乡宜曰'郑公乡'。昔东海于公仅有一节，犹或戒乡人侈其门闾，矧乃郑公之德，而无驷牡之路⑲！可广开门衢，令容高车，号为'通德门'。"

【注 释】

① 郑崇：为人刚直，深得汉哀帝信任，《汉书》有传。② 啬夫：汉代掌管一乡诉讼和收取赋税的官员。休归：休假时回家。学官：主管学校事务的官员。③ 受业：即就学。第五元先：人名。第五为姓，出自田姓。

刘邦将齐国后裔田氏迁至湖北房县，因田姓人户众多，故分为第一至第八氏。《京氏易》：西汉京房著，为汉代易学的一大流派。《公羊春秋》：汉初公羊高所传《春秋》。《三统历》：我国最早的有完备记载的历法，为西汉刘歆所著。《九章算术》：相传为周公所著，分方田、粟米、方程、勾股等九章。④《周官》：即《周礼》。《韩诗》：西汉初燕人韩婴所传的《诗》。⑤ 升堂进者：古代房屋前为堂，后为室，升堂指入门，此指已经入门的弟子。⑥ 高业弟子：指学业优秀的弟子。⑦ 考论：考察论证。图纬：图谶和纬书。⑧ 吾道东：谓自己的学术向东流播。⑨ 客耕：租种别人的田地耕作。东莱：郡名，地在今山东省。⑩ 禁锢：指禁止做官或参与政治活动。⑪《公羊墨守》：谓《公羊春秋》义理精深，不可驳难，如墨子之守城。《左氏膏肓》：指《左传》病入膏肓，不可为。《谷梁废疾》：谓《谷梁春秋》有残疾。⑫ 发：除去。针：以针刺治病。起：治疗。⑬ 义据：释义考据。⑭ 几杖：供年高望重者所坐的小几和所用的手杖。⑮ 幅巾：古代男子用以裹头的全幅细绢。⑯ 屣履：拖着鞋子上门，比喻急于相见。⑰ 南山四皓：即商山四皓，指秦末隐居商山的东园公、甪里先生、绮里季、夏黄公，四人须眉皆白，故称四皓。⑱ 正号：正式的名位。三事大夫：指国君左右地位较高的官员。周以司徒、司马、司空为三事大夫。⑲ 侈其门闾：扩建门闾。门闾，犹门庭、家门。矧乃：何况，况且。驷牡之路：指四马所驾的车能够通行的大道。

董卓迁都长安，公卿举玄为赵相，道断不至。会黄巾寇青部，乃避地徐州，徐州牧陶谦接以师友之礼。建安元年①，自徐州还高密，道遇黄巾贼数万人，见玄皆拜，相约不敢入县境。玄后尝疾笃，自虑，以书戒子益恩曰：

吾家旧贫，不为父母群弟所容，去厮役之吏，游学周、秦之都，往来幽、并、兖、豫之域，获觐乎在位通人、处逸大儒，得意者咸从捧手，有所受焉②。遂博稽六艺，粗览传记，时睹秘书纬术之奥③。年过四十，乃归供养，假田播殖，以娱朝夕④。遇阉尹擅势，坐党禁锢，十有四年，而蒙赦令，举贤良方正有道，辟大将军三司府。公车再召，比牒并名，早为宰相⑤。惟彼数公，懿德大雅，克堪王臣，故宜式序⑥。吾自忖度，无任于此，但念述先圣之元意，思整百家之不齐，亦庶几以竭吾才，故闻命罔从。而黄巾为害，萍浮南北，复归邦乡。入此岁来，已七十矣。宿素衰落，仍有失误，案之礼典，便合传家。今我告尔以老，归尔以事，将闲居以安性，覃思以终业⑦。自非拜国君之命，问族亲之忧，展敬坟墓，观省野物，胡尝扶杖出门乎！家事大小，汝一承之。咨尔茕茕一夫，曾无同生相依⑧。其勖求君子之道，研钻勿替，敬慎威仪，以近有德。显誉成于僚友，德行立于己志。若致声称，亦有荣于所生，可不深念邪！可不深念邪！吾虽无绂冕之绪，颇有让爵之高⑨。自乐以论赞之功⑩，庶不遗后人之羞。末所愤愤者，徒以亡亲坟垄未成，所好群书率皆腐敝，不得于礼堂写定，传与其人。日西方暮，其可图乎！家今差多于昔，勤力务时，无恤饥寒。菲饮食，薄衣服，节夫二者，尚令吾寡恨。若忽忘不识，亦已焉哉！

时大将军袁绍总兵冀州，遣使要玄⑪，大会宾客，玄最后至，乃延升上坐。身长八尺，饮酒一斛，秀眉明目，容仪温伟。绍客多豪俊，并有才说，见玄儒者，未以通人许之，竞设异端，百家互起。玄依方辩对，咸出问表，皆得所未闻，莫不嗟服。时汝南应劭亦归于绍，因自赞曰："故太山太守应中远，北面称弟子何如？"玄笑曰："仲尼之门考以四科，回、赐之徒不称官阀。"劭有惭色。绍乃举玄茂才，表为左中郎将，皆不就。公车征为大司农，给安车一乘，所过长吏送迎。玄乃以病自乞还家。

五年春，梦孔子告之曰："起，起，今年岁在辰，来年岁在巳⑫。"既寤，以谶合之，知命当终，有顷寝疾⑬。时袁绍与曹操相拒于官度⑭，令其子谭遣使逼玄随军。不得已，载病到元城县，疾笃不进，其年六月卒，年七十四。遗令薄葬。自郡守以下尝受业者，缞绖赴会千余人⑮。

【注释】

① 建安：汉献帝的年号。② 厮役：贱役。覲：谒见。处逸大儒：谓处士，隐逸之大儒。得意：领会旨意。捧手：拱手，指表示敬意。③ 博稽：多方稽考。六艺：六经，此泛指儒家经典。秘书：指官藏禁书等。纬术：纬书之术。④ 供养：供给赡养长辈。假田：租种别人的田地。娱朝夕：娱乐早晚，指打发时间。⑤ 公车：汉代设公车令，掌管宫门警卫，及

征召等事。再召：再次征召。比牒并名：即连牒齐名。这句说当时连牒齐名被公车再召的，早已做了宰相。⑥ 式序：按次序。⑦ 覃思：深思。⑧ 同生：兄弟。⑨ 让爵之高：指他不受征召。⑩ 论赞之功：指他对古文经学所作的阐释等。⑪ 要玄：邀请郑玄。要，通"邀"。⑫"今年岁在辰，来年岁在巳"句：辰为龙年，巳为蛇年。来年，指明年。⑬ 寝疾：卧病。⑭ 官度：即官渡，地名，在今河南中牟东北。⑮ 缞绖：披麻戴孝。缞，用麻布制成的丧服。绖，丧服上的麻带。

门人相与撰玄答诸弟子问《五经》，依《论语》作《郑志》八篇。凡玄所注《周易》、《尚书》、《毛诗》、《仪礼》、《礼记》、《论语》、《孝经》、《尚书大传》、《中候》、《乾象历》，又著《天文七政论》、《鲁礼禘祫义》、《六艺论》、《毛诗谱》、《驳许慎五经异义》、《答临孝存周礼难》，凡百余万言。

玄质于辞训[①]，通人颇讥其繁。至于经传洽孰[②]，称为纯儒，齐鲁间宗之。其门人山阳郗虑至御史大夫，东莱王基、清河崔琰著名于世。又乐安国渊、任嘏，时并童幼，玄称渊为国器[③]，嘏有道德，其余亦多所鉴拔，皆如其言。玄唯有一子益恩，孔融在北海，举为孝廉。及融为黄巾所围，益恩赴难陨身。有遗腹子，玄以其手文似己，名之曰小同。

论曰：自秦焚《六经》，圣文埃灭[④]。汉兴，诸儒颇修艺文。及东京，学者亦各名家。而守文之徒，滞固所禀，异端纷纭，互相诡激，遂令经有数家，家有数说，章句多者或乃百余万言，学徒劳而少功，后生疑而莫正[⑤]。郑玄括囊大典，网罗众家，删裁繁诬，刊改漏失，自是学者略知所归。王父豫章君每考先儒经训[⑥]，而长于玄，常以为仲尼之门不能过也。及传授生徒，并专以郑氏家法云[⑦]。

赞曰：玄定义乖，褒修礼缺。孔书遂明，汉章中辍[⑧]。

【注 释】

① 辞训：文辞的训释。② 洽孰：即洽熟，切合而且熟悉事实。孰，通"熟"。③ 国器：国家的宝器，指一国的人才。④ 圣文：圣人的文章典籍。⑤ 滞固所禀：固执地承受各自所学。诡激：怪异偏激。⑥ 王父：祖父，指范晔的祖父范宁，曾为豫章太守，故称豫章君。⑦ 并专以郑氏家

法：谓范宁所教授专崇郑玄之学。并专，全部。家法，古代学者师徒相传的学术理论和治学方法。⑧ 孔书：指儒家经典著作。汉章：汉代的章句之学。

【导 读】

郑玄是我国历史上著名的经学大师，在训诂简明实用的古文经学的全面兴盛中起到了关键性的作用。这篇传记即记载了这一卓越经学大师的成功之路，藉此向人们展现了一代卓越学者高尚的精神境界与巨大的人格魅力。

郑玄之所以能成为一代名儒，其关键有以下几点：首先，是他的刻苦好学精神。郑玄出身贫寒，不得不在年青时就充任乡啬夫这样极其低下的职务以谋生。这对于不乐为吏的郑玄来说自然是无法忍受的，因此他不顾父亲的阻止而终于进入太学读书。从此他的求学之路一发而不可收拾，辗转全国各地，遍访名师，先后师从著名学者张恭祖、马融等人。马融性格狂傲，郑玄在他门下，居然三年不得相见，只是派自己的学生传授其学问，但郑玄并不介意这点，而是“日夜寻诵，未尝怠倦”。只到学成东归，才惊动马融，仅仅短时间的对马融“质诸疑”，即使马融大为感慨。何休是公羊学大师，是今文经学的代表人物。郑玄针对何休的著作予以驳难，使何休惊呼郑玄已进入他的内室，操起他的长矛来攻伐他了。从何休的感叹中可以见出，郑玄对今文经学有过深入细致的研究，深知今文经学的弊病，因而他的著作能够击中今文经学的要害。古文经学从此以后彻底取代了今文经学的地位而兴盛，而这与郑玄对今文经学的深入研究是分不开的。

淡泊名利可以说是郑玄成功的又一关键，他学成以后，公卿纷纷举荐他从政为官。他先后被举为侍中、赵相、左中郎将、大司农等职，但他皆辞而不就职。在家“隐修经业，杜门不出”。在有弟子数百千人的情况之下，他却仍然因“家贫”而“客耕东莱”，清贫自守，而不像其他徒有虚名的陋儒那样大置产业，过着奢侈糜烂的生活。他在《戒子益恩书》中所说的“勤力务时，无恤饥寒。菲饮食，薄衣服”，可以说就是他一生淡泊节俭生活的写照。

郑玄淡泊名利的同时，是他对权贵的蔑视。少帝时，大将军何进执政，“闻而辟之”，并“为设几杖，礼待甚优”，他则以“幅巾见，一宿逃去”。献帝时，大将军袁绍用兵冀州，盛极一时，“遣使要之，大会宾客”，并“延之上坐”，但他却“最后至”，并“以病自乞还家”。这样高尚的节操自然会引起广大人民的敬仰，以至于建安元年在徐州道遇黄巾起义军时，乃使义军“见玄皆拜，相约不敢入县境”，展示出了他巨大的人格魅力。

班 固 传

固字孟坚，年九岁，能属文诵诗赋，及长，遂博贯载籍，九流百家之言[①]，无不穷究。所学无常师，不为章句[②]，举大义而已。性宽和容众，不以才能高人，诸儒以此慕之。

永平初[③]，东平王苍以至戚为骠骑将军辅政，开东阁，延英雄。时固始弱冠，奏记说苍曰：“将军以周、邵之德，立乎本朝，承休明之策，建威灵之号，昔在周公，今也将军，诗书所载，未有三此者也。传曰：‘必有非常之人，然后有非常之事；有非常之事，然后有非常之功。’固幸得生于清明之世，豫在视听之末，私以蝼蚁，窃观国政，诚美将军拥千载之任，蹑先圣之踪，体弘懿之姿，据高明之势，博贯庶事，服膺六艺，白黑简心，求善无厌，采择狂夫之言，不逆负薪之议[④]。窃见幕府新开，广延群俊，四方之士，颠倒衣裳[⑤]。将军宜详唐、殷之举[⑥]，察伊、皋之荐，令远近无偏，幽隐必达，期于总览贤才，收集明智，为国得人，以宁本朝。则将军养志和神，优游庙堂，光名宣于当世，遗烈着于无穷。……”苍纳之。

父彪卒，归乡里。固以彪所续前史未详，乃潜精研思，欲就其业。既而有人上书显宗，告固私改作国史者，有诏下郡，收固系京兆狱，尽取其家书。先是扶风人苏朗伪言图谶事，下狱死。固弟超恐固为郡所核考[⑦]，不能自明，乃驰诣阙上书，得召见，具言固所著述意，而郡亦上其书。显宗甚奇之，召诣校书部，除兰台令史，与前睢阳令陈宗、长陵令尹敏、司隶从事孟异共成《世祖本纪》[⑧]。迁为郎，典校秘书。固又撰功臣、平林、新市、公孙述事，作列传、载记二十八篇，奏之，帝乃复使终成前所著书。

固以为汉绍尧运，以建帝业，至于六世，史臣乃追述功德，私作本纪，编于百王之末，厕于秦、项之列，太初以后，阙而不录，故探撰前记，缀集所闻，以为《汉书》[9]。起元高祖，终于孝平、王莽之诛，十有二世，二百三十年，综其行事，傍贯《五经》，上下洽通，为春秋考纪、表、志、传凡百篇[10]。固自永平中始受诏，潜精积思二十余年，至建初中乃成[11]。当世甚重其书，学者莫不讽诵焉。

自为郎后，遂见亲近。时京师修起宫室，浚缮城隍，而关中耆老犹望朝廷西顾[12]。固感前世相如、寿王、东方之徒，造构文辞，终以讽劝，乃上《两都赋》，盛称洛邑制度之美，以折西宾淫侈之论[13]。其辞曰：

……

及肃宗雅好文章，固愈得幸，数入读书禁中，或连日继夜。每行巡狩，辄献上赋颂，朝廷有大议，使难问公卿，辩论于前，赏赐恩宠甚渥。固自以二世才术，位不过郎，感东方朔、杨雄自论，以不遭苏、张、范、蔡之时，作《宾戏》以自通焉[14]。后迁玄武司马，天子会诸儒讲论《五经》，作《白虎通德论》，令固撰集其事。

【注释】

① 九流：指春秋战国时期九家学说流派，即道、儒、墨、名、法、阴阳、农、杂、纵横。② 章句：剖章析句，经学家解说经义的一种方式，亦泛指书籍注释。③ 永平：汉明帝年号。④ 弘懿：弘大美善。服膺：衷心信奉。六艺：指儒家的六经，《诗》、《书》、《礼》、《易》、《乐》、《春秋》。白黑：犹贤愚。简心：关怀，留意。负薪之议：地位低下之人的议论。⑤ 颠倒衣裳：谓急促惶遽中不暇整衣。语出《诗经·齐风·东方未明》："东方未明，颠倒衣裳。颠之倒之，自公召之。"⑥ 唐、殷：唐尧与商汤的并称。⑦ 核考：查核刑讯。⑧ 校书部：国家校勘藏书之处，设有校书官。兰台令史：掌管理和校勘文籍的官。⑨ 汉绍尧运：谓汉继承尧而立。当时阴阳五行说，尧为火德，汉也是火德。六世：指汉武帝。史臣：指司马迁。编于百王之末：《史记》本纪起自黄帝，迄于汉武帝，故云。⑩ 春秋考纪：即帝纪，因仿《春秋》体例，按年代先后记载各代大事，故称。⑪ 建初：汉章帝年号。⑫ 关中耆老犹望朝廷西顾：谓关中父老还是希望以长安为

首都。⑬ 相如、寿王、东方之徒：司马相如作《子虚赋》，吾丘寿王作《士大夫论》、《骠骑将军颂》，东方朔作《答客难》，不但文辞华美，而且结尾都对君主有所讽谏。折：折服。西宾：指《两都赋》中所虚构的长安人，东汉都洛阳，故赋中称虚构的洛阳人为东都主人，长安人为西都宾客。⑭ 二世才术：谓班彪及班固父子两代都有才学。苏、张、范、蔡：指战国时的苏秦、张仪、范雎、蔡泽。自通：自己解闷。

时北单于遣使贡献，求欲和亲，诏问群僚。议者或以为“匈奴变诈之国，无内向之心，徒以畏汉威灵，逼惮南虏，故希望报命，以安其离叛[1]。今若遣使，恐失南虏亲附之欢，而成北狄猜诈之计，不可”。固议曰：“窃自惟思，汉兴已来，旷世历年，兵缠夷狄，尤事匈奴。绥御之方，其涂不一，或修文以和之，或用武以征之，或卑下以就之，或臣服而致之[2]。虽屈申无常，所因时异，然未有拒绝弃放，不与交接者也。故自建武之世，复修旧典，数出重使，前后相继，至于其末，始乃暂绝。永平八年，复议通之。而廷争连日，异同纷回，多执其难，少言其易。先帝圣德远览，瞻前顾后，遂复出使，事同前世。以此而推，未有一世阙而不修者也。今乌桓就阙，稽首译官[3]，康居、月氏，自远而至，匈奴离析，名王来降，三方归服，不以兵威，此诚国家通于神明自然之征也。臣愚以为宜依故事，复遣使者，上可继五凤、甘露致远人之会，下不失建武、永平羁縻之义[4]。虏使再来，然后一往，既明中国主在忠信，且知圣朝礼义有常，岂可逆诈示猜，孤其善意乎[5]？绝之未知其利，通之不闻其害。设后北虏稍强，能为风尘，方复求为交通，将何所及？不若因今施惠，为策近长。”

固又作《典引篇》，述叙汉德。以为相如《封禅》，靡而不典，杨雄《美新》，典而不实，盖自谓得其致焉[6]。……

固后以母丧去官。永元初，大将军窦宪出征匈奴，以固为中护军，与参议。北单于闻汉军出，遣使款居延塞，欲修呼韩邪故事，朝见天子，请大使[7]。宪上遣固行中郎将事，将数百骑与虏使俱出居延塞迎之。会南匈奴掩破北庭，固至私渠海，闻虏中乱，引还。及窦宪败，固先坐免官[8]。

固不教学诸子，诸子多不遵法度，吏人苦之。初，洛阳令种竞尝行，固奴干其车骑，吏椎呼之，奴醉骂，竞大怒，畏宪不敢发，心衔之。及窦氏宾客皆逮考，竞因此捕系固，遂死狱中，时年六十一。诏以谴责竞，抵主者吏罪[9]。

固所著《典引》、《宾戏》、《应讥》，诗、赋、铭、诔、颂、书、文、记、论、议、六言，在者凡四十一篇。

论曰：司马迁、班固父子，其言史官载籍之作，大义粲然著矣。议者咸称二子有良史之才。迁文直而事核，固文赡而事详。若固之序事，不激诡，不抑抗，赡而不秽，详而有体，使读之者亹亹而不厌，信哉其能成名也[10]。彪、固讥迁，以为是非颇谬于圣人[11]。然其论议常排死节，否正直，而不叙杀身成仁之为美，则轻仁义，贱守节愈矣[12]。固伤迁博物洽闻，不能以智免极刑[13]；然亦身陷大戮，智及之而不能守之[14]。呜呼，古人所以致论于目睫也[15]！

赞曰：二班怀文，裁成帝坟。比良迁、董，兼丽卿、云[16]。彪识皇命，固迷世纷。

【注释】

① 南虏：南匈奴。报命：犹报聘，派使臣回访。② 或卑下以就之：指汉文帝时与匈奴通贸易，妻以汉女，厚赠礼物，以迁就匈奴。或臣服而致之：指汉宣帝时，匈奴入朝，遣子入侍。致，来。③ 译官：掌与少数民族通翻译的官。④ 五凤、甘露致远人之会：汉宣帝五凤三年，匈奴单于率五万人来降，向汉称臣；甘露元年，匈奴呼韩邪单于遣子右贤王入侍，向汉称臣。建武、永平羁縻之义：指光武帝与汉明帝厚赂南匈奴，使其攻打北匈奴的政策。⑤ 孤：通“辜”，辜负。⑥《封禅》：司马相如《封禅书》。靡而不典：文辞华美但不合古典。《美新》：扬雄《剧秦美新》。典而不实：文辞古奥但不符合事实。⑦ 款居延塞：至居延塞。请大使：请求汉派遣使者。为表对汉尊重，故称汉使为大使。⑧ 固先坐免官：班固是牵连到窦宪案中第一批被捕的人。⑨ 抵主者吏罪：将主办此案的官吏办罪。⑩ 不激诡：不偏激。不抑抗：评价公允，不仰不贬。亹亹：不知疲倦貌。指有吸引力而使人不知疲倦。⑪ 是非颇谬于圣人：是非观与圣人不同。按班固指摘司马迁崇黄老而薄《五经》，故有此言。⑫ 排死节：排斥为保全节操而死者。愈：过分。⑬ 极刑：指司马迁所受的宫刑。⑭ 智及之

而不能守之：语出《论语·卫灵公》："子曰：'知及之，仁不能守之，虽得之，必失之。'"⑮ 目睫：眼睫毛。比喻见远不见近。⑯ 迁、董：司马迁和董狐。卿、云：司马相如字长卿，扬雄字子云。

【导读】

深厚的家学渊源，家中丰富的藏书，使得班固能"博贯载籍，九流百家之言，无不穷究"，这是班固能成为我国历史上杰出的史学家和著名的辞赋家的得天独厚的优越条件。但是班固"宽和容众，不以才能高人"的性格，谦虚谨慎处世的原则，则是他取得成功的另一重要原因。同时，班固又有着敏锐的见解，他在《奏记诣东平王苍》中劝说东平王广泛招纳贤才，对匈奴欲和亲问题上的认识，都具有重要的现实意义。由于才、学、识三者兼备，《汉书》的最终写作成功，也就势所必然。

班固不满足于现状，"自以二世才术，位不过郎"，所以才会有《宾戏》这样自我调侃之作。但也正因为不满足于现状，所以他才会在后期依附权臣窦宪，以致牵连到窦宪案中。同时他又不善于管教家人，依仗窦宪的权势，他家中的奴仆居然敢于醉骂洛阳县令。他早先"宽和容众"的性格到了晚年，似乎已经完全改变，得志后的飞扬跋扈，也导致了他最终死于狱中的悲惨结局。

班固批评司马迁《史记》"是非颇谬于圣人"，但《史记》赞扬为保全节操而死的英雄，歌颂杀身以成仁的义士，其实正符合孔孟之道。而《汉书》的"排死节，否正直"，则表现了他认识上的不足。这种认识上的不足，也正是他晚年处世态度发生根本改变的最为重要的原因。就这一点看，他身死狱中的悲惨结局并不是偶然的。

袁安传

袁安字邵公，汝南汝阳人也①。祖父良，习《孟氏易》②，平帝时举明经，为太子舍人。建武初，至成武令③。

安少传良学，为人严重有威，见敬于州里。初为县功曹，奉檄诣从事，从事因安致书于令[④]。安曰："公事自有邮驿[⑤]，私请则非功曹所持。"辞不肯受，从事惧然而止。后举孝廉，除阴平长，任城令，所在吏人畏而爱之[⑥]。

【注 释】

① 汝阳：县名，今属河南省。②《孟氏易》：西汉人孟喜的《易经》学说。③ 建武：光武帝年号。成武：县名，今属山东省。④ 县功曹：县令的属官，主管县中官员的考核和选拔任用。奉檄诣从事：带着县令的书信到从事那里。檄，这里指书信、文书。从事，汉代州刺史的属官。⑤ 邮驿：古时设在沿途供出巡的官员或传送文书的小吏和旅客歇宿的馆舍。⑥ 阴平、任城：二县名，皆在今山东省。

永平十三年，楚王英谋为逆，事下郡覆考[①]。明年，三府举安能理剧[②]，拜楚郡太守。是时英辞所连及系者数千人，显宗怒甚，吏案之急，迫痛自诬，死者甚众[③]。安到郡，不入府，先往案狱，理其无明验者，条上出之[④]。府丞掾史皆叩头争，以为阿附反虏，法与同罪，不可。安曰："如有不合，太守自当坐之，不以相及也。"遂分别具奏。帝感悟，即报许，得出者四百余家。岁余，征为河南尹。政号严明，然未曾以臧罪鞠人[⑤]。常称曰："凡学仕者，高则望宰相，下则希牧守。锢人于圣世[⑥]，尹所不忍为也。"闻之者皆感激自励。在职十年，京师肃然，名重朝廷。建初八年，迁太仆。

元和二年，武威太守孟云上书："北虏既已和亲，而南部复往抄掠，北单于谓汉欺之，谋欲犯边。宜还其生口[⑦]，以安慰之。"诏百官议朝堂。公卿皆言夷狄谲诈，求欲无厌，既得生口，当复妄自夸大，不可开许。安独曰："北虏遣使奉献和亲，有得边生口者，辄以归汉，此明其畏威，而非先违约也。云以大臣典边，不宜负信于戎狄，还之足示中国优贷，而使边人得安，诚便。"司徒桓虞改议从安。太尉郑弘、司空第五伦皆恨之，弘因大言激励虞曰："诸言当还生口者，皆为不忠。"虞廷叱之，伦及大鸿胪韦彪各作色变容，司隶校尉举奏，安等皆上印绶谢[⑧]。肃宗诏报曰[⑨]："久议沈滞，各有所志。盖事以议从，策由众定，誾誾衎衎[⑩]，得礼之容，寝嘿抑心，更非朝廷之福。君何尤而深谢[⑪]？其各冠履。"帝竟从安议。明年，代第五伦为司空。章和元年，代桓虞为司徒。

【注 释】

① 永平：汉明帝年号。下文的建初、元和，是汉章帝的年号。覆考：重新复核。② 三府：汉制，三公皆可开府，因称三公为“三府”，即太尉、司徒、司空。理剧：指处理困难复杂的案件。③ 显宗：汉明帝的庙号。案：考问情事。④ 明验：明确的证据。条上出之：逐条上报并要求释放这些人。⑤ 臧罪：即赃罪。臧，通“赃”。鞠：通“鞫”，穷究。⑥ 锢人：禁锢人。汉法，赃吏子孙须禁锢三年，不得做官。⑦ 生口：本指俘虏，这里指边境官吏所抓的少数民族的人民。⑧ 上印绶谢：指袁安等人将官印交给皇帝并脱去官帽、官靴谢罪。⑨ 肃宗：汉章帝的庙号。⑩ 誾誾：忠正貌。衎衎：和乐貌。⑪ 尤：责怪。

和帝即位，窦太后临朝，后兄车骑将军宪北击匈奴，安与太尉宋由、司空任隗及九卿诣朝堂上书谏，以为匈奴不犯边塞，而无故劳师远涉，损费国用，徼功万里[①]，非社稷之计。书连上辄寝[②]。宋由惧，遂不敢复署议，而诸卿稍自引止。唯安独与任隗守正不移，至免冠朝堂固争者十上。太后不听，众皆为之危惧，安正色自若。窦宪既出，而弟卫尉笃、执金吾景各专威权，公于京师使客遮道夺人财物[③]。景又擅使乘驿施檄缘边诸郡，发突骑及善骑射有才力者[④]，渔阳、雁门、上谷三郡各遣吏将送诣景第。有司畏惮，莫敢言者。安乃劾景擅发边兵，惊惑吏人，二千石不待符信而辄承景檄，当伏显诛。又奏司隶校尉、河南尹阿附贵戚[⑤]，无尽节之义，请免官案罪。并寝不报。宪、景等日益横，尽树其亲党宾客于名都大郡，皆赋敛吏人，更相赂遗，其余州郡，亦复望风从之。安与任隗举奏诸二千石，又它所连及贬秩免官者四十余人，窦氏大恨。但安、隗素行高，亦未有以害之。

时窦宪复出屯武威。明年，北单于为耿夔所破，遁走乌孙，塞北地空，余部不知所属。宪日矜已功，欲结恩北虏，乃上立降者左鹿蠡王阿佟为北单于[⑥]，置中郎将领护，如南单于故事。事下公卿议，太尉宋由、太常丁鸿、光禄勋耿秉等十人议可许。安与任隗奏，以为“光武招怀南虏，非谓可永安内地，正以权时之算，可得扞御北狄故也。今朔漠既定，宜令南单于反其北庭，并领降众。无缘复更立阿佟，以增国费”。宗正刘方、大司农尹睦同安议。事奏，未以时定。安惧宪计遂行，乃独上封事曰：“臣闻功有难图，不可豫见；

事有易断，较然不疑。伏惟光武皇帝本所以立南单于者，欲安南定北之策也，恩德甚备，故匈奴遂分，边境无患。孝明皇帝奉承先意，不敢失坠，赫然命将，爰伐塞北。至乎章和之初，降者十余万人，议者欲置之滨塞⑦，东至辽东。太尉宋由、光禄勋耿秉皆以为失南单于心，不可，先帝从之。陛下奉承洪业，大开疆宇，大将军远师讨伐，席卷北庭，此诚宣明祖宗，崇立弘勋者也。宜审其终，以成厥初。伏念南单于屯，先父举众归德，自蒙恩以来，四十余年⑧。三帝积累，以遗陛下。陛下深宜遵述先志，成就其业。况屯首唱大谋，空尽北虏，辍而弗图，更立新降，以一朝之计，违三世之规，失信于所养，建立于无功。由、秉实知旧议，而欲背弃先恩。夫言行君子之枢机，赏罚理国之纲纪。《论语》曰：'言忠信，行笃敬，虽蛮貊行焉⑨。'今若失信于一屯，则百蛮不敢复保誓矣。又乌桓、鲜卑新杀北单于，凡人之情，咸畏仇雠，今立其弟，则二虏怀怨。兵、食可废，信不可去。且汉故事，供给南单于费直岁一亿九十余万，西域岁七千四百八十万。今北庭弥远，其费过倍，是乃空尽天下，而非建策之要也。"诏下其议。安又与宪更相难折，宪险急负势，言辞骄讦，至诋毁安，称光武诛韩歆、戴涉故事，安终不移⑩。宪竟立匈奴降者右鹿蠡王于除鞬为单于，后遂反叛，卒如安策⑪。

安以天子幼弱，外戚擅权，每朝会进见，及与公卿言国家事，未尝不噫呜流涕，自天子及大臣皆恃赖之。四年春，薨，朝廷痛惜焉。

后数月，窦氏败，帝始亲万机，追思前议者邪正之节，乃除安子赏为郎。策免宋由，以尹睦为太尉，刘方为司空。睦，河南人，薨于位。方，平原人，后坐事免归，自杀。

初，安父没，母使安访求葬地，道逢三书生，问安何之，安为言其故，生乃指一处，云"葬此地，当世为上公"，须臾不见，安异之。于是遂葬其所占之地，故累世隆盛焉。安子京、敞最知名。

【注 释】

①徼：通"邀"，求取。②寝：搁置。③遮道：犹拦路。④发突骑：征发用于冲锋陷阵的精锐骑兵。⑤司隶校尉、河南尹：指当时的司隶校尉郑据、河南尹蔡嵩。⑥"上立降者"句：上书请求立投降于汉朝的左鹿蠡王阿佟为匈奴的北单于。⑦滨塞：即边塞。⑧屯：指匈奴南单于屯屠何。先

父：指屯屠何已故的父亲。⑨“言忠信”数句：语出《论语·颜渊》。⑩ 骄讦：指窦宪的话语骄横并带有攻击性。讦，揭露别人的过错。光武诛韩歆、戴涉：韩歆和戴涉曾先后在汉光武帝时担任大司徒，后皆因罪被杀。⑪ 策：预料。

【导读】

在我国历史上，袁安是个著名的良吏，也是一个忧国忧民，为了国家民族利益而不顾自身安危，勇于与邪恶势力作斗争的猛士。这篇传记，正记载了他这两方面的优秀品质。袁安初出仕，仅仅是一个小小的县功曹，但在面对比他地位高出许多的州从事时所表现出来的凛然正气，使他一出场就让人对他无比的敬畏。在他主审的楚王刘英叛逆案中，他为无辜受牵连者开脱罪责时所表现出来的勇气，则使他为坚持正义而不顾自身安危的大无畏精神更进一步得到了深化。叛逆案是罪诛九族的特大案件，牵连进这样的案件中，自然是九死一生。特别是在他们已经自诬服罪的情况下为他们辩护，主审官员所承担的风险可想而知。袁安在这时不顾府丞掾史的劝阻，冒着“阿附反虏，法与同罪”的危险，终于挽救了四百馀家数千人的生命，较之那些草菅人命的贪官污吏，又岂止是天壤之别。此后他与太尉郑弘、司空第五伦为是否归还北匈奴生口问题的争辩，特别是在汉和帝即位后与窦宪为立匈奴北单于的争辩，可以说都是这一品质的继续深化。外戚窦宪权倾一时，可他却当众折辱窦宪，之后又因为担心窦宪的提议得以实现而独上封事，更进一步地提出了反对窦宪建议的理由，以致窦宪在理屈辞穷之时对他进行人身攻击，并且以置他于死地相威胁，但他仍坚持自己的观点而不为所动。这些都更使读者对他产生了无限的敬意。

文中用了较多带有感情色彩的语言，如在袁安任阴平长和任城令时，“所在吏人畏而爱之”；在楚王刘英叛逆案中为无辜受到牵连的人们开脱时的“闻之者皆感激自励”；在与太尉郑弘、司空第五伦廷争时汉章帝对袁安的赞扬“誾誾衎衎，得礼之容”，以及“每朝会进见，及与公卿言国家事，未尝不噫呜流涕”等，都明显见出作者对这一人物的敬仰之情。千百年来，袁安也一直是人们歌颂的人物。陶渊明《咏贫士》说：“袁安困积雪，邈然不可干。”宋祁《和贾相公览杜工部北征篇》说：“莫肯念乱小雅怨，自然流涕袁安愁。”

都表现出了袁安正直高尚的品格对后世所产生的重大影响。

班 超 传

班超字仲升，扶风平陵人，徐令彪之少子也①。为人有大志，不修细节。然内孝谨，居家常执勤苦，不耻劳辱②。有口辩，而涉猎书传③。永平五年，兄固被召诣校书郎，超与母随至洛阳。家贫，常为官佣书以供养④。久劳苦，尝辍业投笔叹曰："大丈夫无它志略，犹当效傅介子、张骞立功异域，以取封侯，安能久事笔研间乎⑤？"左右皆笑之。超曰："小子安知壮士志哉！"其后行诣相者，曰："祭酒，布衣诸生耳，而当封侯万里之外⑥。"超问其状，相者指曰："生燕颔虎颈，飞而食肉，此万里侯相也⑦。"久之，显宗问固"卿弟安在"，固对"为官写书，受直以养老母"⑧。帝乃除超为兰台令史，后坐事免官⑨。

十六年，奉车都尉窦固出击匈奴，以超为假司马，将兵别击伊吾，战于蒲类海，多斩首虏而还⑩。固以为能，遣与从事郭恂俱使西域。超到鄯善⑪，鄯善王广奉超礼敬甚备，后忽更疏懈。超谓其官属曰："宁觉广礼意薄乎？此必有北虏使来，狐疑未知所从故也。明者睹未萌，况已著邪。"乃召侍胡诈之曰⑫："匈奴使来数日，今安在乎？"侍胡惶恐，具服其状。超乃闭侍胡，悉会其吏士三十六人，与共饮，酒酣，因激怒之曰："卿曹与我俱在绝域，欲立大功，以求富贵。今虏使到裁数日，而王广礼敬即废。如令鄯善收吾属送匈奴，骸骨长为豺狼食矣。为之奈何？"官属皆曰："今在危亡之地，死生从司马。"超曰："不入虎穴，不得虎子。当今之计，独有因夜以火攻虏，使彼不知我多少，必大震怖，可殄尽也⑬。灭此虏，则鄯善破胆，功成事立矣。"曰："当与从事议之。"超怒曰："吉凶决于今日，从事文俗吏，闻此必恐而谋泄，死无所名，非壮士也！"曰："善。"初夜，遂将吏士往奔虏营。会天大风，超令十人持鼓藏虏舍后，约曰："见火然，皆当鸣鼓大呼。"余人悉持兵弩夹门而伏。超乃顺风纵火，前后鼓噪⑭。虏众惊乱，超手格杀三人，吏兵斩其使及从士三十余级，余众百许人悉烧死。明日，乃还告郭恂，恂大惊，既而色动。超知其意，举手曰："掾虽不行，班超何心独擅之乎！"恂乃悦。超于是召鄯善王广，以虏使首示之，一国震怖。超晓告抚慰，遂纳子为质[15]。还奏于窦固，固大喜，具上超功效，并求更选使使西域。帝壮超节，诏固曰："吏如班超，何故不遣而更选乎？今以超为军司马，令遂前功。"超复受使，固欲益其兵[16]，超曰："愿将本所从三十余人足矣，如有不虞，多益为累。"

【注 释】

① 平陵：扶风属县，地在今陕西咸阳东北。徐：县名，治所在今安徽泗县西北。② 不耻劳辱：不以劳苦为耻。劳辱，犹劳累、劳苦。③ 涉猎：如兽之涉水，指粗略地阅读而不求甚解。书传：泛指古代典籍。④ 为官佣书：受雇给公家抄书。供养：供给长辈生活所需。⑤ 志略：抱负，才略。傅介子：西汉人，昭帝时出使西域，斩楼兰王而返，封义阳侯。张骞：西汉人，武帝时出使月氏，经匈奴时被扣留十多年，后逃归，从大将军卫青击匈奴有功，封博望侯。笔研：即笔砚。研，通"砚"。⑥ 祭酒：这里是对人的尊称。⑦ 燕颔虎颈：燕的下颌，虎的颈项，形容相貌威武。万里侯：指立功万里之外而封侯。⑧ 直：工钱，佣金。直，通"值"。⑨ 兰台令史：官名，主管兰台的藏书等。兰台，当时国家收藏图书的地方。坐事：因事。⑩ 假司马：临时代理的司马。别击：旁击，指与主力异道出击。蒲类海：即今新疆的巴里坤湖。⑪ 鄯善：西域国名，本楼兰国，治所在今新疆罗布泊西南。⑫ 侍胡：侍奉汉使的胡人。⑬ 殄尽：全部消灭。⑭ 鼓噪：擂鼓呐喊。⑮ 纳子为质：鄯善王派其子到汉朝作为人质。⑯ 益其兵：增加班超手里的士兵。

是时于窴王广德新攻破莎车，遂雄张南道，而匈奴遣使监护其国[①]。超既西，先至于窴。广德礼意甚疏，且其俗信巫，巫言："神怒何故欲向汉？汉使有騧马，急求取以祠我[②]。"广德乃遣使就超请马，超密知其状，报许之，而令巫自来取马。有顷，巫至，超即斩其首以送广德，因辞让之[③]。广德素闻超在鄯善诛灭虏使，大惶恐，即攻杀匈奴使者而降超。超重赐其王以下，因镇抚焉。

时龟兹王建为匈奴所立，倚恃虏威，据有北道，攻破疏勒，杀其王，而立龟兹人兜题为疏勒王[④]。明年春，超从间道至疏勒。去兜题所居盘橐城九十里，逆遣吏田虑先往降之[⑤]。敕虑曰："兜题本非疏勒种，国人必不用命。若不即降，便可执之。”虑既到，兜题见虑轻弱，殊无降意。虑因其无备，遂前劫缚兜题。左右出其不意，皆惊惧奔走。虑驰报超，超即赴之，悉召疏勒将吏，说以龟兹无道之状，因立其故王兄子忠为王，国人大悦。忠及官属皆请杀兜题，超不听，欲示以威信，释而遣之。疏勒由是与龟兹结怨。

十八年，帝崩。焉耆以中国大丧[6]，遂攻没都护陈睦。超孤立无援，而龟兹、姑墨数发兵攻疏勒[7]。超守盘橐城，与忠为首尾，士吏单少，拒守岁余。肃宗初即位，以陈睦新没，恐超单危不能自立，下诏征超。超发还，疏勒举国忧恐。其都尉黎弇曰：“汉使弃我，我必复为龟兹所灭耳。诚不忍见汉使去。”因以刀自刭。超还至于窴，王侯以下皆号泣曰：“依汉使如父母，诚不可去。”互抱超马脚，不得行。超恐于窴终不听其东，又欲遂本志，乃更还疏勒。疏勒两城自超去后，复降龟兹，而与尉头连兵[8]。超捕斩反者，击破尉头，杀六百余人，疏勒复安。

建初三年，超率疏勒、康居、于窴、拘弥兵一万人攻姑墨石城，破之，斩首七百级[9]。超欲因此叵平诸国，乃上疏请兵。曰：“臣窃见先帝欲开西域，故北击匈奴，西使外国，鄯善、于窴实时向化。今拘弥、莎车、疏勒、月氏、乌孙、康居复愿归附[10]，欲共并力破灭龟兹，平通汉道。若得龟兹，则西域未服者百分之一耳。臣伏自惟念，卒伍小吏，实愿从谷吉效命绝域，庶几张骞弃身旷野[11]。昔魏绛列国大夫，尚能和辑诸戎，况臣奉大汉之威，而无铅刀一割之用乎[12]？前世议者皆曰取三十六国，号为断匈奴右臂。今西域诸国，自日之所入，莫不向化，大小欣欣，贡奉不绝，唯焉耆、龟兹独未服从。臣前与官属三十六人奉使绝域，备遭艰厄。自孤守疏勒，于今五载，胡夷情数，臣颇识之。问其城郭小大[13]，皆言‘倚汉与依天等’。以是效之，则葱领可通[14]，葱领通则龟兹可伐。今宜拜龟兹侍子白霸为其国王，以步骑数百送之，与诸国连兵，岁月之间，龟兹可禽。以夷狄攻夷狄，计之善者也。臣见莎车、疏勒田地肥广，草牧饶衍，不比敦煌、鄯善间也，兵可不费中国而粮食自足。且姑墨、温宿二王，特为龟兹所置，既非其种，更相厌苦，其势必有降反。若二国来降，则龟兹自破。愿下臣章，参考行事。诚有万分，死复何恨。臣超区区，特蒙神灵，窃冀未便僵仆[15]，目见西域平定，陛下举万年之觞，荐勋祖庙，布大喜于天下。”书奏，帝知其功可成，议欲给兵。平陵人徐干素与超同志，上疏愿奋身佐超。五年，遂以干为假司马，将弛刑及义从千人就超。

先是莎车以为汉兵不出，遂降于龟兹，而疏勒都尉番辰亦复反叛。会徐干适至，超遂与干击番辰，大破之，斩首千余级，多获生口。超既破番辰，欲进攻龟兹。以乌孙兵强，宜因其力[16]，乃上言："乌孙大国，控弦十万，故武帝妻以公主，至孝宣皇帝，卒得其用。今可遣使招慰，与共合力。"帝纳之。八年，拜超为将兵长史，假鼓吹幢麾[17]。以徐干为军司马，别遣卫候李邑护送乌孙使者，赐大小昆弥以下锦帛[18]。

【注 释】

① 于寘：西域国名，地在今新疆和田。莎车：西域国名，在今新疆莎车。雄张：称雄。② 騧马：黑嘴的黄马。祠：祭祀。③ 辞让：责问。④ 龟兹：西域国名，在今新疆库车、沙雅之间。疏勒：西域国名，在今新疆喀什。⑤ 盘橐城：今称班超城，在新疆喀什东南郊。逆遣：预先派遣。⑥ 焉耆：西域国名，即今新疆焉耆回族自治县。⑦ 姑墨：西域国名，在今新疆乌什西。⑧ 尉头：西域国名，在今新疆乌什西。⑨ 建初：汉章帝年号。康居：西域国名，在今新疆北部及中亚一带。拘弥：西域国名，在今新疆于阗以东。⑩月氏：西域国名，在今甘肃中部及青海东。后逐渐强盛，向南扩展至今阿富汗一带地区。乌孙：西域国名，在今新疆阿克苏以北伊宁以南一带。⑪ 谷吉效命绝域：谷吉于汉元帝时奉使送郅支单于侍子回匈奴，为郅支单于所杀。庶几：差不多，或许。张骞弃身旷野：张骞于汉武帝时出使月氏，为匈奴扣留十多年，后逃归，途中以禽兽为食。⑫ 魏绛：春秋时晋国大夫，曾向晋悼公建议与北方少数民族和平相处。和辑：和睦。铅刀一割：铅刀质软，但尚能作一次切割。⑬ 城郭小大：即城中所有人。小大，指城中小孩和大人。⑭ 葱领：天山和昆仑山的发源地，在今新疆西南，以其上多葱，故名。领，通"岭"。⑮ 未便僵仆：还不至于立即倒下。⑯ 宜因其力：应该借助其力量。因，借助。⑰ 幢麾：旌旗仪仗。⑱ 昆弥：乌孙国王的称号。乌孙国王先号昆莫，昆莫死后，因子孙争国而分裂，遂有大小昆弥之号。

李邑始到于寘，而值龟兹攻疏勒，恐惧不敢前，因上书陈西域之功不可成，又盛毁超拥爱妻，抱爱子，安乐外国，无内顾心。超闻之，叹曰："身非曾参而有三至之谗①，恐见疑于当时矣。"遂去其妻。帝知超忠，乃切责邑曰②："纵超拥爱妻，抱爱子，思归之士千余人，何能尽与超同心乎？"令邑诣超受节度。诏超："若邑任在外者，便留与从事。"超即遣邑将乌孙侍子还京师。徐干谓超曰："邑前亲毁君，欲败西域，今何不缘诏书留之，更遣它吏送侍子乎？"超曰："是何言之陋也！以邑毁超，故今遣之。内省不疚，何恤人言③！快意留之④，非忠臣也。"

明年，复遣假司马和恭等四人将兵八百诣超，超因发疏勒、于寘兵击莎车。莎车阴通使疏勒王忠，啖以重利，忠遂反从之，西保乌即城⑤。超乃更立其府丞成大为疏勒王，悉发其不反者以攻忠。积半岁，而康居遣精兵救之，超不能下。是时月氏新与康居婚，相亲，超乃使使多赍锦帛遗月氏王，令晓示康居王，康居王乃罢兵，执忠以归其国，乌即城遂降于超。

后三年，忠说康居王借兵，还据损中⑥，密与龟兹谋，遣使诈降于超。超内知其奸而外伪许之，忠大喜，即从轻骑诣超。超密勒兵待之，为供张设乐⑦。酒行，乃叱吏缚忠斩之。因击破其众，杀七百余人，南道于是遂通。

明年，超发于寘诸国兵二万五千人，复击莎车。而龟兹王遣左将军发温宿、姑墨、尉头合五万人救之。超召将校及于寘王议曰："今兵少不敌，其计莫若各散去。于寘从是而东，长史亦于此西归，可须夜鼓声而发。"阴缓所得生口⑧，龟兹王闻之大喜，自以万骑于西界遮超，温宿王将八千骑于东界徼于寘。超知二虏已出，密召诸部勒兵，鸡鸣驰赴莎车营，胡大惊乱奔走，追斩五千余级，大获其马畜财物。莎车遂降，龟兹等因各退散，自是威震西域。

初，月氏尝助汉击车师有功，是岁贡奉珍宝、符拔、师子⑨，因求汉公主。超拒还其使，由是怨恨。永元二年，月氏遣其副王谢将兵七万攻超。超众少，皆大恐。超譬军士曰："月氏兵虽多，然数千里逾葱领来，非有运输，何足忧邪？但当收谷坚守，彼饥穷自降，不过数十日决矣。"谢遂前攻超，不下，又抄掠无所得。超度其粮将尽，必从龟兹求救，乃遣兵数百于东界要之⑩。谢果遣骑赍金银珠玉以赂龟兹。超伏兵遮击，尽杀之，持其使首以示谢。谢大惊，即遣使请罪，愿得生归，超纵遣之。月氏由是大震，岁奉贡献。

明年，龟兹、姑墨、温宿皆降，乃以超为都护，徐干为长史。拜白霸为龟兹王，遣司马姚光送之。超与光共胁龟兹废其王尤利多而立白霸，使光将尤利多还诣京师。超居龟兹它干城，徐干屯疏勒。西域唯焉耆、危须、尉犁以前没都护[11]，怀二心，其余悉定。

六年秋，超遂发龟兹、鄯善等八国兵合七万人，及吏士贾客千四百人讨焉耆。兵到尉犁界，而遣晓说焉耆、尉犁、危须曰："都护来者，欲镇抚三国。即欲改过向善，宜遣大人来迎，当赏赐王侯已下，事毕即还。今赐王彩五百匹。"焉耆王广遣其左将北鞬支奉牛酒迎超。超结鞬支曰："汝虽匈奴侍子，而今秉国之权。都护自来，王不以时迎，皆汝罪也。"或谓超可便杀之。超曰："非汝所及，此人权重于王，今未入其国而杀之，遂令自疑，设备守险，岂得到其城下哉！"于是赐而遣之。广乃与大人迎超于尉犁，奉献珍物。

焉耆国有苇桥之险，广乃绝桥，不欲令汉军入国。超更从它道厉度[12]。七月晦，到焉耆，去城二十里，营大泽中。广出不意，大恐，乃欲悉驱其人共入山保。焉耆左候元孟先尝质京师，密遣使以事告超，超即斩之，示不信用。乃期大会诸国王，因扬声当重加赏赐，于是焉耆王广、尉犁王泛及北鞬支等三十人相率诣超。其国相腹久等十七人惧诛，皆亡入海，而危须王亦不至。坐定，超怒诘广曰："危须王何故不到？腹久等所缘逃亡？"遂叱吏士收广、泛等于陈睦故城斩之，传首京师。因纵兵抄掠，斩首五千余级，获生口万五千人，马畜牛羊三十余万头，更立元孟为焉耆王。超留焉耆半岁，慰抚之。于是西域五十余国悉皆纳质内属焉[13]。明年，下诏曰："往者匈奴独擅西域，寇盗河西，永平之末，城门昼闭。先帝深愍边萌婴罗寇害，乃命将帅击右地，破白山，临蒲类，取车师，城郭诸国震慑响应，遂开西域，置都护[14]。而焉耆王舜、舜子忠独谋悖逆，持其险隘，覆没都护，并及吏士。先帝重元元之命，惮兵役之兴，故使军司马班超安集于窴以西。超遂逾葱领，迄县度，出入二十二年，莫不宾从。改立其王，而绥其人。不动中国，不烦戎士，得远夷之和，同异俗之心，而致天诛，蠲宿耻，以报将士之雠[15]。《司马法》曰[16]：'赏不逾月，欲人速睹为善之利也。'其封超为定远侯，邑千户。"

【注 释】

① 身非曾参而有三至之谗：《战国策》记载说，费有与曾子同名的人

杀人，有人告诉曾子之母，其母说，吾子不杀人。不久又有人告诉她说曾子杀人，其母仍然说吾子不杀人。到第三次有人来说曾子杀人时，其母乃恐惧而逾墙走。后人借以比喻谣言经多次传播后，也会让人相信。② 切责：严厉斥责。③ 内省不疚，何恤人言：内心想到自己没有过错，就不怕别人乱说。疚，病。恤，忧。④ 快意：满足自己的心意。⑤ 阴通使：暗中派遣使者。啖：给别人东西吃，引诱人。⑥ 损中：地名，一作"祯中"。⑦ 供张：陈设供宴会用的帷帐、用具等。设乐：陈设音乐。⑧ 阴缓所得生口：暗中放松对俘虏的看管。⑨ 符拔：兽名，形似鹿而有长尾。师子：即狮子。⑩ 要：通"邀"，拦截。⑪ 危须：西域国名，在今新疆和硕。尉犁：西域国名，在今新疆库尔勒。没都护：攻破西域都护。⑫ 厉度：急渡。度，通"渡"。⑬ 纳质内属：送纳人质而归附朝廷。⑭ 白山：即祁连山。蒲类：即蒲内海，今新疆巴里坤湖。⑮ 致天诛：导致上天的惩罚。蠲：消除。⑯《司马法》：春秋齐国司马穰苴所著的兵书。穰苴本姓田，因功被任为大司马，因以为姓。

超自以久在绝域，年老思土。十二年，上疏曰："臣闻太公封齐，五世葬周，狐死首丘，代马依风[①]。夫周、齐同在中土千里之间，况于远处绝域，小臣能无依风首丘之思哉[②]？蛮夷之俗，畏壮侮老。臣超犬马齿歼，常恐年衰，奄忽僵仆，孤魂弃捐[③]。昔苏武留匈奴中尚十九年，今臣幸得奉节带金银护西域，如自以寿终屯部，诚无所恨，然恐后世或名臣为没西域[④]。臣不敢望到酒泉郡，但愿生入玉门关[⑤]。臣老病衰困，冒死瞽言，谨遣子勇随献物入塞。及臣生在，令勇目见中土。"而超妹同郡曹寿妻昭亦上书请超曰[⑥]：

> 妾同产兄西域都护定远侯超，幸得以微功特蒙重赏，爵列通侯，位二千石。天恩殊绝，诚非小臣所当被蒙。超之始出，志捐躯命，冀立微功，以自陈效[⑦]。会陈睦之变，道路隔绝，超以一身转侧绝域，晓譬诸国，因其兵众，每有攻战，辄为先登，身被金夷，不避死亡[⑧]。赖蒙陛下神灵，且得延命沙漠，至今积三十年。骨肉生离，不复相识。所与相随时人士众，皆已物故[⑨]。超年最长，今且七十。衰老被病，头发无黑，两手不仁[⑩]，耳目不聪明，扶杖乃能行。虽欲竭尽其力，以报塞天恩，迫于岁暮，犬马齿索[⑪]。蛮夷之性，悖逆侮老，而超旦暮入

地，久不见代，恐开奸宄之源，生逆乱之心[12]。而卿大夫咸怀一切，莫肯远虑。如有卒暴，超之气力不能从心，便为上损国家累世之功，下弃忠臣竭力之用，诚可痛也。故超万里归诚，自陈苦急，延颈逾望，三年于今，未蒙省录。

妾窃闻古者十五受兵，六十还之，亦有休息不任职也。缘陛下以至孝理天下，得万国之欢心，不遗小国之臣，况超得备侯伯之位，故敢触死为超求哀，丐超余年[13]。一得生还，复见阙庭，使国永无劳远之虑，西域无仓卒之忧，超得长蒙文王葬骨之恩，子方哀老之惠[14]。诗云："民亦劳止，汔可小康，惠此中国，以绥四方[15]。"超有书与妾生诀，恐不复相见。妾诚伤超以壮年竭忠孝于沙漠，疲老则便捐死于旷野，诚可哀怜。如不蒙救护，超后有一旦之变，冀幸超家得蒙赵母、卫姬先请之贷[16]。妾愚戆不知大义，触犯忌讳。

书奏，帝感其言，乃征超还。

超在西域三十一岁。十四年八月至洛阳，拜为射声校尉。超素有胸胁疾，既至，病遂加。帝遣中黄门问疾，赐医药。其年九月卒，年七十一。朝廷愍惜焉，使者吊祭，赠赐甚厚。子雄嗣。

初，超被征，以戊已校尉任尚为都护，与超交代。尚谓超曰："君侯在外国三十余年，而小人猥承君后，任重虑浅，宜有以诲之。"超曰："年老失智，任君数当大位，岂班超所能及哉！必不得已，愿进愚言。塞外吏士，本非孝子顺孙，皆以罪过徙补边屯。而蛮夷怀鸟兽之心，难养易败。今君性严急，水清无大鱼，察政不得下和。宜荡佚简易，宽小过，总大纲而已[17]。"超去后，尚私谓所亲曰："我以班君当有奇策，今所言平平耳。"尚至数年，而西域反乱，以罪被征，如超所戒。

【注 释】

① 狐死首丘：传说狐狸死时，头必向着所出生的土丘。代马：北方的马。依风：依恋北风。以上皆比喻不忘根本。② 中土：中原地区。千里之间：谓周、齐相隔虽远，但也不超过千里。绝域：极远的边境。③ 齿歼：牙齿脱落干净。奄忽僵仆：迅速死去。④ 奉节：即持节，手持节旄，指出使。金银：指印绶，金印紫绶，银印青绶。没西域：陷没西域。⑤ 不

敢望到酒泉郡，但愿生入玉门关：酒泉在玉门关之东，所以班超有此说。望到，期望达到。酒泉，今甘肃酒泉。⑥ 曹寿妻昭：见本书《曹世叔妻传》。请超：为超求情。⑦ 自陈效：自请效力。⑧ 金夷：刀剑之伤。夷，创伤。⑨ 物故：死的委婉说法。⑩ 两手不仁：谓两手麻木。⑪ 齿索：犹齿衰。⑫ 奸宄：奸诡，奸诈。⑬ 丐：乞，求。⑭ 文王葬骨之恩：《吕氏春秋》记载说，周文王掘地见骸骨，乃为之更葬。子方哀老之惠：战国时田子方为魏文侯之师，见魏文侯马老而被弃，说："少尽其力而老弃其身，非仁也。"文侯乃收而养之。⑮"民亦劳止"数句：语出《诗经·大雅·民劳》，意谓施行仁政，就可以安定四方。⑯ 得蒙赵母、卫姬先请之贷：赵母，战国赵括之母，赵括为将，其母恐惧，请求战败不连坐。卫姬，齐桓公的姬妾，卫国人，桓公谋伐卫，卫姬请卫之罪。先请：事先请求。⑰ 荡佚：宽松。总大纲：总揽大局。

有三子。…………超少子勇。勇字宜僚，少有父风。永初元年，西域反叛，以勇为军司马，与兄雄俱出敦煌，迎都护及西域甲卒而还。因罢都护。后西域绝无汉吏十余年。元初六年，敦煌太守曹宗遣长史索班将千余人屯伊吾，车师前王及鄯善王皆来降班。后数月，北单于与车师后部遂共攻没班，进击走前王，略有北道。鄯善王急，求救于曹宗，宗因此请出兵五千人击匈奴，报索班之耻，因复取西域。邓太后召勇诣朝堂会议，先是公卿多以为宜闭玉门关，遂弃西域。勇上议曰："昔孝武皇帝患匈奴强盛，兼总百蛮，以逼障塞。于是开通西域，离其党与，论者以为夺匈奴府藏，断其右臂。遭王莽篡盗，征求无厌，胡夷忿毒，遂以背叛。光武中兴，未遑外事，故匈奴负强，驱率诸国①。及至永平，再攻敦煌，河西诸郡，城门昼闭。孝明皇帝深惟庙策②，乃命虎臣，出征西域，故匈奴远遁，边境得安。及至永元，莫不内属。会间者羌乱，西域复绝，北虏遂遣责诸国，备其逋租，高其价直，严以期会③。鄯善、车师皆怀愤怨，思乐事汉，其路无从。前所以时有叛者，皆由牧养失宜，还为其害故也。今曹宗徒耻于前负，欲报雪匈奴，而不寻出兵故事，未度当时之宜也。夫要功荒外，万无一成，若兵连祸结，悔无及已。况今府藏未充，师无后继，是示弱于远夷，暴短于海内，臣愚以为不可许也。旧敦煌郡有营兵三百人，今宜复之，复置护西域副校尉，居于敦煌，如永元故事。又宜遣西域长史将五百人屯楼兰，西当焉耆、龟兹径路，南强鄯善、于窴心胆，北扞匈奴，东近敦煌。如此诚便。”

尚书问勇曰：“今立副校尉，何以为便？又置长史屯楼兰，利害云何？”勇对曰：“昔永平之末，始通西域，初遣中郎将居敦煌，后置副校尉于车师，既为胡虏节度，又禁汉人不得有所侵扰。故外夷归心，匈奴畏威。今鄯善王尤还，汉人外孙，若匈奴得志，则尤还必死。此等虽同鸟兽，亦知避害。若出屯楼兰，足以招附其心，愚以为便。”长乐尉镡显、廷尉綦毋参、司隶校尉崔据难曰：“朝廷前所以弃西域者，以其无益于中国而费难供也。今车师已属匈奴，鄯善不可保信[4]，一旦反复，班将能保北虏不为边害乎？”勇对曰：“今中国置州牧者，以禁郡县奸猾盗贼也。若州牧能保盗贼不起者，臣亦愿以要斩保匈奴之不为边害也。今通西域则虏势必弱，虏势弱则为患微矣。孰与归其府藏，续其断臂哉！今置校尉以扞抚西域，设长史以招怀诸国，若弃而不立，则西域望绝。望绝之后，屈就北虏，缘边之郡将受困害，恐河西城门必复有昼闭之儆矣[5]。今不廓开朝廷之德，而拘屯戍之费，若北虏遂炽，岂安边久长之策哉！”太尉属毛轸难曰：“今若置校尉，则西域骆驿遣使，求索无厌，与之则费难供，不与则失其心。一旦为匈奴所迫，当复求救，则为役大矣。”勇对曰：“今设以西域归匈奴，而使其恩德大汉，不为抄盗则可矣。如其不然，则因西域租入之饶，兵马之众，以扰动缘边，是为富仇雠之财，增暴夷之势也。置校尉者，宣威布德，以系诸国内向之心，以疑匈奴觊觎之情[6]，而无财费耗国之虑也。且西域之人无它求索，其来入者，不过禀食而已。今若拒绝，势归北属，夷虏并力以寇并、凉，则中国之费不止千亿。置之诚便。”于是从勇议，复敦煌郡营兵三百人，置西域副校尉居敦煌。虽复羁縻西域[7]，然亦未能出屯。其后匈奴果数与车师共入寇抄，河西大被其害。

延光二年夏，复以勇为西域长史，将兵五百人出屯柳中[8]。明年正月，勇至楼兰，以鄯善归附，特加三绶[9]。而龟兹王白英犹自疑未下，勇开以恩信，白英乃率姑墨、温宿自缚诣勇降。勇因发其兵步骑万余人到车师前王庭，击走匈奴伊蠡王于伊和谷，收得前部五千余人，于是前部始复开通。还，屯田柳中。

四年秋，勇发敦煌、张掖、酒泉六千骑及鄯善、疏勒、车师前部兵击后部王军就[10]，大破之。首虏八千余人，马畜五万余头。捕得军就及匈奴持节使者，将至索班没处斩之，以报其耻，传首京师。永建元年[11]，更立后部故王子加特奴为王。勇又使别校诛斩东且弥王[12]，亦更立其种人为王，于是车师六国悉平。其冬，勇发诸国兵击匈奴呼衍王，呼衍王亡走，其众二万余人皆降。捕得单于从兄，勇使加特奴手斩之，以结车师匈奴之隙。北单于自将万余骑入后部，至金且谷，勇使假司马曹俊驰救之。单于引去，俊追斩其贵人骨都侯，于是呼衍王遂徙居枯梧河上[13]。是后车师无复虏迹，城郭皆安。唯焉耆王元孟未降。

二年，勇上请攻元孟，于是遣敦煌太守张朗将河西四郡兵三千人配勇。因发诸国兵四万余人，分骑为两道击之。勇从南道，朗从北道，约期俱至焉耆。而朗先有罪，欲徼功自赎，遂先期至爵离关[14]，遣司马将兵前战，首虏二千余人。元孟惧诛，逆遣使乞降，张朗径入焉耆受降而还。元孟竟不肯面缚，唯遣子诣阙贡献。朗遂得免诛。勇以后期，征下狱，免。后卒于家。

论曰：时政平则文德用，而武略之士无所奋其力能，故汉世有发愤张胆，争膏身于夷狄以要功名[15]，多矣。祭肜、耿秉启匈奴之权，班超、梁慬奋西域之略，卒能成功立名，享受爵位，荐功祖庙，勒勋于后[16]，亦一时之志士也。

赞曰：定远慷慨，专功西遐[17]。坦步葱、雪，咫尺龙沙[18]。慬亦抗愤，勇乃负荷[19]。

【注释】

① 未遑外事：无暇对外用兵。驱率：驱使统率。② 庙策：庙堂之策，指国家的大的方针策略。③ 严以期会：严格约定交纳租税的时间。④ 保信：确保守信。⑤ 儆：警戒。儆，通“警”。⑥ 觊觎：非分的希望或企图。⑦ 羁縻：笼络。⑧ 延光：汉安帝年号。柳中：县名，在今新疆吐鲁番东。⑨ 三绶：三个印绶，指班勇一身任三职。古人兼官，一官一绶。⑩ 后部王军就：车师后部的王名军就。⑪ 永建：汉顺帝年号。⑫ 东且弥：西域国名，地在今新疆乌鲁木齐市。⑬ 贵人：指匈奴贵族。枯梧河：河名，在今新疆。⑭ 爵离关：即铁门关，在今新疆库勒尔北山中。⑮ 要功名：求取功名。要，通“邀”。⑯ 勒勋：刻石记载功勋。⑰专功：全功。⑱ 坦步葱、雪：安然行步于葱岭、雪山。龙沙：白龙堆，指沙漠。⑲ 负荷：承担。

【导读】

东汉扶风班氏家族是一个令人企羡的家族，班超的父亲班彪、兄长班固、妹妹班昭都在文学和史学上取得了令人瞩目的成就，而班超则以他杰出的军事和外交才能，立功西域，成功打通了东汉与西域的丝绸之路通道。他先后逗留西域三十一年，将自己的毕生献给了祖国，促进了汉朝与西域各民族的融合，为我国多民族国家的形成和发展作出了重大的贡献。这篇传记即较为详细地记载了他浴血奋战的光辉一生。

班超本为人抄书以养家，他的崭露头角，是以假司马的身份与从事郭询等三十七人出使鄯善。当匈奴一百多人的使团到达后，鄯善王的态度发生了微妙的变化。在这生死存亡的危急关头，班超当机立断，激励吏士，乘夜全歼匈奴使团全体成员，使鄯善王心悦诚服，归附汉朝。表现出了非凡智慧和惊人的胆略。此后，班超率领其所部三十六人，又成功地降于阗，攻石城，平莎车，收复疏勒、月氏、焉耆等国，威震西域，使丝绸之路畅通无阻。此后，班超留驻西域三十多年，稳定了西域的局势，确保了汉王朝在西域的统治地位。班超去世以后，丝绸之路一度中断，其子班勇禀承父志，勇挑重担，率领五百将士出屯柳中，又一次打通了东汉与西域的通道。

传文除了通过重大事件和场景表现班超非凡的智慧和胆略，还注意借助于细节的描写，从侧面予以表现。在班超以智活捉匈奴所立的疏勒王兜题后，其官属皆请杀兜题，而超则“释而遣之”，这一决定直接导致了“疏勒由是与龟兹结冤”的结果，对他日后在西域站稳脚跟起到了重要作用。班超初次出使鄯善时，形势危急，而从事郭询则是一文弱书生，因此班超并没有将攻击匈奴的决定告诉郭询，但在取得成功以后，他乃对郭询说：“掾虽不行，班超何心独擅之乎?”在西域，班超曾受到李邑的谗毁，汉章帝切责李邑，将其调至班超手下，听从调遣，但他并未记恨于心，伺机报复，而是让李邑护送乌孙王子回国。班超之所以能在西域取得重大的成功，与他所具有的宽广胸怀是分不开的。在西域都护陈睦被焉耆杀害，班超受诏被迫要离开西域回国时，疏勒举国震惊，其都尉因为“不忍见汉使去”，乃自杀身亡。于窴王侯以下皆号泣，说：“依汉使如父母，诚不可去。”并“互抱超马脚，不得行”。反衬出班超在西域的深得人心和他的仁德。此外，传文还运用了对比的手法，从反面映衬班超的优秀品质。在班超回国以后，朝廷又任命戊己校尉任尚为西域都护，主持西域事务。任尚临行问在西域所要注意的事项，班超对以“水清无大鱼，察政不得下和，宜荡佚简易，宽小过，总大纲而已”，任尚不听，反而讥讽班超，说他“所言平平”。结果不出班超所料，最后西域反乱，任尚以罪被征。这些，都是我们在阅读这篇传记时所要注意之处。

王充传

王充字仲任，会稽上虞人也，其先自魏郡元城徙焉①。充少孤，乡里称孝。后到京师，受业太学，师事扶风班彪。好博览而不守章句。家贫无书，常游洛阳市肆②，阅所卖书，一见辄能诵忆，遂博通众流百家之言。后归乡里，屏居教授。仕郡为功曹，以数谏争不合去。

充好论说，始若诡异，终有理实③。以为俗儒守文，多失其真，乃闭门潜思，绝庆吊之礼④，户牖墙壁各置刀笔。著《论衡》八十五篇，二十余万言，释物类同异，正时俗嫌疑。

刺史董勤辟为从事，转治中，自免还家。友人同郡谢夷吾上书荐充才学，肃宗特诏公车征，病不行⑤。年渐七十，志力衰耗，乃造《养性书》十六篇，裁节嗜欲，颐神自守⑥。永元中⑦，病卒于家。

【注 释】

① 上虞：今浙江上虞。魏郡：治所在今河北临漳。元城：县名，治所在今河北大名东。② 市肆：市场，市中店铺。③ 诡异：怪异，奇特。理实：道理和依据。④ 庆吊：指喜事与丧事。⑤ 肃宗：汉章帝庙号。公车：官车，汉设公车令，属卫尉，掌宫殿司马门的警卫、天下上事及征召等事宜。⑥ 颐神：养神。⑦ 永元：汉和帝年号。

【导 读】

王充是东汉时期杰出的思想家，也是我国历史上的一个奇才，他所著《论衡》一书，对当时社会的许多学术问题，特别是对历代相传的社会颓风陋俗进行了针砭，许多观点精辟入理，令人叹服。对传统的儒学，特别是汉代经学则进行了论难，有时甚至怀疑古经，著有《儒增》《书虚》《问孔》《刺孟》等专篇，公然向神圣的儒家经典挑战，向圣贤发难，可谓石破天惊。《论衡》又可以说是我国古代的一部"百科全书"，就物理学来说，王充对运动、力、热、静电、磁、雷电、声等现象都有所观察，并表达了他的观点。他还解释了人与自然的关系，表现了朴素的唯物思想，也表现出了对古代学术文化客观而清醒的理性认识。

王充的成功绝不是偶然的，他虽然家贫无书，但却孜孜不倦地阅读于书肆，"遂博通众流百家之言"，学成以后，又"闭门潜思，绝庆吊之礼，户牖墙壁各置刀笔"，终于完成了《论衡》这一学术巨著。这种刻苦的求学态度与专心致志的治学精神，更值得我们继承、发扬。

张 衡 传

张衡字平子，南阳西鄂人也[①]。世为著姓，祖父堪，蜀郡太守。衡少善属文，游于三辅，因入京师，观太学，遂通《五经》，贯六艺[②]。虽才高于世，而无骄尚之情。常从容淡静，不好交接俗人。永元中，举孝廉不行，连辟公府不就。时天下承平日久，自王侯以下，莫不逾侈。衡乃拟班固《两都》，作《二京赋》，因以讽谏[③]。精思傅会[④]，十年乃成，文多故不载。大将军邓骘奇其才，累召不应。

衡善机巧，尤致思于天文、阴阳、历算[⑤]。常耽好《玄经》[⑥]，谓崔瑗曰："吾观《太玄》，方知子云妙极道数，乃与《五经》相拟，非徒传记之属[⑦]。使人难论阴阳之事，汉家得天下二百岁之书也[⑧]。复二百岁，殆将终乎？所以作者之数，必显一世，常然之符也。汉四百岁，玄其兴矣[⑨]。"安帝雅闻衡善术学[⑩]，公车特征拜郎中，再迁为太史令。遂乃研核阴阳，妙尽琁机之正，作浑天仪，著《灵宪》、《算罔论》，言甚详明[⑪]。

顺帝初，再转，复为太史令。衡不慕当世，所居之官，辄积年不徙。自去史职，五载复还，乃设客问，作《应间》以见其志云[⑫]。

……

阳嘉元年，复造候风地动仪[13]。以精铜铸成，员径八尺，合盖隆起，形似酒尊，饰以篆文山龟鸟兽之形。中有都柱，傍行八道，施关发机。外有八龙，首衔铜丸，下有蟾蜍，张口承之。其牙机巧制，皆隐在尊中，覆盖周密无际。如有地动，尊则振龙机发吐丸[14]，而蟾蜍衔之。振声激扬，伺者因此觉知。虽一龙发机，而七首不动，寻其方面，乃知震之所在。验之以事，合契若神[15]。自书典所记[16]，未之有也。尝一龙机发而地不觉动，京师学者咸怪其无征，后数日驿至，果地震陇西，于是皆服其妙。自此以后，乃令史官记地动所从方起。

【注 释】

① 西鄂：县名，故城在今河南襄城南。② 观太学：读书于太学。太学，汉代设于京都传授儒家经典的最高学府。通：精通。贯六艺：贯通六艺。六艺，其说有二，一指《诗经》、《尚书》、《礼记》、《易》、《春秋》和《乐经》六部儒家经典。一指礼、乐、射、御、书、数六种技艺。③《两都》：即班固所作的《两都赋》。讽谏：以委婉含蓄的语言向人进行劝谏。④ 精思傅会：精心构思和安排文章的布局等。⑤ 历算：历法与算术。⑥ 耽好：沉浸于对某种事物的喜好之中。《玄经》：即西汉扬雄模仿《易经》所作的《太玄》。⑦ 之属：之类。⑧ 汉家得天下二百岁之书：谓扬雄的《太玄经》是汉代开国二百年时的著作。汉初至扬雄于汉哀帝时作此书正二百年左右。⑨ 汉四百岁，玄其兴矣：意为汉代四百年的气数尽后，扬雄的玄学必定会兴盛。⑩ 雅闻：素闻，向来听说。⑪ 研核：深入研讨。琁机：北斗前四星。也叫魁，此泛指北斗等天象。正：规律、道理。浑天仪：观测天象的仪器。⑫《应间》：模仿东方朔《答客难》和班固《宾戏》而作的设主客问答形式的赋体文章，抒发不得志之情。⑬ 候风地动仪：张衡所造的测报地震的仪器。⑭ 尊则振龙机发吐丸：意谓地震时仪器壁震动引发龙震动，龙嘴中所含之铜球吐出。⑮ 合契：即契合，完全符合。⑯ 书典：典籍，古代文献。

时政事渐损，权移于下，衡因上疏陈事曰：

伏惟陛下宣哲克明，继体承天，中遭倾覆，龙德泥蟠[1]。今乘云高跻，盘桓天位，诚所谓将隆大位，必先倥偬之也[②]。亲履艰难者知下情，备经险易者达物伪。故能一贯万机，靡所疑惑，百揆允当[③]，庶绩咸熙。宜获福祉神祇，受誉黎庶。而阴阳未和，灾眚屡见，神明幽远，冥鉴在兹。福仁祸淫，景响而应，因德降休，乘失致咎，天道虽远，吉凶可见，近世郑、蔡、江、樊、周广、王圣[④]，皆为效矣。故恭俭畏忌，必蒙祉祚；奢淫谄慢，鲜不夷戮。前事不忘，后事之师也。夫情胜其性，流遁忘反，岂唯不肖，中才皆然[⑤]。苟非大贤，不能见得思义，故积恶成衅，罪不可解也。向使能瞻前顾后，援镜自戒，则何陷于凶患乎！贵宠之臣，众所属仰，其有愆尤，上下知之。褒美讥恶，有心皆同，故怨讟溢乎四海，神明降其祸辟也。顷年雨常不足，思求所失，则《洪范》所谓"僭恒阳若"者也[⑥]。惧群臣奢侈，昏逾典式，自下逼上，用速咎征。又前年京师地震土裂，裂者威分，震者人扰也。君以静唱，臣以动和，威自上出，不趣于下，礼之政也。窃惧圣思厌倦，制不专己，恩不忍割，与众共威。威不可分，德不可共。《洪范》曰："臣有作威作福玉食，害于而家，凶于而国。"天鉴孔明，虽疏不失。灾异示人，前后数矣，而未见所革，以复往悔。自非圣人，不能无过。愿陛下思惟所以稽古率旧，勿令刑德八柄[⑦]，不由天子。若恩从上下，事依礼制，礼制修则奢僭息，事合宜则无凶咎。然后神望允塞，灾消不至矣。

【注 释】

① 龙德泥蟠：谓帝王蟠曲在污泥之中。蟠，曲。扬雄《方言》："未升天龙谓之蟠。"② 乘云高跻：驾云升天。跻，升，登。盘桓天位：徘徊于天帝之位。倥偬：困苦窘迫。③ 百揆：指各种政务。④ 郑：郑众。蔡：蔡伦。江：江京。樊：樊丰。王圣：安帝乳母。⑤"情胜其性"数句：谓情欲战胜天性，则陷于荒淫，中等才能以下的人皆是如此。⑥ 僭恒阳若：谓君主的行为有僭差，则现常阳，常阳则多旱。恒，常。⑦ 八柄：古代帝王统驭臣下的八种手段，即爵、禄、予、置、生、夺、废、诛。《周礼·天官·大宰》："以八柄诏王驭群臣：一曰爵，以驭其贵；二曰禄，以驭其富；三曰予，以驭其幸；四曰置，以驭其行；五曰生，以驭其福；六曰夺，以驭其贫；七

曰废，以驭其罪；八曰诛，以驭其过。”

初，光武善谶，及显宗、肃宗因祖述焉[①]。自中兴之后，儒者争学图纬，兼复附以訞言[②]。衡以图纬虚妄，非圣人之法，乃上疏曰：

臣闻圣人明审律历以定吉凶，重之以卜筮，杂之以九宫，经天验道，本尽于此。或观星辰逆顺，寒燠所由，或察龟策之占，巫觋之言，其所因者，非一术也[③]。立言于前，有征于后，故智者贵焉，谓之谶书。谶书始出，盖知之者寡。自汉取秦，用兵力战，功成业遂，可谓大事，当此之时，莫或称谶。若夏侯胜、眭孟之徒[④]，以道术立名，其所述著，无谶一言。刘向父子领校秘书，阅定九流，亦无谶录。成、哀之后，乃始闻之。《尚书》尧使鲧理洪水，九载绩用不成，鲧则殛死，禹乃嗣兴[⑤]。而《春秋谶》云“共工理水”。凡谶皆云黄帝伐蚩尤，而《诗谶》独以为“蚩尤败，然后尧受命”。《春秋元命包》中有公输班与墨翟，事见战国，非春秋时也。又言“别有益州”。益州之置，在于汉世。其名三辅诸陵，世数可知。至于图中讫于成帝。一卷之书，互异数事，圣人之言，势无若是，殆必虚伪之徒，以要世取资[⑥]。往者侍中贾逵摘谶互异三十余事，诸言谶者皆不能说。至于王莽篡位，汉世大祸，八十篇何为不戒[⑦]？则知图谶成于哀平之际也。且《河洛》、《六艺》，篇录已定，后人皮傅，无所容篡[⑧]。永元中，清河宋景遂以历纪推言水灾，而伪称洞视玉版[⑨]。或者至于弃家业，入山林。后皆无效，而复采前世成事，以为证验。至于永建复统[⑩]，则不能知。此皆欺世罔俗，以昧势位，情伪较然，莫之纠禁。且律历、卦候、九宫、风角[⑪]，数有征效，世莫肯学，而竞称不占之书。譬犹画工，恶图犬马而好作鬼魅，诚以实事难形，而虚伪不穷也。宜收藏图谶，一禁绝之，则朱紫无所眩，典籍无瑕玷矣[⑫]。

【注 释】

① 谶：预言吉凶的文字、图箓。祖述：效法，继承。② 中兴：指王朝由衰败而重新兴盛，此指东汉王朝经西汉衰败而中兴。訞言：邪说。③ 寒燠所由：冷热的由来。龟策：占卜用的龟版和蓍草。④ 夏侯胜、眭

孟：二人皆为西汉著名儒家学者，尚今文经学，讲阴阳灾异。⑤ 理：治。殛死：杀死。嗣兴：继承并振兴。⑥ 要世取资：胁迫世人，获取资本。⑦ 八十篇：谓谶书共八十篇。不戒：不告诫。戒，通“诫”。⑧ 皮傅：谓不得其精髓，勉强附会。无所容篡：无法篡改。⑨ 永元：汉和帝年号。洞视玉版：透彻地看到玉版。李贤注云：“《遁甲开山图》曰：‘禹游于东海，得玉珪，碧色，长一尺二寸，圆如日月，以自照，自达幽冥。’”洞视，犹透视。汉代方士自称能看见肉眼所不能见之物的特异功能。⑩ 永建：汉顺帝年号。复统：指废而复立。⑪ 卦候：以《易》卦与节候相配，称为卦候。九宫：术数家所指的九个方位，即离、艮、兑、乾、坤、坎、震、巽八卦之宫，加上中央宫。风角：古占卜之法。⑫ 朱紫无所眩：谓朱与紫两种颜色就不会因为相混而迷惑人。朱紫二色，喻正与邪，《论语·阳货》有“恶紫之夺朱”之语。

后迁侍中，帝引在帷幄，讽议左右。尝问衡天下所疾恶者，宦官惧其毁己，皆共目之，衡乃诡对而出[①]。阉竖恐终为其患，遂共谗之。

衡常思图身之事，以为吉凶倚伏，幽微难明，乃作《思玄赋》[②]，以宣寄情志。其辞曰：

……

永和初，出为河间相。时国王骄奢，不遵典宪。又多豪右[③]，共为不轨。衡下车，治威严，整法度，阴知奸党名姓，一时收禽，上下肃然，称为政理。视事三年，上书乞骸骨，征拜尚书。年六十二，永和四年卒。

著《周官训诂》，崔瑗以为不能有异于诸儒也。又欲继孔子《易》说《彖》、《象》残缺者，竟不能就。所著诗、赋、铭、七言、《灵宪》、《应间》、《七辩》、《巡诰》、《悬图》凡三十二篇[④]。

永初中，谒者仆射刘珍、校书郎刘騊駼等著作东观，撰集《汉记》，因定汉家礼仪，上言请衡参论其事，会并卒，而衡常叹息，欲终成之。及为侍中，上疏请得专事东观，收捡遗文，毕力补缀。又条上司马迁、班固所叙与典籍不合者十余事。又以为王莽本传但应载篡事而已，至于编年月，纪灾祥，宜为《元后本纪》[⑤]。又更始居位，人无异望，光武初为其将，然后即真，宜以更始之号建于光武之初。书数上，竟不听。及后之著述，多不详典，时人追恨之。

论曰：崔瑗之称平子曰“数术穷天地，制作侔造化”⑥，斯致可得而言欤！推其围范两仪，天地无所蕴其灵；运情机物，有生不能参其智。故知思引渊微，人之上术。《记》曰：“德成而上，艺成而下⑦。”量斯思也，岂夫艺而已哉？何德之损乎⑧！

赞曰：三才理通⑨，人灵多蔽。近推形算，远抽深滞。不有玄虑，孰能昭晰？

【注 释】

① 诡对：以假话对答。②《思玄赋》：思玄即思道，赋仿《离骚》，叙自身之高洁，表明其于玄理之执着，虽不见用，亦无深怨。③ 豪右：地方上的大土豪、大家族。④《悬图》：即《玄图》。悬，通“玄”。⑤ 元后：汉元帝皇后，为王莽之姑母。⑥ 侔造化：等同。造化，大自然的创造者。⑦ 德成而上，艺成而下：语出《礼记·乐记》。⑧“量斯”数句：谓张衡的思虑已达到上乘，又岂止是艺成呢？难道还次于德吗！⑨ 三才：古人以为天、地、人为组成宇宙的三大要素，称三才。

【导 读】

在我国历史上，张衡无疑是一个值得大书特书的伟大人物，他不仅是杰出的科学家，而且也是一个杰出的政治家、文学家。他发明创制了浑天仪、候风地动仪，同时还发明了可自行转动的三轮、能独立飞行的木雕等。数学上，他著有《算罔论》，天文学上，他著有《灵宪》。在文学上，他是汉大赋的代表作家之一，与司马相如、扬雄、班固并称为汉赋四大家，其代表作《二京赋》，精心构思，体制宏大，历时十年始成。其《归田赋》又是汉大赋向抒情小赋过渡的代表作之一。在文字训诂上，他也卓有建树，著有《周官训诂》一书，东汉著名学者崔瑗“以为不能有异于诸儒”，也就是说，当时学者都对它无异议。他又是东汉时代的大画家，张彦远的《历代名画记》卷三有“张衡作《地形图》，至唐犹存”的记载。

张衡又是一位在政治上颇为积极有为的人物，他屡次上疏，要求改革时弊，反对谶纬之学，提出“前事不忘，后事之师也”的观点，希望君主以古鉴今。又暗示宦官为祸，建议“稽古率旧，勿令刑德八柄不由天子”，要求“恩从上下，事依礼制”，他对选拔人才的方法也提出了改革的建议。特别是在他担任河间相的三年中，对当时“不遵典宪”的河间王，以及“共为不轨”的郡中豪右，严加整治，“当时称为理政”。这样在各个方面都有着杰出成就的人物，甚至在整个世界史上，也都是极为罕见的。

张衡淡泊处世，“不慕荣利”，也不随便结交俗人，大将军邓骘权倾一时，炙手可热，奇张衡之才，他却“屡召不应”。正是因为这种傲岸的个性，使他在长期的仕宦生涯中很难得到升迁，以致在位卑职小的太史令上积十馀年。他在《应间》中说：“君子不患位之不尊，而患德之不崇；不耻禄之不伙，而耻知之不博。”正是他为人不慕荣利，追求德智高尚情操的具体体现。所以，他能够在科学文化等各个领域都能取得极大的成就，绝不是偶然的。

马 融 传

马融字季长，扶风茂陵人也[①]，将作大匠严之子。为人美辞貌，有俊才。初，京兆挚恂以儒术教授，隐于南山，不应征聘，名重关西，融从其游学，博通经籍。恂奇融才，以女妻之。

永初二年[②]，大将军邓骘闻融名，召为舍人，非其好也，遂不应命，客于凉州武都、汉阳界中。会羌虏飙起，边方扰乱，米谷踊贵，自关以西，道殣相望[③]。融既饥困，乃悔而叹息，谓其友人曰：“古人有言：‘左手据天下之图，右手刎其喉，愚夫不为[④]。’所以然者，生贵于天下也。今以曲俗咫尺之羞，灭无资之躯，殆非老庄所谓也[⑤]。”故往应骘召。

四年，拜为校书郎中，诣东观典校秘书。是时邓太后临朝，骘兄弟辅政。而俗儒世士，以为文德可兴，武功宜废，遂寝蒐狩之礼[⑥]，息战陈之法，故猾贼从横，乘此无备。融乃感激，以为文武之道，圣贤不坠，五才之用，无或可废[⑦]。元初二年，上《广成颂》以讽谏。其辞曰：

……

颂奏，忤邓氏，滞于东观，十年不得调，因兄子丧自劾归。太后闻之怒，谓融羞薄诏除[8]，欲仕州郡，遂令禁锢之。太后崩，安帝亲政，召还郎署，复在讲部。出为河间王厩长史。时车驾东巡岱宗[9]，融上《东巡颂》，帝奇其文，召拜郎中。及北乡侯即位[10]，融移病去，为郡功曹。

【注 释】

① 茂陵：县名，今陕西兴平。② 永初：汉安帝年号。③ 飙起：迅猛兴起。飙，旋风，暴风。殣：饿死。④“左手据天下之图”数句：意谓一边让他做天子，一边要杀死他，即使是愚人也不愿接受。图，指图籍，据有天下之图，象征做了天子。⑤“今以曲俗咫尺之羞”数句：意谓现在不能忍受一点世俗小小的屈辱，而毁灭了自己无价的躯体，不符合老、庄所说的“不以名害生”的道理。⑥ 蒐狩：狩猎，春猎为蒐，秋猎为狩，古代以狩猎训练兵战。⑦ 五才之用，无或可废：语出《左传·襄公二十七年》：“天生五材，民并用之，废一不可，谁能去兵？”五才，即五材，指金、木、水、火、土。才，通“材”。⑧ 羞薄诏除：意谓轻视皇帝诏书所除任之官，并以之为羞。⑨ 岱宗：即泰山。⑩ 北乡侯：安帝崩，皇后与兄阎显立北乡侯，未即帝位而薨，故不称帝。

阳嘉二年[1]，诏举敦朴，城门校尉岑起举融，征诣公车，对策，拜议郎。大将军梁商表为从事中郎，转武都太守。时西羌反叛，征西将军马贤与护羌校尉胡畴征之，而稽久不进。融知其将败，上疏乞自效，曰：“今杂种诸羌转相抄盗，宜及其未并，亟遣深入，破其支党，而马贤等处处留滞。羌胡百里望尘，千里听声，今逃匿避回，漏出其后，则必侵寇三辅，为民大害[2]。臣愿请贤所不可用关东兵五千。裁假部队之号，尽力率厉，埋根行首[3]，以先吏士，三旬之中，必克破之。臣少习学艺，不更武职，猥陈此言，必受诬罔之辜。昔毛遂厮养，为众所蚩，终以一言，克定从要[4]。臣惧贤等专守一城，言攻于西而羌出于东，且其将士必有高克溃叛之变[5]。”朝廷不能用。又陈：“星孛参、毕，参西方之宿，毕为边兵，至于分野，并州是也。西戎北狄，殆将起乎！宜备二方。”寻而陇西羌反，乌桓寇上郡，皆卒如融言。

【注 释】

① 阳嘉：汉顺帝年号。② 百里望尘，千里听声：指警惕性强，消息灵通。逃匿避回，漏出其后：意谓如果敌人避开我军的正面而迂回到我军的后方。③ 埋根行首：谓军队决不后退。埋根，指不后退。行首，即行伍，古代军队的编制。④"昔毛遂厮养"数句：毛遂，战国赵平原君赵胜门客，居门下三年，平原君将与楚合纵，以毛遂备二十人之数，其十九人相与笑之，至楚，毛遂果按约与楚定合纵，楚立发兵救赵。厮养，厮役，贱役。⑤ 高克溃叛之变：《左传·闵公元年》："郑人恶高克，使帅师次于河上，久而弗召。师溃而归，高克奔陈。"

三迁，桓帝时为南郡太守。先是融有事忤大将军梁冀旨，冀讽有司奏融在郡贪浊，免官，髡徙朔方①。自刺不殊②，得赦还，复拜议郎，重在东观著述，以病去官。融才高博洽，为世通儒，教养诸生，常有千数。涿郡卢植，北海郑玄，皆其徒也。善鼓琴，好吹笛，达生任性③，不拘儒者之节。居宇器服，多存侈饰。常坐高堂，施绛纱帐，前授生徒，后列女乐，弟子以次相传，鲜有入其室者。尝欲训《左氏春秋》，及见贾逵、郑众注，乃曰："贾君精而不博，郑君博而不精。既精既博，吾何加焉！"但著《三传异同说》。注《孝经》、《论语》、《诗》、《易》、《三礼》、《尚书》、《列女传》、《老子》、《淮南子》、《离骚》，所著赋、颂、碑、诔、书、记、表、奏、七言、琴歌、对策、遗令，凡二十一篇。

初，融惩于邓氏④，不敢复违忤势家，遂为梁冀草奏李固，又作《大将军西第颂》，以此颇为正直所羞。年八十八，延熹九年卒于家⑤。遗令薄葬。族孙日磾，献帝时位至太傅。

论曰：马融辞命邓氏，逡巡陇汉之间，将有意于居贞乎⑥？既而羞曲士之节，惜不资之躯，终以奢乐恣性，党附成讥，固知识能匡欲者鲜矣⑦。夫事苦，则矜全之情薄；生厚，故安存之虑深⑧。登高不惧者，胥靡之人也⑨；坐不垂堂者，千金之子也。原其大略，归于所安而已矣。物我异观，亦更相笑也⑩。

【注 释】

① 髡：古代刑法的一种，即剃去头发。② 自刺不殊：自杀未能成

功。③ 达生任性：指参透人生，不受世事牵累的处世态度。语出《庄子·达生》："达生之情者，不务生之所无以为。"④ 惩于邓氏：受到得罪邓氏的鉴戒。⑤ 延熹：汉桓帝年号。⑥ 逡巡：徘徊不进，滞留。居贞：遵守正道。贞，通"正"，语出《易·颐》："居贞之吉，顺以从上也。"⑦ 识能匡欲者鲜矣：能以自己的认识纠正欲望的人是很少的。⑧"夫事苦"数句：生活困苦的人很少顾及自己的安全，条件优裕的人则处处怕发生危险。⑨ 胥靡之人：指古代服劳役的奴隶或刑徒。胥靡，以绳索相系以服劳役。⑩ 物我异观，亦更相笑：生活条件不同的人对问题的看法不同，因而互相嘲笑，如将他们交换位置，则他们也将同样互相嘲笑。

【导 读】

马融是我国东汉时期著名的经学家和辞赋家，杰出的经学大师郑玄即出自他的门下。他"博通经籍"，"才高博洽，为世通儒"，对东汉经学的兴盛和发展起到了重大的作用。《后汉书》为他立专传，表现了作者范晔对学术文化的高度重视，也体现了作者敏锐的目光。

早期的马融性情恬淡，隐居十终南山中，以教授儒学为业，不应征聘。权臣大将军邓骘召他为舍人，因非其所好，乃不应命，表现出了高尚的情操。诚如《传论》所说："将有意于居贞乎？"但当在战乱中遭受到饥寒困扰时，他旋即改变了先前的态度，前往应邓骘的征召。不久，他因上《广成颂》以讽谏，违忤邓骘而再次遭受挫折以后，他的生活态度即发生了根本的改变。

后期马融的所作所为，完全以个人利益为中心，走上了与先前截然相反的人生道路。他生活腐朽，"居宇器服，多存侈饰。常坐高堂，施绛纱帐，前授生徒，后列女乐"。为了个人的享乐，他可以作《大将军西第颂》，颂扬凶狠残暴的权臣梁冀；也可以受梁冀的指示，上奏章诬陷刚正不阿、疾恶如仇的太尉李固，完全置国家人民利益于不顾，面目可憎，可以说成了无行文人的代表。与始终能保持高尚操守的他的学生郑玄相比，人品的高下，可谓有天壤之别。在传记中，作者既肯定了他在学术文化上的贡献，又对他"羞曲士之节，惜不资之躯，终以奢乐恣性，党附成讥"的生活态度作出了严厉的批评，这是十分客观公正的。

蔡邕传

蔡邕字伯喈，陈留圉人也①。六世祖勋，好黄老，平帝时为郿令②。王莽初，授以厌戎连率③。勋对印绶仰天叹曰："吾策名汉室④，死归其正。昔曾子不受季孙之赐⑤，况可事二姓哉？"遂携将家属，逃入深山，与鲍宣、卓茂等同不仕新室。父棱，亦有清白行，谥曰贞定公。

邕性笃孝，母常滞病三年，邕自非寒暑节变，未尝解襟带，不寝寐者七旬。母卒，庐于冢侧⑥，动静以礼。有菟驯扰其室傍，又木生连理，远近奇之，多往观焉⑦。与叔父从弟同居，三世不分财，乡党高其义。少博学，师事太傅胡广。好辞章、数术、天文，妙操音律⑧。

【注 释】

① 圉：县名，故城在今河南杞县南。② 黄老：黄帝和老子的并称，后世道家奉为始祖。郿：县名，地在今陕西眉县。③ 厌戎连率：即陇西郡守。王莽改陇西郡为厌戎郡，太守为连率。④ 策名：谓因仕宦而献身国家。⑤ 曾子不受季孙之赐：事见《礼记》，后比喻宁死不失正道。季孙，春秋时鲁国权臣。⑥ 庐于冢侧：在墓傍建庐守孝。⑦ 驯扰：顺服。连理：不同根的树上面的树干相连在一起。⑧ 妙操音律：精通音律并善于弹奏。操，弹奏。

桓帝时，中常侍徐璜、左悺等五侯擅恣①，闻邕善鼓琴，遂白天子，敕陈留太守督促发遣。邕不得已，行到偃师②，称疾而归。闲居玩古，不交当世。感东方朔《客难》及杨雄、班固、崔骃之徒设疑以自通，乃斟酌群言，韪其是而矫其非，作《释诲》以戒厉云尔③。

……

建宁三年④，辟司徒桥玄府，玄甚敬待之。出补河平长，召拜郎中，校书东观⑤。迁议郎，邕以经籍去圣久远，文字多谬，俗儒穿凿，疑误后学。熹平四年，乃与五官中郎将堂溪典，光禄大夫杨赐，谏议大夫马日磾，议郎张驯、韩说，太史令单飏等，奏求正定《六经》文字，灵帝许之⑥。邕乃自书丹于碑,使工镌刻立于太学门外[⑦]。于是后儒晚学,咸取正焉。及碑始立,其观视及摹写者,车乘日千余两,填塞街陌。

【注 释】

① 中常侍:东汉时由宦官所担任,掌文书起草和诏命传达。五侯:指桓帝时单超、徐璜等五个同日被封侯的宦官。② 偃师:县名,今河南偃师。③《客难》:即《答客难》,东方朔所作,设主客问答,抒发才大不为用的感慨之作。其后扬雄作《解嘲》、班固作《答宾戏》、崔骃作《达旨》,皆为模仿《答客难》之作。设疑以自通:设疑问而自我解答,自我安慰。韪其是而矫其非:谓蔡邕所作《释诲》肯定以上诸人正确的观点而纠正错误之处。韪,是。④ 建宁:汉灵帝年号。⑤ 河平:当为"平阿"之误,平阿,今江苏高邮。东观:东汉皇家藏书处。⑥ 熹平:汉灵帝年号。正定:校正改定。⑦ 太学:设于京城的最高学府。

初,朝议以州郡相党,人情比周,乃制婚姻之家及两州人士不得对相监临[①]。至是复有三互法[②],禁忌转密,选用艰难。幽冀二州,久缺不补。邕上疏曰:"伏见幽、冀旧壤,铠马所出,比年兵饥,渐至空耗。今者百姓虚县,万里萧条,阙职经时,吏人延属,而三府选举,逾月不定。臣经怪其事,而论者云'避三互'。十一州有禁[③],当取二州而已。又二州之士,或复限以岁月,狐疑迟淹,以失事会。愚以为三互之禁,禁之薄者,今但申以威灵,明其宪令,在任之人岂不戒惧,而当坐设三互,自生留阂邪[④]?昔韩安国起自徒中,朱买臣出于幽贱,并以才宜,还守本邦[⑤]。又张敞亡命,擢授剧州[⑥]。岂复顾循三互,继以末制乎[⑦]?三公明知二州之要,所宜速定,当越禁取能,以救时敝。而不顾争臣之义,苟避轻微之科,选用稽滞,以失其人[⑧]。臣愿陛下上则先帝,蠲除近禁,其诸州刺史器用可换者,无拘日月三互,以差厥中[⑨]。"书奏不省。

【注 释】

① 相党:结成朋党。比周:勾结。两州:相邻的两州。不得对相监临:谓不能在同一地区或部门为官。监临,监督和任职。② 三互法:即

本地人不能在本地为官，有婚姻关系的不能在对方家庭所在地为官，有血缘关系的不能在同一地区和同部门为官。③ 十一州有禁：东汉共十三州，加司隶计十四州，除幽冀二州，所馀十一州。④ 但：只要。宪令：国家法令。留阂：隔阂。⑤ 韩安国起自徒中：韩安国坐法抵罪，不久，于刑徒中拜为梁国内史，为二千石之职。徒中，处于劳役之中。朱买臣出于幽贱：朱买臣，会稽人，家贫，负薪卖以为食，汉武帝任其为会稽太守。幽贱，微贱。⑥ 张敞亡命，擢授剧州：张敞于京兆尹任上有罪被免，亡命途中被任为冀州刺史。亡命，逃亡，流亡。剧州，大州。⑦ 末制：并非关键的制度。⑧ 争臣：敢于直言进谏的臣子。争，通“诤”。稽滞：延误。⑨ 近禁：近日颁布的禁令。以差厥中：谓按其中才能不同等次以任职。厥中，其中。

初，帝好学，自造《皇羲篇》五十章，因引诸生能为文赋者。本颇以经学相招，后诸为尺牍及工书鸟篆者[1]，皆加引召，遂至数十人。侍中祭酒乐松、贾护，多引无行趣势之徒，并待制鸿都门下，陈方俗闾里小事，帝甚悦之，待以不次之位。又市贾小民，为宣陵孝子者[2]，复数十人，悉除为郎中、太子舍人。时频有雷霆疾风，伤树拔木，地震、陨雹、蝗虫之害。又鲜卑犯境，役赋及民。六年七月，制书引咎，诰群臣各陈政要所当施行，邕上封事曰：

……

书奏，帝乃亲迎气北郊，及行辟雍之礼[3]。又诏宣陵孝子为舍人者，悉改为丞尉焉。光和元年，遂置鸿都门学[4]，画孔子及七十二弟子像。其诸生皆敕州郡三公举用辟召，或出为刺史、太守，入为尚书、侍中，乃有封侯赐爵者，士君子皆耻与为列焉。

【注 释】

① 尺牍：原指长一尺用以书写的木简，后作为书信的通称，此指短小的文章。鸟篆：篆体古文字。② 宣陵孝子：宣陵看墓守孝之人。宣陵，汉桓帝陵。③ 辟雍：本为西周天子所设大学，东汉以后为行祭祀之礼的地方。④ 光和：汉灵帝年号。鸿都门学：研学文艺的最高学校，因

设于鸿都门而得名。

时妖异数见，人相惊扰。其年七月，诏召邕与光禄大夫杨赐、谏议大夫马日磾、议郎张华、太史令单扬诣金商门，引入崇德殿，使中常侍曹节、王甫就问灾异及消改变故所宜施行。邕悉心以对，事在《五行》、《天文志》。又特诏问曰："比灾变互生，未知厥咎，朝廷焦心，载怀恐惧。每访群公卿士，庶闻忠言，而各存括囊[①]，莫肯尽心。以邕经学深奥，故密特稽问，宜披露失得，指陈政要，勿有依违[②]，自生疑讳。具对经术，以皁囊封上[③]。"邕对曰："臣伏惟陛下圣德允明，深悼灾咎，褒臣末学，特垂访及，非臣蝼蚁所能堪副[④]。斯诚输写肝胆出命之秋，岂可以顾患避害，使陛下不闻至戒哉！臣伏思诸异，皆亡国之怪也。天于大汉，殷勤不已，故屡出祆变[⑤]，以当谴责，欲令人君感悟，改危即安。今灾眚之发[⑥]，不于它所，远则门垣，近在寺署，其为监戒，可谓至切。蜺堕鸡化[⑦]，皆妇人干政之所致也。前者乳母赵娆，贵重天下，生则资藏侔于天府，死则丘墓逾于园陵，两子受封，兄弟典郡[⑧]。续以永乐门史霍玉，依阻城社，又为奸邪[⑨]。今者道路纷纷，复云有程大人者，察其风声，将为国患。宜高为堤防，明设禁令，深惟赵、霍，以为至戒。今圣意勤勤，思明邪正。而闻太尉张颢，为玉所进；光禄勋姓璋，有名贪浊；又长水校尉赵玹、屯骑校尉盖升，并叨时幸，荣富优足。宜念小人在位之咎，退思引身避贤之福。伏见廷尉郭禧，纯厚老成；光禄大夫桥玄，聪达方直；故太尉刘宠，忠实守正：并宜为谋主，数见访问。夫宰相大臣，君之四体，委任责成，优劣已分，不宜听纳小吏，雕琢大臣也[⑩]。又尚方工技之作，鸿都篇赋之文，可且消息，以示惟忧[⑪]。《诗》云：'畏天之怒，不敢戏豫[⑫]。'天戒诚不可戏也。宰府孝廉，士之高选。近者以辟召不慎，切责三公，而今并以小文超取选举，开请托之门，违明王之典，众心不厌，莫之敢言。臣愿陛下忍而绝之，思惟万机，以答天望。圣朝既自约厉，左右近臣亦宜从化。人自抑损，以塞咎戒，则天道亏满，鬼神福谦矣[⑬]。臣以愚赣，感激忘身，敢触忌讳，手书具对。夫君臣不密，上有漏言之戒，下有失身之祸。愿寝臣表[⑭]，无使尽忠之吏，受怨奸仇。"章奏，帝览而叹息，因起更衣，曹节于后窃视之，悉宣语左右，事遂漏露。其为邕所裁黜者，皆侧目思报。

【注 释】

① 括囊：指闭口不言。② 依违：模棱两可，态度暧昧。③ 皁囊：黑绸口袋。汉制，群臣上章奏，如事涉秘密，则以皂囊封之。皁，通“皂”。④ 末学：微末的学问。特垂：特地降意。⑤ 祆变：指反常、怪异的现象。⑥ 灾眚：灾祸。眚，眼睛生翳，泛指疾病。⑦ 蜺：虹的外圈，称副虹。鸡化：指雌鸡化为雄鸡。⑧ 资藏：储藏的产物。典郡：主持郡中事务，指为郡守。⑨ 门史：守卫宫门的小吏。依阻城社：意谓依靠皇上之威。城社，城池和祭地神的土坛。⑩ 雕琢大臣：谓镌刻以成大臣之罪。⑪ 尚方：制造宫中器物的官署。消息：停止。惟忧：忧愁。⑫“畏天之怒”数句：出自《诗经·大雅·板》。戏豫，戏嬉。⑬ 亏满：亏而复满。鬼神福谦：谓鬼神使谦者得福。⑭ 寝：搁置，此指不让别人知道。

初，邕与司徒刘郃素不相平，叔父卫尉质又与将作大匠阳球有隙。球即中常侍程璜女夫也，璜遂使人飞章言邕、质数以私事请托于郃，郃不听，邕含隐切，志欲相中[①]。于是诏下尚书，召邕诘状。邕上书自陈曰："臣被召，问以大鸿胪刘郃前为济阴太守，臣属吏张宛长休百日，郃为司隶，又托河内郡吏李奇为州书佐，及营护故河南尹羊陟、侍御史胡母班，郃不为用致怨之状。臣征营怖悸，肝胆涂地，不知死命所在[②]。窃自寻案，实属宛、奇，不及陟、班。凡休假小吏，非结恨之本。与陟姻家，岂敢申助私党？如臣父子欲相伤陷，当明言台阁，具陈恨状所缘。内无寸事，而谤书外发，宜以臣对与郃参验[③]。臣得以学问特蒙褒异，执事秘馆，操管御前，姓名貌状，微简圣心。今年七月，召诣金商门，问以灾异，赍诏申旨，诱臣使言。臣实愚戆，唯识忠尽，出命忘躯，不顾后害，遂讥刺公卿，内及宠臣。实欲以上对圣问，救消灾异，规为陛下建康宁之计。陛下不念忠臣直言，宜加掩蔽，诽谤卒至，便用疑怪。尽心之吏，岂得容哉？诏书每下，百官各上封事，欲以改政思谴，除凶致吉，而言者不蒙延纳之福，旋被陷破之祸。今皆杜口结舌，以臣为戒。谁敢为陛下尽忠孝乎？臣季父质，连见拔擢，位在上列。臣被蒙恩渥，数见访逮[④]。言事者因此欲陷臣父子，破臣门户，非复发纠奸伏，补益国家者也。臣年四十有六，孤特一身，得托名忠臣，死有余荣，恐陛下于此不复闻至言矣。臣之愚冗，职当咎患，但前者所对，质不及闻，而衰老白首，横见引逮[5]，随臣摧没，并入坑埳，诚冤诚痛。臣一入牢狱，当为楚毒所迫，趣以饮章，辞情何缘复闻？死期垂至，冒昧自陈。愿身当辜戮，丏质不并坐，则身死之日，更生之年也。惟陛下加餐，为万姓自爱。”于是下邕、质于洛阳狱，劾以仇怨奉公，议害大臣，大不敬，弃市。事奏，中常侍吕强愍邕无罪，请之，帝亦更思其章，有诏减死一等，与家属髡钳徙朔方[6]，不得以赦令除。阳球使客追路刺邕，客感其义，皆莫为用。球又赂其部主使加毒害[7]，所赂者反以其情戒邕，故每得免焉。居五原安阳县[8]。

【注 释】

① 相中：相中伤。② 征营：惶恐不安貌。怖悸：惊恐。③ 参验：验证核实。④ 恩渥：恩遇优厚。渥，优厚。访逮：访问，问及。⑤ 引逮：株连被捕。⑥ 髡钳：古代一种刑法，即剃去头发，以铁圈束颈。朔方：郡名，地在今宁夏北和内蒙古西南一带。⑦ 部主：所在地区或部门的主管官员。⑧ 安阳县：地在今内蒙古黄河北岸。

邕前在东观，与卢植、韩说等撰补《后汉记》，会遭事流离，不及得成，因上书自陈，奏其所著十意，分别首目，连置章左[1]。帝嘉其才高，会明年大赦，乃宥邕还本郡。邕自徙及归，凡九月焉。将就还路，五原太守王智饯之。酒酣，智起舞属邕，邕不为报[2]。智者，中常侍王甫弟也，素贵骄，惭于宾客，诟邕曰：“徒敢轻我！”邕拂衣而去。智衔之，密告邕怨于囚放，谤讪朝廷。内宠恶之。邕虑卒不免，乃亡命江海，远迹吴会[3]。往来依太山羊氏[4]，积十二年，在吴。

吴人有烧桐以爨者，邕闻火烈之声，知其良木，因请而裁为琴，果有美音，而其尾犹焦，故时人名曰“焦尾琴”焉[5]。初，邕在陈留也，其邻人有以酒食召邕者，比往而酒以酣焉。客有弹琴于屏，邕至门试潜听之，曰：“憘[6]！以乐召我而有杀心，何也？”遂反，将命者告主人曰：“蔡君向来，至门而去。”邕素为邦乡所宗，主人遽自追而问其故，邕具以告，莫不怃然[7]。弹琴者曰：“我向鼓弦，见螳螂方向鸣蝉，蝉将去而未飞，螳螂为之一前一却。吾心耸然，惟恐螳螂之失之也，此岂为杀心而形于声者乎？”邕莞然而笑曰："此足以当之矣。"

【注 释】

① 十意：谓所著《汉记》十志。分别首目：分门别类地排列相关篇目。连置章左：附列于奏章之后。② 属：劝酒。报：回报。③ 远迹吴会：远远地遁迹吴会。吴会，指吴郡与会稽郡，治所分别为今江苏吴县与浙江绍兴。④ 太山：即泰山。⑤ 爨：烧火做饭。裁：削，制。⑥ 愔：叹息声。⑦ 怃然：惊愕貌。

中平六年，灵帝崩，董卓为司空，闻邕名高，辟之，称疾不就。卓大怒，詈曰："我力能族人，蔡邕遂偃蹇者，不旋踵矣[①]。"又切敕州郡举邕诣府，邕不得已，到，署祭酒，甚见敬重。举高第，补侍御史，又转持书御史，迁尚书。三日之间，周历三台[②]。迁巴郡太守，复留为侍中。初平元年，拜左中郎将，从献帝迁都长安，封高阳乡侯。

董卓宾客部曲议欲尊卓比太公，称尚父[③]。卓谋之于邕，邕曰："太公辅周，受命翦商，故特为其号。今明公威德，诚为巍巍，然比之尚父，愚意以为未可。宜须关东平定，车驾还反旧京，然后议之。"卓从其言。

初平二年六月，地震。卓以问邕，邕对曰："地动者，阴盛侵阳，臣下逾制之所致也[④]。前春郊天，公奉引车驾，乘金华青盖，爪画两轓，远近以为非宜。"卓于是改乘皂盖车。

卓重邕才学，厚相遇待，每集燕，辄令邕鼓琴赞事，邕亦每存匡益[⑤]。然卓多自佷用[⑥]，邕恨其言少从，谓从弟谷曰："董公性刚而遂非，终难济也。吾欲东奔兖州，若道远难达，且遁逃山东以待之，何如？"谷曰："君状异恒人，每行观者盈集，以此自匿，不亦难乎？"邕乃止。及卓被诛，邕在司徒王允坐，殊不意言之而叹，有动于色，允勃然叱之曰："董卓国之大贼，几倾汉室。君为王臣，所宜同忿，而怀其私遇，以忘大节！今天诛有罪，而反相伤痛，岂不共为逆哉？"即收付廷尉治罪，邕陈辞谢，乞黥首刖足[⑦]，继成汉史。士大夫多矜救之，不能得。太尉马日磾驰往谓允曰："伯喈旷世逸才，多识汉事，当续成后史，为一代大典。且忠孝素著，而所坐无名，诛之无乃失人望乎？"允曰："昔武帝不杀司马迁，使作谤书，流于后世。方今国祚中衰，神器不固，不可令佞臣执笔在幼主左右[8]。既无益圣德，复使吾党蒙其讪议。”日磾退而告人曰：“王公其不长世乎？善人，国之纪也；制作，国之典也。灭纪废典，其能久乎！”邕遂死狱中。允悔，欲止而不及。时年六十一。搢绅诸儒莫不流涕[9]。北海郑玄闻而叹曰：“汉世之事，谁与正之[10]！”兖州、陈留间皆画像而颂焉。

【注 释】

① 偃蹇：傲慢。旋踵：转动脚跟，喻时间极短。踵，脚后跟。② 周历三台：遍历三台。时以尚书为中台，御史为宪台，谒者为外台，称三台。③ 尚父：姜太公吕望，意为可尊敬的父辈。④ 逾制：超过制度。⑤ 集燕：宴饮集会。燕，通“宴”。匡益：匡正补益。⑥ 佷用：刚愎自用。⑦ 黥首：在犯人脸上刺字并涂上墨。刖足：砍掉双脚。⑧ 国祚：国运。神器：象征国家权力的玺、鼎等物，此借指帝位。⑨ 搢绅：古官员所佩的饰带和束腰之带，借指士大夫。⑩ 正：整理。

其撰集汉事，未见录以继后史。适作《灵纪》及十意，又补诸列传四十二篇，因李傕之乱，湮没多不存。所著诗、赋、碑、诔、铭、赞、连珠、箴、吊、论议，《独断》、《劝学》、《释诲》、《叙乐》、《女训》、《篆势》，祝文、章表、书记，凡百四篇，传于世。

论曰：意气之感，士所不能忘也。流极之运，有生所共深悲也。当伯喈抱钳扭[1]，徙幽裔，仰日月而不见照烛，临风尘而不得经过，其意岂及语平日倖全人哉！及解刑衣，窜欧越，潜舟江壑，不知其远，捷步深林，尚苦不密[2]，但愿北首旧丘，归骸先垄，又可得乎？董卓一旦入朝，辟书先下，分明枉结，信宿三迁。匡导既申，狂僭屡革，资同人之先号，得北叟之后福[3]。属其庆者，夫岂无怀？君子断刑，尚或为之不举，况国宪仓卒，虑不先图，矜情变容，而罚同邪党？执政乃追怨子长谤书流后，放此为戮，未或闻之典刑[4]。

【注 释】

① 钳扭：束头缚手的刑具。② 尚苦不密：为森林不密所苦，指惧祸

而往林密之处。③ 匡导既申：匡正教导已经申明。狂僭屡革：意谓使董卓放荡之僭逆屡次改变。④ 放此：据此，依照这一理由。典刑：刑罚。

【导读】

蔡邕是一个在政治、学术、天文数术和文学艺术上都卓有建树的全才。这样全面发展而且卓有成就的人才，在东汉一代，除了张衡以外，不仅无人能与之比拟，甚至在我国学术文化史上，都是少有的。

在政治上，蔡邕有着清醒的头脑，当汉桓帝在五侯的蛊惑下征召他，他不得已而前往，但"行到偃师，称疾而归"。出仕以后，他针对当时"三互法"选用官员制度所造成的各种弊病，上疏谏止"三互法"的继续实行。针对当时国家小人当道，政治混乱的现实，又作《上封事陈政要七事》，提出广开贤路，严格取士的标准，加强对官员的监察督促等一系列建议。又对灵帝的下召稽问，作《对灵帝密特稽问》，指斥灵帝乳母赵娆、永乐门史霍玉的种种不法行径，揭露太尉张颢、长水校尉赵玹、屯骑校尉盖升、光禄勋姓璋等人的贪赃枉法，朋比为奸。都表现出他政治上的敏感。

在学术上，蔡邕奏求正定六经文字，并自书于碑，这就是后来所谓的"熹平《石经》"，又为撰写东汉一代史书而苦心经营，作有"《灵纪》及十意，又补诸列传四十二篇"。文学上，他的《释诲》和《述行赋》等文，在我国文学史上也有着较高的地位。他"妙操音律"，善书法、篆刻，尤工隶书。有《叙乐》、《篆艺》等著作传世。在科学技术上，蔡邕虽然未能有成果传世，但传文说他"好辞章、数术、天文"，也应该并非空穴来风之语。

蔡邕至孝，其母久病时能衣不解带，不寝卧者七旬。在他受宦官诬陷而下狱时，他又为叔父蔡质开脱，希望免质之罪。也都出于他纯孝的天性。

蔡邕为人正直，他在《对灵帝密特稽问》中斥责赵娆、霍玉、张颢等人时，虽然明知会有生命的危险，但却义无反顾，毫无隐讳地直陈己见，以致遭诬陷而流放朔方。在遇赦回归时，流放所在地五原太守王智为他饯行，王智是大宦官中常侍王甫之弟，蔡邕虽然被迫到场，但却对王智态度轻蔑，触怒王甫，被迫亡命江海十多年。正是由于他的刚正不阿的个性，为正义感所激发出来的与邪恶势力作坚决斗争的决心和勇气，使广大人民对他产生了深深的敬意，在流放朔方途中，阳球使刺客于路刺杀，“客感其义，皆莫为用”，到达朔方以后，阳球又贿赂“部主使加毒害，所赂者反以其情戒邕，故每得免焉”。

但是，蔡邕又有大多数普通文人所共有的弱点，即理智不但不能控制感情，甚至往往为感情所左右，诚如传论所说的“意气之感，士所不能忘也”。董卓专权，蔡邕被迫应召。因为董卓待之甚厚，“三日之间，周历三台”，封高阳乡侯，他虽然也一度想离开董卓，“遁逃山东以待之”，但终究未能成行。董卓被杀以后，他又在司徒王允座“不意言之而叹，有动于色”，最终为王允所杀。对于蔡邕的被杀，裴松之注《三国志》以为乃是妄记，但如果真是史学家所妄记，那么蔡邕就没有被杀的理由，因此裴氏的说法明显是没有根据的臆断。笔者以为，由于董卓对蔡邕有着知遇之恩，所以在董卓被杀以后，他的感叹乃是较为正常的举动，这应该正是由于“士为知己者死”的古代文人的通病所使然。但必须指出的是，蔡邕的依附董卓，非但没有助纣为虐，而是尽量利用自己对董卓的影响，对董卓“每存匡益”，所以传文中作者借助太尉马日磾之口，称其为善人，说：“王公其不长世乎？善人，国之纪也；制作，国之典也。灭纪废典，其能久乎！”并在传文末的论赞中予以了高度的评价，这是较为公正和客观的。

李 固 传

李固字子坚，汉中南郑人①，司徒郃之子也。郃在《方术传》。固貌状有奇表，鼎角匿犀，足履龟文②。少好学，常步行寻师，不远千里。遂究览坟籍③，结交英贤。四方有志之士，多慕其风而来学。京师咸叹曰：“是复为李公矣④。”司隶、益州并命郡举孝廉，辟司空掾，皆不就。

阳嘉二年，有地动、山崩、火灾之异，公卿举固对策，诏又特问当世之敝，为政所宜。固对曰：

……

顺帝览其对，多所纳用，即时出阿母还弟舍⑤，诸常侍悉叩头谢罪，朝廷肃然。以固为议郎。而阿母、宦者疾固言直，因诈飞章以陷其罪，事从中下。

大司农黄尚等请之于大将军梁商，又仆射黄琼救明固事，久乃得拜议郎。

出为广汉雒令，至白水关，解印绶，还汉中，杜门不交人事[⑥]。岁中，梁商请为从事中郎。商以后父辅政，而柔和自守，不能有所整裁，灾异数见，下权日重。固欲令商先正风化，退辞高满，乃奏记曰：……商不能用。

【注 释】

① 南郑：县名，今陕西南郑。② 鼎角匿犀：头顶有骨如鼎足，额上近发际处头骨突出。足履龟文：足掌纹如龟背上的纹理。③ 坟籍：古代典籍。④ 复为李公：意谓李固将再成为三公。李固父李郃是三公之一，故有此言。⑤ 阿母：指顺帝乳母宋娥，被封为山阳君。⑥ 雒：县名，地在今四川成都北。白水关：在今四川广元。

永和中，荆州盗贼起，弥年不定，乃以固为荆州刺史。固到，遣吏劳问境内，赦寇盗前衅，与之更始。于是贼帅夏密等敛其魁党六百余人，自缚归首。固皆原之，遣还，使自相招集，开示威法。半岁间，余类悉降，州内清平。

上奏南阳太守高赐等臧秽，赐等惧罪，遂共重赂大将军梁冀，冀为千里移檄[①]，而固持之愈急。冀遂令徙固为太山太守[②]，时太山盗贼屯聚历年，郡兵常千人，追讨不能制。固到，悉罢遣归农，但选留任战者百余人，以恩信招诱之。未满岁，贼皆弭散。

迁将作大匠。上疏陈事曰："臣闻气之清者为神，人之清者为贤。养身者以练神为宝，安国者以积贤为道。昔秦欲谋楚，王孙圉设坛西门，陈列名臣，秦使懼然，遂为寝兵[③]。魏文侯师卜子夏，友田子方，轼段干木，故群俊竞至，名过齐桓，秦人不敢窥兵于西河，斯盖积贤人之符也[④]。陛下拨乱龙飞，初登大位，聘南阳樊英、江夏黄琼、广汉杨厚、会稽贺纯，策书嗟叹，待以大夫之位。是以岩穴幽人，智术之士，弹冠振衣，乐欲为用，四海欣然，归服圣德。厚等在职，虽无奇卓，然夕惕孳孳[⑤]，志在忧国。臣前在荆州，闻厚、纯等以病免归，诚以怅然，为时惜之。一日朝会，见诸侍中并皆年少，无一宿儒大人可顾问者，诚可叹息。宜征还厚等，以副群望。琼久处议郎，已且十年，众人皆怪始隆崇，今更滞也。光禄大夫周举，才谟高正，宜在常伯，访以言议。侍中杜乔，学深行直，当世良臣，久托疾病，可敕令起。”又荐陈留杨伦、河南尹存、东平王恽、陈国何临、清河房植等。是日有诏征用伦、厚等，而迁琼、举，以固为大司农。

先是周举等八使案察天下，多所劾奏，其中并是宦者亲属，辄为请乞，诏遂令勿考。又旧任三府选令史，光禄试尚书郎，时皆特拜，不复选试。固乃与廷尉吴雄上疏，以为八使所纠，宜急诛罚，选举署置，可归有司。帝感其言，乃更下免八使所举刺史、二千石，自是稀复特拜，切责三公，明加考察，朝廷称善。乃复与光禄勋刘宣上言："自顷选举牧守，多非其人，至行无道，侵害百姓。又宜止盘游⑥，专心庶政。"帝纳其言，于是下诏诸州劾奏守令以下，政有乖枉，遇人无惠者，免所居官；其奸秽重罪，收付诏狱⑦。

【注 释】

①千里移檄：传送檄文，一日千里。② 太山：郡名，治所在今山东泰安东南。太，通"泰"。③"秦欲谋楚"数句：《国语》记载说，王孙圉聘于晋，晋相赵简子问曰："楚之白珩犹在乎，其为宝也几何？"对曰："未尝为宝也。楚人有观射父，能作训辞以行诸侯，有左史倚相，道训典以序百物，此楚国之宝也。若夫古玉、白珩，先王之所玩也，何宝焉！"与此所载不同。④"魏文侯"数句：《史记·魏世家》记载说，魏文侯受经于子夏，过段干木闾，未尝不轼。又记载说秦欲伐魏，有人说："魏君贤人是礼，国人称仁，上下和合，未可图也。"轼，礼敬。西河，即河西，黄河以西。⑤ 夕惕孳孳：意谓工作勤勉。夕惕，至夜晚仍怀忧惧。孳孳，勤勉，努力不懈。⑥ 盘游：游乐。⑦ 诏狱：关押钦犯的牢狱。

及冲帝即位，以固为太尉，与梁冀参录尚书事。明年帝崩，梁太后以杨、徐盗贼盛强①，恐惊扰致乱，使中常侍诏固等，欲须所征诸王侯到乃发丧。固对曰："帝虽幼少，犹天下之父。今日崩亡，人神感动，岂有臣子反共掩匿乎？昔秦皇亡于沙丘，胡亥、赵高隐而不发，卒害扶苏，以至亡国②。近北乡侯薨，阎后兄弟及江京等亦共掩秘，遂有孙程手刃之事③。此天下大忌，不可之甚者也。"太后从之，即暮发丧。

固以清河王蒜年长有德，欲立之，谓梁冀曰："今当立帝，宜择长年高明有德，任亲政事者，愿将军审详大计，察周、霍之立文、宣，戒邓、阎之利幼弱[4]。"冀不从，乃立乐安王子缵，年八岁，是为质帝。时冲帝将北卜山陵[5]，固乃议曰："今处处寇贼，军兴用费加倍，新创宪陵，赋发非一。帝尚幼小，可起陵于宪陵茔内，依康陵制度，其于役费三分减一[6]。"乃从固议。时太后以比遭不造，委任宰辅。固所匡正，每辄从用，其黄门宦者一皆斥遣，天下咸望遂平，而梁冀猜专，每相忌疾。

初，顺帝时诸所除官，多不以次，及固在事，奏免百余人。此等既怨，又希望冀旨，遂共作飞章虚诬固罪曰[7]：……书奏，冀以白太后，使下其事。太后不听，得免。

冀忌帝聪慧，恐为后患，遂令左右进鸩。帝苦烦甚，使促召固。固入，前问："陛下得患所由？"帝尚能言，曰："食煮饼，今腹中闷，得水尚可活。"时冀亦在侧，曰："恐吐，不可饮水。"语未绝而崩。固伏尸号哭，推举侍医，冀虑其事泄，大恶之。

因议立嗣，固引司徒胡广、司空赵戒，先与冀书曰：……冀得书，乃召三公、中二千石、列侯大议所立[8]。固、广、戒及大鸿胪杜乔皆以为清河王蒜明德著闻，又属最尊亲，宜立为嗣。先是蠡吾侯志当取冀妹，时在京师，冀欲立之。众论既异，愤愤不得意，而未有以相夺。中常侍曹腾等闻而夜往说冀曰："将军累世有椒房之亲[9]，秉摄万机，宾客纵横，多有过差。清河王严明，若果立，则将军受祸不久矣。不如立蠡吾侯，富贵可长保也。"冀然其言。明日重会公卿，冀意气凶凶，而言辞激切。自胡广、赵戒以下，莫不慑惮之[10]。皆曰："惟大将军令。"而固独与杜乔坚守本议。冀厉声曰："罢会。"固意既不从，犹望众心可立，复以书劝冀。冀愈激怒，乃说太后先策免固，竟立蠡吾侯，是为桓帝。

【注 释】

① 杨、徐：扬州和徐州。杨，通"扬"，东汉扬州原治历阳（今安徽和县），末年移治寿春（今安徽寿县）、合肥（今安徽合肥）。徐州，东汉治郯（今山东郯城）。② "昔秦皇"数句：秦始皇东巡途中病卒于沙丘（今河北广宗西北），丞相李斯因秦始皇死非其所，恐发生变故，乃秘不发丧，与赵

高伪造遗诏，立始皇少子胡亥为帝，并逼迫始皇长子扶苏自杀。③“近北乡侯”数句：汉安帝死后，阎皇后与其兄阎显立北乡侯刘懿为帝，数月北乡侯薨，阎显、阎后与大长秋江京等密谋，秘不发丧，中黄门孙程等十九人乃乘夜共斩江京，迎安帝之子刘保为帝，是为汉顺帝。④周、霍之立文、宣：西汉初，周勃与陈平定计发动政变，诛吕太后侄吕产、吕禄，迎立文帝；汉昭帝死后，霍光执政，废荒淫无度的昌邑王刘贺，迎立宣帝。邓、阎之利幼弱：汉和帝死后，邓皇后与其兄邓骘迎立清河王之子刘祜，是为安帝，其年安帝仅十三岁；安帝死后，阎后与阎显迎立北乡侯刘懿，是时北乡侯年仅二岁。⑤将北卜山陵：意谓将至北面的陵墓安葬。⑥宪陵：汉顺帝陵墓。依康陵制度：按照汉殇帝葬时的制度。康陵，汉殇帝陵墓，殇帝死时年仅二岁，乃葬于其父和帝的慎陵之中，故有此言。⑦飞章：快速传递的奏章。⑧中二千石：汉代官职品级的一种，一年的俸禄超过二千石，时为九卿的官职。⑨累世有椒房之亲：梁冀的曾祖父梁竦的两个女儿为汉章帝贵人，梁冀之父梁商的妹妹为汉顺帝贵人，其女为顺帝皇后。椒房，古代后妃的住处以椒泥涂壁，故称。⑩慑惮：畏惧。

后岁余，甘陵刘文、魏郡刘鲔各谋立蒜为天子[①]，梁冀因此诬固与文、鲔共为妖言，下狱。门生勃海王调贯械上书，证固之枉，河内赵承等数十人亦要铁锧诣阙通诉，太后明之，乃赦焉[②]。及出狱，京师市里皆称万岁。冀闻之大惊，畏固名德终为己害，乃更据奏前事，遂诛之，时年五十四。

临命，与胡广、赵戒书曰：“固受国厚恩，是以竭其股肱[③]，不顾死亡，志欲扶持王室，比隆文、宣。何图一朝梁氏迷谬，公等曲从[④]，以吉为凶，成事为败乎？汉家衰微，从此始矣。公等受主厚禄，颠而不扶，倾覆大事，后之良史，岂有所私？固身已矣，于义得矣，夫复何言！”广、戒得书悲惭，皆长叹流涕。

州郡收固二子基、兹于郾城[⑤]，皆死狱中，小子燮得脱亡命。冀乃封广、戒而露固尸于四衢[⑥]，令有敢临者加其罪。固弟子汝南郭亮，年始成童，游学洛阳，乃左提章钺，右秉铁锧，诣阙上书，乞收固尸[⑦]。不许，因往临哭，陈辞于前，遂守丧不去。夏门亭长呵之曰：“李、杜二公为大臣，不能安上纳忠，而兴造无端。卿曹何等腐生，公犯诏书，干试有司乎？”亮曰：

"亮含阴阳以生，戴乾履坤[⑧]。义之所动，岂知性命，何为以死相惧？"亭长叹曰："居非命之世，天高不敢不跼，地厚不敢不蹐[⑨]。耳目适宜视听，口不可以妄言也。"太后闻而不诛。南阳人董班亦往哭固，而殉尸不肯去[⑩]。太后怜之，乃听得襚敛归葬[⑪]。二人由此显名，三公并辟。班遂隐身，莫知所归。

固所著章、表、奏、议、教令、对策、记、铭凡十一篇。弟子赵承等悲叹不已，乃共论固言，以为《德行》一篇。

【注 释】

① 甘陵刘文、魏郡刘鲔各谋立蒜为天子：汉桓帝建和元年，甘陵人刘文与魏郡人刘鲔合谋，传言清和王当为帝，事泄被杀，清河王刘蒜被贬为尉氏侯。② 贯械：谓戴上刑具。鈇锧：古代施行腰斩的刑具，其形如今之铡刀。③ 股肱：大腿和胳膊，用以比喻君主的辅佐大臣。④ 曲从：委曲己意而服从。⑤ 郾城：今河南郾城。⑥ 四衢：四通八达的大道。⑦ 成童：古代以男子年十五岁为成童。章钺：奏章与斧头。⑧ 戴乾履坤：意谓头顶天脚踏地。⑨ "天高"二句：语出《诗经·小雅·正月》："谓天盖高，不敢不跼；谓地盖厚，不敢不蹐。"意谓天高有雷霆，地厚会沦陷，即天地皆可畏惧，这里比喻言行须小心谨慎。跼，弯曲身体。蹐，小步行走。⑩ 殉尸：谓逗留于李固尸体之傍。殉，通"巡"。⑪ 襚敛：指换衣入棺。襚，向死者赠送衣服。

【导 读】

外戚和宦官专权是东汉中后期的一大特色，李固乃是东汉后期与这两大腐朽政治集团作坚决斗争而义无反顾的英雄。

李固与外戚和宦官的斗争在他尚未出仕之前就已经开始，顺帝阳嘉二年因地震、山崩等灾异，公卿推举他对策，他即上奏章陈为政之所宜，明确指出外戚和宦官专权的严重危害，要求斥退宦官，"去其权重"。结果初战告捷，他的建议大多被汉顺帝采纳，"实时出阿母还弟舍，诸常侍悉叩头谢罪，朝廷肃然"。

李固与当时外戚代表人物梁冀的斗争的公开化则始于担任荆州刺史

期间，当时他揭发荆州属下南阳太守高赐等人的贪赃罪，高赐重赂大将军梁冀，在梁冀为高赐求请无效的情况之下，梁冀利用职权将他调离荆州。这一次，李固以失败而告终。

李固与梁冀最为严重的冲突在汉冲帝死后，为了国家的利益，他坚决反对梁冀拥立年幼的质帝；质帝被梁冀毒死以后，他更反对梁冀拥立在日后被证明是典型昏君的汉桓帝，并在朝堂之上与梁冀发生了激烈的争论。在外戚和宦官两大政治集团的压力之下，再加上梁太后的私心，李固彻底失败。与外戚和宦官两大政治集团同时作正面的斗争，不啻以卵击石，这一点，李固不可能不清楚，但李固为了国家利益，丝毫不顾自身的生命安全。这样的献身精神，实在难能可贵。

李固精神可贵的另外一面是对普通民众的态度，“荆州盗贼起，弥年不定”，李固这时被任为荆州刺史，“固到，遣吏劳问境内，赦寇盗前衅，与之更始”，“半岁间，余类悉降，州内清平”。他因高赐事件从荆州调任泰山太守，当时泰山“盗贼”众多，“郡兵常千人，追讨不能制。固到，悉罢遣归农，但选留任战者百余人，以恩信招诱之。未满岁，贼皆弭散”。李固为什么不采用强硬的以武力镇压的方式去剿灭“盗贼”，而采用“恩信招诱”，“赦寇盗前衅，与之更始”的怀柔政策呢？一方面当然是出于战略的考虑，但更重要的一方面则应该是他充分地认识到官逼民反的道理，是出于对劳苦民众发自内心的同情和爱护。这一点，是我们今天解读李固这一优秀历史人物时必须特别加以注意的。

李固一出场就给人留下了深刻的印象，他“貌状有奇表，鼎角匿犀，足履龟文”，又“少好学，常步行寻师，不远千里。遂究览坟籍，结交英贤。四方有志之士，多慕其风而来学”，为下文塑造李固的形象打下了良好的基础。

除了正面表现李固，文章还用了侧面烘托的手法。文中写司徒胡广、司空赵戒，实则是与李固作对比，以反衬李固之忠直。李固死后，“冀乃封广、戒而露固尸于四衢”，轻轻一笔，人品的高下立判。而文末写郭亮和董班，则更衬托了李固形象的高大。这些，都是作者的匠心独运之处。

段颎传

段颎字纪明，武威姑臧人也[①]。其先出郑共叔段，西域都护会宗之从曾孙也。颎少便习弓马，尚游侠，轻财贿，长乃折节好古学。初举孝廉，为宪陵园丞、阳陵令[②]，所在有能政。

迁辽东属国都尉，时鲜卑犯塞，颎即率所领驰赴之。既而恐贼惊去，乃使驿骑诈赍玺书诏颎[③]，颎于道伪退，潜于还路设伏。虏以为信然，乃入追颎。颎因大纵兵，悉斩获之。坐诈玺书伏重刑，以有功论司寇[④]。刑竟，征拜议郎。时太山、琅邪贼东郭窦、公孙举等聚三万人，破坏郡县，遣兵讨之，连年不克。永寿二年[⑤]，桓帝诏公卿选将有文武者，司徒尹颂荐颎，乃拜为中郎将。击窦、举等，大破斩之，获首万余级，余党降散。封颎为列侯，赐钱五十万，除一子为郎中。

延熹二年[⑥]，迁护羌校尉。会烧当、烧何、当煎、勒姐等八种羌寇陇西、金城塞，颎将兵及湟中义从羌万二千骑出湟谷，击破之[⑦]。追讨南度河，使军吏田晏、夏育募先登，悬索相引[⑧]，复战于罗亭，大破之，斩其酋豪以下二千级，获生口万余人，虏皆奔走。明年春，余羌复与烧何大豪寇张掖，攻没巨鹿坞，杀属国吏民，又招同种千余落[⑨]，并兵晨奔颎军。颎下马大战，至日中，刀折矢尽，虏亦引退。颎追之，且斗且行，昼夜相攻，割肉食雪，四十余日，遂至河首积石山[⑩]。出塞二千余里，斩烧何大帅，首虏五千余人。又分兵击石城羌，斩首溺死者千六百人。烧当种九千余口诣颎降。又杂种羌屯聚白石，颎复进击，首虏三千余人。冬，勒姐、零吾种围允街[⑪]，杀略吏民，颎排营救之，斩获数百人。

四年冬，上郡沈氐、陇西牢姐、乌吾诸种羌共寇并、凉二州，颎将湟中义从讨之。凉州刺史郭闳贪共其功，稽固颎军[⑫]，使不得进。义从役久，恋乡旧，皆悉反叛。郭闳归罪于颎，颎坐征下狱，输作左校[⑬]。羌遂陆梁，覆没营坞，转相招结，唐突诸郡，于是吏人守阙讼颎以千数[⑭]。朝廷知颎为郭闳所诬，诏问其状。颎但谢罪，不敢言枉，京师称为长者。起于徒中[⑮]，复拜议郎，迁并州刺史。

时滇那等诸种羌五六千人寇武威、张掖、酒泉，烧人庐舍。六年，寇势转盛，凉州几亡。冬，复以颎为护羌校尉，乘驿之职。明年春，羌封僇、良多、滇那等酋豪三百五十五人率三千落诣颎降。当煎、勒姐种犹自屯结，冬，颎将万余人击破之，斩其酋豪，首虏四千余人。

八年春，颎复击勒姐种，斩首四百余级，降者二千余人。夏，进军击当煎种于湟中，颎兵败，被围三日，用隐士樊志张策，潜师夜出，鸣鼓还战，大破之，首虏数千人。颎遂穷追，展转山谷间⑯，自春及秋，无日不战，虏遂饥困败散，北略武威间。

颎凡破西羌，斩首二万三千级，获生口数万人，马牛羊八百万头，降者万余落。封颎都乡侯，邑五百户。

【注 释】

① 姑臧：县名，今甘肃武威。② 宪陵：汉顺帝陵。阳陵：汉景帝陵。③ 驿骑：传递公文的骑士。玺书：皇帝的诏书。④ 论司寇：判劳作之刑。司寇，汉代刑罚名，罚往边地劳作及戍守。《汉书·刑法志》："隶臣妾满二岁，为司寇。司寇一岁，及作如司寇二岁，皆免为庶人。"司，通"伺"。⑤ 永寿：汉桓帝年号。⑥ 延熹：汉桓帝年号。⑦ 湟中：地名，在今青海东南。义从羌：归附汉朝的羌人。⑧ 悬索相引：以绳索悬空相互牵引。⑨ 落：村落，村庄。⑩ 河首：河源，黄河的源头。积石山：在今甘肃。⑪ 允街：县名，今甘肃永登县。⑫ 稽固：滞留。⑬ 输作左校：罚到左校服劳役。⑭ 陆梁：猖狂。唐突：攻击。⑮ 徒中：刑徒之中。⑯ 展转：流转迁徙。展，通"辗"。

永康元年，当煎诸种复反，合四千余人，欲攻武威，颎复追击于鸾鸟，大破之，杀其渠帅，斩首三千余级，西羌于此弭定①。而东羌先零等，自覆没征西将军马贤后，朝廷不能讨，遂数寇扰三辅。其后度辽将军皇甫规、中郎将张奂招之连年，既降又叛。桓帝诏问颎曰："先零东羌造恶反逆，而皇甫规、张奂各拥强众，不时辑定。欲颎移兵东讨，未识其宜，可参思术略。"颎因上言曰："臣伏见先零东羌虽数叛逆，而降于皇甫规者，已二万许落，善恶既分，余寇无几。今张奂踌躇久不进者，当虑外离内合，兵往必惊。且自冬践春②，屯结不散，人畜疲羸，自亡之势。徒更招降，坐制强敌耳[3]。臣以为狼子野心，难以恩纳，势穷虽服，兵去复动。唯当长矛挟胁，白刃加颈耳。计东种所余三万余落，居近塞内，路无险折，非有燕、齐、秦、赵从横之势，而久乱并、凉，累侵三辅，西河、上郡，已各内徙，安定、北地，复至单危。自云中、五原，西至汉阳二千余里，匈奴、种羌，并擅其地，是为痈疽伏疾，留滞胁下，如不加诛，转就滋大。今若以骑五千，步万人，车三千两，三冬二夏，足以破定，无虑用费为钱五十四亿。如此，则可令群羌破尽，匈奴长服，内徙郡县，得反本土[4]。伏计永初中，诸羌反叛，十有四年，用二百四十亿。永和之末，复经七年，用八十余亿。费耗若此，犹不诛尽，余孽复起，于兹作害。今不暂疲人，则永宁无期。臣庶竭驽劣，伏待节度。"帝许之，悉听如所上。

建宁元年春[5]，颎将兵万余人，赍十五日粮，从彭阳直指高平，与先零诸种战于逢义山。虏兵盛，颎众恐。颎乃令军中张镞利刃，长矛三重，挟以强弩，列轻骑为左右翼。激怒兵将曰："今去家数千里，进则事成，走必尽死，努力共功名！"因大呼，众皆应声腾赴，颎驰骑于傍，突而击之，虏众大溃，斩首八千余级，获牛马羊二十八万头。时窦太后临朝，下诏曰："先零东羌历载为患，颎前陈状，欲必扫灭。涉履霜雪，兼行晨夜，身当矢石，感厉吏士。曾未浃日[6]，凶丑奔破，连尸积俘，掠获无算。洗雪百年之逋负[7]，以慰忠将之亡魂。功用显著，朕甚嘉之。须东羌尽定，当并录功勤。今且赐颎钱二十万，以家一人为郎中。"敕中藏府调金钱彩物，增助军费。拜颎破羌将军。

夏，颎复追羌出桥门，至走马水上。寻闻虏在奢延泽[8]，乃将轻兵兼行，一日一夜二百余里，晨及贼，击破之。余虏走向落川[9]，复相屯结。颎乃分遣骑司马田晏将五千人出其东，假司马夏育将二千人绕其西。羌分六七千人攻围晏等，晏等与战，羌溃走。颎急进，与晏等共追之于令鲜水上[10]。颎士卒饥渴，乃勒众推方夺其水[11]，虏复散走。颎遂与相连缀，且斗且引，及于灵武谷[12]。颎乃被甲先登，士卒无敢后者。羌遂大败，弃兵而走。追之三日三夜，士皆重茧[13]。既到泾阳，余寇四千落，悉散入汉阳山谷间。

【注 释】

① 永康：汉桓帝年号。鸾鸟：县名，故城在今甘肃武威南。② 自冬

践春：从冬到春。践，至。③ 坐制强敌：谓轻易制敌。④ 内徙郡县，得反本土：因外族侵寇而向内地迁移的郡县，就可以回到原处。⑤ 建宁：汉灵帝年号。⑥ 浃日：十天，古代以干支纪日，以自甲至癸一轮回十日为浃日。⑦ 逋负：指未报的仇恨。⑧ 奢延泽：在今陕西与内蒙古交界处。⑨ 落川：在奢延泽之南。⑩ 令鲜水：在奢延泽西南。⑪ 推方：齐头并进。⑫ 灵武谷：在今宁夏青铜峡市西北。⑬ 重茧：厚厚的老茧。茧，此指脚掌因摩擦起泡后所生成的硬皮。

时张奂上言："东羌虽破，余种难尽，颎性轻果①，虑负败难常。宜且以恩降，可无后悔。"诏书下颎，颎复上言："臣本知东羌虽众，而软弱易制，所以比陈愚虑，思为永宁之算。而中郎将张奂，说虏强难破，宜用招降。圣朝明监，信纳瞽言②，故臣谋得行，奂计不用。事势相反，遂怀猜恨。信叛羌之诉，饰润辞意，云臣兵累见折衄，又言羌一气所生，不可诛尽，山谷广大，不可空静，血流污野，伤和致灾③。臣伏念周秦之际，戎狄为害，中兴以来，羌寇最盛，诛之不尽，虽降复叛。今先零杂种，累以反复，攻没县邑，剽略人物，发冢露尸，祸及生死，上天震怒，假手行诛。昔邢为无道，卫国伐之，师兴而雨④。臣动兵涉夏，连获甘澍，岁时丰稔，人无疵疫⑤。上占天心，不为灾伤；下察人事，众和师克。自桥门以西，落川以东，故官县邑，更相通属，非为深险绝域之地，车骑安行，无应折衄⑥。案奂为汉吏，身当武职，驻军二年，不能平寇，虚欲修文戢戈，招降犷敌，诞辞空说，僭而无征。何以言之？昔先零作寇，赵充国徙令居内⑦；煎当乱边，马援迁之三辅⑧：始服终叛，至今为鲠⑨。故远识之士，以为深忧。今傍郡户口单少，数为羌所创毒，而欲令降徒与之杂居，是犹种枳棘于良田，养虺蛇于室内也⑩。故臣奉大汉之威，建长久之策，欲绝其本根，不使能殖。本规三岁之费，用五十四亿，今适期年，所耗未半，而余寇残烬，将向殄灭。臣每奉诏书，军不内御⑪，愿卒斯言，一以任臣，臣时量宜，不失权便。"

二年，诏遣谒者冯禅说降汉阳散羌。颎以春农，百姓布野，羌虽暂降，而县官无廪，必当复为盗贼，不如乘虚放兵，势必殄灭。夏，颎自进营，去羌所屯凡亭山四五十里⑫，遣田晏、夏育将五千人据其山上。羌悉攻之，厉声问曰："田晏、夏育在此不？湟中义从羌悉在何面？今日欲决死生。"

军中恐，晏等劝激兵士，殊死大战，遂破之。羌溃，东奔，复聚射虎谷，分兵守诸谷上下门。颎规一举灭之，不欲复令散走，乃遣千人于西县结木为栅，广二十步，长四十里，遮之。分遣晏、育等将七千人，衔枚夜上西山，结营穿堑，去虏一里许。又遣司马张恺等将三千人上东山。虏乃觉之，遂攻晏等，分遮汲水道。颎自率步骑进击水上，羌却走，因与恺等挟东西山，纵兵击破之，羌复败散。颎追至谷上下门穷山深谷之中，处处破之，斩其渠帅以下万九千级，获牛马驴骡毡裘庐帐什物，不可胜数。冯禅等所招降四千人，分置安定、汉阳、陇西三郡，于是东羌悉平。

【注 释】

① 轻果：轻捷果敢。② 瞽言：指不明事理的言论。瞽，目盲。③ 折衄：挫折。羌一气所生：意谓羌人与汉人都是同禀天地之气所生。④“邢为无道”数句：《左传·僖公十九年》：“卫大旱……宁庄子曰：‘昔周饥，克殷而年丰。今邢方无道，天其或者欲使卫讨邢乎？’从之，师兴而雨。”⑤ 甘澍：甘雨。疵疫：灾害疫病。⑥ 故官县邑，更相通属：已失去的为汉官所管的地区，现在又与内地连成了一片。⑦“昔先零作寇”二句：汉宣帝时，赵充国率军出击西羌，徙之于金城郡。⑧ 煎当乱边，马援迁之三辅：建武十一年夏，先零羌侵寇临洮，为马援所击破，徙之天水、陇西、扶风三郡。按扶风为三辅之一。⑨ 鲠：指卡在喉中的鱼刺。⑩ 枳棘：枳木与棘木，因其多刺而称恶木。虺蛇：毒蛇。⑪ 军不内御：皇帝不干预军队的行动。内，指皇帝。⑫ 凡亭山：一名瓦亭山，在今甘肃固原北。

凡百八十战，斩三万八千六百余级，获牛马羊骡驴骆驼四十二万七千五百余头，费用四十四亿，军士死者四百余人。更封新丰县侯，邑万户。

颎行军仁爱，士卒疾病者，亲自瞻省[1]，手为裹创。在边十余年，未尝一日蓐寝[2]。与将士同苦，故皆乐为死战。

三年春，征还京师，将秦胡步骑五万余人，及汗血千里马，生口万余人。诏遣大鸿胪持节慰劳于镐[3]。军至，拜侍中。转执金吾、河南尹。有盗发冯贵人冢，坐左转谏议大夫，再迁司隶校尉。颎曲意宦官[4]，故得保其富贵，遂党中常侍王甫，枉诛中常侍郑飒、董腾等，增封四千户，并前万四千户。

明年，代李咸为太尉，其冬病罢，复为司隶校尉。数岁，转颍川太守，征拜太中大夫。光和二年⑤，复代桥玄为太尉。在位月余，会日食自劾，有司举奏，诏收印绶，诣廷尉。时司隶校尉阳球奏诛王甫，并及颎，就狱中诘责之，遂饮鸩死，家属徙边。后中常侍吕强上疏，追讼颎功，灵帝诏颎妻子还本郡。初，颎与皇甫威明、张然明⑥，并知名显达，京师称为"凉州三明"云。

【注 释】

① 瞻省：看望。② 蓐寝：在席子上睡觉，指没有好好地在床上睡过觉。蓐，席。③ 镐：水名。在今陕西省境。④ 曲意：委曲己意而奉承别人。⑤ 光和：汉灵帝年号。⑥ 皇甫威明、张然明：皇甫规字威明，张奂字然明。

【导 读】

段颎是东汉末年的著名将领，在平定凉州羌人的叛乱中屡建奇功，为捍卫东汉西北边境的安全和稳定作出了重大的贡献。

段颎英勇善战，在延熹三年与烧何羌叛众的战斗中，"昼夜相攻"，在"割肉食雪"的艰苦环境下连战四十余天，最终取得了胜利。建宁元年夏，与先零羌在奢延泽和落川的战斗中，率军一日一夜行二百余里，"披甲先登"，大败羌兵。段颎不仅勇于当敌，而且足智多谋，在他担任辽东都尉时，鲜卑犯塞，他率众迎敌，因为担心鲜卑军遁走，乃假传圣旨，诱骗鲜卑。假传圣旨的严重后果他应该非常清楚，但他却置之不顾。鲜卑不知有诈，纵后追击，结果段颎伏兵齐出，取得大胜。建宁二年，段颎分兵数道，出奇兵突袭，彻底平定了东羌。段颎对形势和战局的判断也极为准确，传文中详细记载了他分别答汉桓帝和汉灵帝的两段议论，表现出了他敏锐的观察力和卓越的见解。

段颎之所以能取得如此显赫的战功，最为关键的则是他对士卒的关心，与士兵同甘共苦，"士卒疾病者，亲自瞻省，手为裹创。在边十余年，未尝一日蓐寝。与将士同苦"，就这一点看，他又颇有汉飞将军李广之风。但遗憾的是，段颎晚节不终，为了长保富贵，他竟然不惜曲意宦官，党与中常侍王甫，最终落得饮鸩而死的可悲结局，十分令人惋惜。

陈蕃传

陈蕃字仲举，汝南平舆人也。祖河东太守[①]。蕃年十五，尝闲处一室，而庭宇芜秽。父友同郡薛勤来候之，谓蕃曰："孺子何不洒扫以待宾客？"蕃曰："大丈夫处世，当扫除天下，安事一室乎！"勤知其有清世志，甚奇之。

初仕郡，举孝廉，除郎中。遭母忧，弃官行丧。服阕，刺史周景辟别驾从事，以谏争不合，投传而去。后公府辟举方正，皆不就。太尉李固表荐，征拜议郎，再迁为乐安太守[②]。时李膺为青州刺史，名有威政，属城闻风，皆自引去，蕃独以清绩留[③]。郡人周璆，高絜之士。前后郡守招命莫肯至，唯蕃能致焉。字而不名[④]，特为置一榻，去则县之。璆字孟玉，临济人，有美名。民有赵宣葬亲而不闭埏隧[⑤]，因居其中，行服二十余年，乡邑称孝，州郡数礼请之。郡内以荐蕃，蕃与相见，问及妻子，而宣五子皆服中所生[⑥]。蕃大怒曰："圣人制礼，贤者俯就，不肖企及[⑦]。且祭不欲数，以其易黩故也[⑧]。况乃寝宿冢藏，而孕育其中，诳时惑众，诬污鬼神乎？"遂致其罪。

大将军梁冀威震天下，时遣书诣蕃，有所请托，不得通，使者诈求谒，蕃怒，笞杀之，坐左转修武令[⑨]。稍迁，拜尚书。时零陵、桂阳山贼为害[⑩]，公卿议遣讨之，又诏下州郡，一切皆得举孝廉、茂才。蕃上疏驳之曰："昔高祖创业，万邦息肩，抚养百姓，同之赤子。今二郡之民，亦陛下赤子也。致令赤子为害，岂非所在贪虐，使其然乎？宜严敕三府，隐核牧守令长，其有在政失和，侵暴百姓者，即便举奏，更选清贤奉公之人，能班宣法令情在爱惠者，可不劳王师，而群贼弭息矣[⑪]。又三署郎吏二千余人，三府掾属过限未除，但当择善而授之，简恶而去之。岂烦一切之诏，以长请属之路乎！"以此忤左右，故出为豫章太守。性方峻，不接宾客，士民亦畏其高。征为尚书令，送者不出郭门。

迁大鸿胪，会白马令李云抗疏谏，桓帝怒，当伏重诛。蕃上书救云，坐免归田里。复征拜议郎，数日迁光禄勋。时封赏逾制，内宠猥盛，蕃乃上疏谏曰：

……

帝颇纳其言，为出宫女五百余人，但赐俊爵关内侯，而万世南乡侯。

延熹六年，车驾幸广成校猎⑫。蕃上疏谏曰："臣闻人君有事于苑囿，唯仲秋西郊，顺时讲武，杀禽助祭，以敦孝敬。如或违此，则为肆纵。故皋陶戒舜'无教逸游'，周公戒成王'无盘于游田'⑬。虞舜、成王犹有此戒，况德不及二主者乎！夫安平之时，尚宜有节，况当今之世，有三空之厄哉！田野空，朝廷空，仓库空，是谓三空。加兵戎未戢，四方离散，是陛下焦心毁颜，坐以待旦之时也。岂宜扬旗曜武，骋心舆马之观乎！又秋前多雨，民始种麦。今失其劝种之时，而令给驱禽除路之役，非贤圣恤民之意也。齐景公欲观于海，放乎琅邪，晏子为陈百姓恶闻旌旗舆马之音，举首颦眉之感，景公为之不行。周穆王欲肆车辙马迹，祭公谋父为诵《祈招》之诗，以止其心⑭。诚恶逸游之害人也。"书奏不纳。

【注 释】

① 河东：郡名，治所在今山西夏县。② 乐安：郡名，在今山东。③ 清绩：清明廉洁的政绩。④ 字而不名：意谓称其字而不称其名，以表示尊敬。⑤ 埏隧：墓道。⑥ 服中所生：服丧期间所生。⑦ 俯就：降格相就。企及：踮起脚来才够着。谓勉力做到或勉力从事。此二句意谓圣人制定丧礼，为父母守孝三年，贤者可以降低一等，而不肖者则必须服满三年。⑧ 黩：不恭敬。⑨ 左转修武令：降为修武县令。修武，县名，今河南修武。⑩ 零陵：郡名，治所在今广西全州西南。桂阳：郡名，治所在今湖南郴州。⑪ 三府：即三公府。隐核：考核审查。⑫ 广成：苑名，在今河南临汝西。⑬ 皋陶：亦作"皋繇"，传说中虞舜时的司法官。皋陶戒舜事见《尚书·咎繇谟》。周公戒成王：语出《尚书·无逸》。无盘于游田：即不要以游猎之事为乐。⑭ "周穆王"数句：语出《左传》："昔周穆王欲肆其心，周行天下，将皆必有车辙马迹焉，祭公谋父作《祈招》之诗以止王心。"

自蕃为光禄勋，与五官中郎将黄琬共典选举，不偏权富，而为势家郎所谮诉，坐免归。顷之，征为尚书仆射，转太中大夫。八年，代杨秉为太尉。蕃让曰[①]："'不愆不忘，率由旧章[②]。'臣不如太常胡广。齐七政，训五典，臣不如议郎王畅[③]。聪明亮达，文武兼姿，臣不如弛刑徒李膺。"帝不许。中常侍苏康、管霸等复被任用，遂排陷忠良，共相阿媚。大司农刘佑、廷尉冯绲、河南尹李膺，皆以忤旨，为之抵罪。蕃因朝会，固理膺等，请加原宥，升之爵任。言及反复，诚辞恳切。帝不听，因流涕而起。时小黄门晋阳赵津、南阳大猾张汜等，奉事中官，乘势犯法，二郡太守刘瓆、成瑨考案其罪，虽经赦令，而并竟考杀之[④]。宦官怨恚，有司承旨，遂奏瓆、瑨罪当弃市。又山阳太守翟超，没入中常侍侯览财产，东海相黄浮，诛杀下邳令徐宣，超、浮并坐髡钳，输作左校[⑤]。蕃与司徒刘矩、司空刘茂共谏请瓆、瑨、超、浮等，帝不悦。有司劾奏之，矩、茂不敢复言。蕃乃独上疏曰："臣闻齐桓修霸，务为内政。《春秋》于鲁，小恶必书。宜先自整敕[⑥]，后以及人。今寇贼在外，四支之疾[⑦]；内政不理，心腹之患。臣寝不能寐，食不能饱，实忧左右日亲，忠言以疏，内患渐积，外难方深。陛下超从列侯，继承天位。小家畜产百万之资，子孙尚耻愧失其先业，况乃产兼天下，受之先帝，而欲懈怠以自轻忽乎？诚不爱己，不当念先帝得之勤苦邪？前梁氏五侯[⑧]，毒遍海内，天启圣意，收而戮之，天下之议，冀当小平。明鉴未远，覆车如昨，而近习之权，复相扇结。小黄门赵津、大猾张汜等，肆行贪虐，奸媚左右，前太原太守刘瓆、南阳太守成瑨，纠而戮之。虽言赦后不当诛杀，原其诚心，在乎去恶。至于陛下，有何悁悁[⑨]？而小人道长，营惑圣听[⑩]，遂使天威为之发怒。如加刑谪，已为过甚，况乃重罚，令伏欧刀乎[⑪]！又前山阳太守翟超、东海相黄浮，奉公不桡，疾恶如雠，超没侯览财物，浮诛徐宣之罪，并蒙刑坐，不逢赦恕。览之从横，没财已幸；宣犯衅过，死有余辜。昔丞相申屠嘉召责邓通，洛阳令董宣折辱公主，而文帝从而请之，光武加以重赏，未闻二臣有专命之诛[⑫]。而今左右群竖[⑬]，恶伤党类，妄相交构，致此刑谴。闻臣是言，当复啼诉。陛下深宜割塞近习豫政之源，引纳尚书朝省之事，公卿大官，五日一朝，简练清高，斥黜佞邪。如是天和于上，地洽于下，休祯符瑞[⑭]，岂远乎哉！陛下虽厌毒臣言，凡人主有自勉强，敢以死陈。"帝得奏愈怒，竟无所纳。朝廷众庶莫不怨之。宦官由此疾蕃弥甚，选举奏议，辄以中诏谴却，长史已下多至抵罪。犹以蕃名臣，不敢加害。瓆字文理，高唐人。瑨字幼平，陕人。并有经术称，处位敢直言，多所搏击，知名当时，皆死于狱中。

【注 释】

① 让：辞让，推辞。② 不愆不忘：《诗·大雅·假乐》："不愆不忘，率由旧章。"郑玄笺："成王之令德，不过误，不遗失。"愆，违背。③ 齐七政：调和七政。七政，说法不一，或以为指日、月及五星，或以为指天、地、人及四时。五典：古代的五种伦理道德。④ 大猾：大奸，大恶人。中官：指宦官。⑤ 髡钳：古代刑罚。谓剃去头发，用铁圈束颈。输作左校：罚到左校去服劳役。输作，因犯罪罚作劳役。⑥ 整敕：整顿。⑦ 四支：即四肢。支，通"肢"。⑧ 梁氏五侯：东汉大将军梁冀擅权，其子梁胤、叔父梁让及亲属梁淑、梁忠、梁戟皆封侯。⑨ 悁悁：愤怒。⑩ 营惑：惑乱，迷惑。⑪ 欧刀：古代欧冶子所作之剑，后泛指刑人之刀或良剑。⑫ 邓通：西汉蜀郡人邓通得文帝宠幸，官至上大夫，赐钱无数，又赐以蜀郡严道铜山，许自铸钱，丞相申屠嘉欲斩之，邓通叩头流血，汉文帝代为谢罪，事见《汉书·申屠嘉传》。"洛阳令董宣"句：光武帝时，湖阳公主家的奴仆白日杀人，匿公主家，吏追不得。公主出，宣驻车叩马，以刀画地数主。主言于帝，帝赐宣钱三十万。事见《后汉书·董宣传》。⑬ 竖：宦官。⑭ 休祯：祥瑞。

九年，李膺等以党事下狱考实。蕃因上疏极谏曰："臣闻贤明之君，委心辅佐；亡国之主，讳闻直辞。故汤武虽圣，而兴于伊吕[①]；桀纣迷惑，亡在失人。由此言之，君为元首，臣为股肱，同体相须，共成美恶者也。伏见前司隶校尉李膺、太仆杜密、太尉掾范滂等，正身无玷，死心社稷。以忠忤旨，横加考案，或禁锢闭隔，或死徙非所。杜塞天下之口，聋盲一世之人，与秦焚书坑儒，何以为异？昔武王克殷，表闾封墓[②]，今陛下临政，先诛忠贤。遇善何薄？待恶何优？夫谗人似实，巧言如簧[③]，使听之者惑，视之者昏。夫吉凶之效，存乎识善；成败之机，在于察言。人君者，摄天地之政，秉四海之维，举动不可以违圣法，进退不可以离道规。谬言出口，则乱及八方，何况髡无罪于狱[④]，杀无辜于市乎！昔禹巡狩苍梧[⑤]，见市杀人，下车而哭之曰：'万方有罪，在予一人！'故其兴也勃焉。又青、徐炎旱，五谷损伤，民物流迁，茹菽不足[6]。而宫女积于房掖[7]，国用尽于罗纨，外戚私门，贪财受赂，所谓'禄去公室，政在大夫'。昔春秋之末，周德衰微，数十年间无复灾眚者，天所弃也[8]。天之于汉，悢悢无已[9]，故殷勤示变，以悟陛下。除妖去孽，实在修德。臣位列台司，忧责深重，不敢尸禄惜生，坐观成败。如蒙采录，使身首分裂，异门而出[10]，所不恨也。"帝讳其言切，托以蕃辟召非其人，遂策免之。

永康元年，帝崩。窦后临朝，诏曰："夫民生树君，使司牧之，必须良佐，以固王业。前太尉陈蕃，忠清直亮。其以蕃为太傅，录尚书事。"时新遭大丧，国嗣未立，诸尚书畏惧权官，托病不朝。蕃以书责之曰："古人立节，事亡如存。今帝祚未立，政事日蹙，诸君奈何委荼蓼之苦，息偃在床[11]？于义不足，焉得仁乎！"诸尚书惶怖，皆起视事。

灵帝即位，窦太后复优诏蕃曰："盖褒功以劝善，表义以厉俗，无德不报，《大雅》所叹。太傅陈蕃，辅弼先帝，出内累年。忠孝之美，德冠本朝；謇愕之操，华首弥固[12]。今封蕃高阳乡侯，食邑三百户。"蕃上疏让曰："使者即臣庐，授高阳乡侯印绶，臣诚悼心，不知所裁。臣闻让，身之文，德之昭也，然不敢盗以为名。窃惟割地之封，功德是为。臣孰自思省，前后历职，无它异能，合亦食禄，不合亦食禄。臣虽无素絜之行，窃慕'君子不以其道得之，不居也'[13]。若受爵不让，掩面就之，使皇天震怒，灾流下民，于臣之身，亦何所寄？顾惟陛下哀臣朽老，戒之在得[14]。"窦太后不许，蕃复固让，章前后十上，竟不受封。

【注 释】

① 伊吕：伊尹与吕尚，商时伊尹辅商汤，西周吕尚佐周武王，皆有大功，后因并称伊吕。② 表闾封墓：谓旌表闾里，增修坟墓，以旌功勋。③ 巧言如簧：比喻善为巧伪之言，语出《诗经·小雅·巧言》。簧，乐器中用以发声的片状振动体。④ 髡：古代一种刑法，即剃去头发。⑤ 巡狩：天子出行，视察邦国州郡。苍梧：今广西苍梧。⑥ 茹菽：蔬菜与豆类的总称，泛指食物。⑦ 房掖：即掖庭，宫中两旁的屋舍，为妃嫔所居处。⑧ 灾眚：灾害。⑨ 悢悢：眷眷。⑩ 异门而出：《春秋谷梁传》定公

十年："公会齐侯于夹谷……罢会，齐人使优施舞于鲁之幕下，孔子曰：'笑君者，罪当死。'使司马行法焉，首足异门而出。"⑪ 荼蓼之苦：荼味苦，蓼味辛，因比喻艰难困苦。息偃：敛藏退息。⑫ 謇愕之操：正直敢言的操守。华首：白首。指老年。⑬ 君子不以其道得之，不居也：语出《论语·里仁》："富与贵，是人之所欲也，不以其道得之，不处也。"⑭ 得：贪得。

初，桓帝欲立所幸田贵人为皇后。蕃以田氏卑微，窦族良家，争之甚固。帝不得已，乃立窦后。及后临朝，故委用于蕃。蕃与后父大将军窦武，同心尽力，征用名贤，共参政事，天下之士，莫不延颈想望太平。而帝乳母赵娆，旦夕在太后侧，中常侍曹节、王甫等与共交构，谄事太后。太后信之，数出诏命，有所封拜，及其支类，多行贪虐。蕃常疾之，志诛中官[①]，会窦武亦有谋。蕃自以既从人望而德于太后，必谓其志可申，乃先上疏曰："臣闻言不直而行不正，则为欺乎天而负乎人。危言极意，则群凶侧目，祸不旋踵[②]。钧此二者，臣宁得祸，不敢欺天也。今京师嚣嚣[③]，道路喧哗，言侯览、曹节、公乘昕、王甫、郑飒等与赵夫人诸女尚书并乱天下。附从者升进，忤逆者中伤。方今一朝群臣，如河中木耳，泛泛东西，耽禄畏害。陛下前始摄位，顺天行诛，苏康、管霸并伏其辜。是时天地清明，人鬼欢喜，奈何数月复纵左右？元恶大奸，莫此之甚。今不急诛，必生变乱，倾危社稷，其祸难量。愿出臣章宣示左右，并令天下诸奸知臣疾之。"太后不纳，朝廷闻者莫不震恐。蕃因与窦武谋之，语在《武传》。

及事泄，曹节等矫诏诛武等。蕃时年七十余，闻难作，将官属诸生八十余人，并拔刃突入承明门，攘臂呼曰[④]："大将军忠以卫国，黄门反逆，何云窦氏不道邪？"王甫时出，与蕃相迕[⑤]，适闻其言，而让蕃曰："先帝新弃天下，山陵未成[⑥]，窦武何功，兄弟父子，一门三侯？又多取掖庭宫人，作乐饮燕[⑦]，旬月之间，资财亿计。大臣若此，是为道邪？公为栋梁，枉桡阿党[⑧]，复焉求贼！"遂令收蕃，蕃拔剑叱甫，甫兵不敢近，乃益人围之数十重，遂执蕃送黄门北寺狱[⑨]。黄门从官驺蹋踧蕃曰[⑩]："死老魅！复能损我曹员数，夺我曹禀假不？"即日害之。徙其家属于比景[⑪]，宗族、门生、故吏皆斥免禁锢。

蕃友人陈留朱震，时为铚令，闻而弃官哭之，收葬蕃尸，匿其子逸于甘陵界中[12]。事觉系狱，合门桎梏[13]。震受考掠，誓死不言，故逸得免。后黄巾贼起，大赦党人，乃追还逸，官至鲁相。

震字伯厚，初为州从事，奏济阴太守单匡臧罪，并连匡兄中常侍车骑将军超。桓帝收匡下廷尉，以谴超，超诣狱谢。三府谚曰："车如鸡栖马如狗，疾恶如风朱伯厚[14]。"

论曰：桓、灵之世，若陈蕃之徒，咸能树立风声，抗论惛俗。而驱驰险厄之中，与刑人腐夫同朝争衡，终取灭亡之祸者，彼非不能絜情志，违埃雾也[15]。愍夫世士以离俗为高，而人伦莫相恤也。以遁世为非义，故屡退而不去；以仁心为己任，虽道远而弥厉。及遭际会，协策窦武，自谓万世一遇也。懔懔乎伊、望之业矣[16]！功虽不终，然其信义足以携持民心。汉世乱而不亡，百余年间，数公之力也。

【注 释】

① 中官：宦官，因宦官在宫内办事，故称。② 旋踵：掉转脚跟。形容时间短促。③ 嚣嚣：喧哗貌。④ 攘臂：捋起衣袖露出手臂，表示振奋。⑤ 相迕：原意为相抵触，这里指相遇。⑥ 山陵：帝王的陵墓。⑦ 饮燕：即饮宴。燕，通"宴"。⑧ 枉挠：违法包庇。⑨ 黄门北寺狱：汉代宦官掌管的监狱，为监禁和审讯大臣之处。⑩ 驺：骑马的、驾车的随从。蹋蹴：即脚踢。蹋，通"踏"。蹴，踢。⑪ 比景：县名，东汉属交州，地在今越南境内。⑫ 陈留：郡名，地在今河南开封东南。铚：县名，治所在今安徽濉溪。⑬ 桎梏：古代用以禁锢犯人手脚的刑具。⑭ 车如鸡栖马如狗：谓车马同鸡窝和狗一样多。⑮ 埃雾：尘雾，比喻世俗的污浊。⑯ 懔懔：严正刚烈貌。伊望：伊尹和吕望。

【导 读】

陈蕃是东汉末年正直官僚的代表，他少年时便有"大丈夫处世，当扫除天下"的壮志，出仕后更被称为"不畏强御陈仲举"，与窦武、刘淑并称"三君"，可见当时人对他的敬仰之情。

陈蕃给人最为突出的印象是刚直不阿，视死如归。桓帝时，大将军梁冀权倾天下，陈蕃在任乐安太守时，梁冀派使者送信给他，他拒而不见，当使者用诡计见到他后，他竟然将使者鞭打而死。汉桓帝幸广城苑校猎，他上疏直谏，直斥当时“三空”，即“田野空，朝廷空，仓库空”。当李膺等正直官吏被诬下狱，他上疏极谏，竭力相救，说朝廷的这一举动如同秦始皇的焚书坑儒，将汉桓帝比作是秦始皇式的暴君。汉灵帝时，又上疏指名道姓，要求诛杀宦官。在宦官发动宫廷政变，窦武被杀后，他不仅不出逃避祸，反而以七十多岁的孱弱之躯率领官属诸生，冲进皇宫作殊死一搏，都是他这一个性的具体体现。

陈蕃又有十分清醒的头脑，赵宣欺世盗名，居墓道二十余年，被乡里称作孝子而加以颂扬，但却被他一眼看出破绽并绳之以法。零陵、桂阳一带山民造反，朝廷要派兵镇压，他上疏表示反对，指出山民的造反，乃是为当地官员逼迫的结果。因此他认为对造反的山民不能简单地采取镇压的方式，而应该严惩侵害百姓的贪官污吏，改派清廉贤能的官吏前往，以自动平息动乱。这样的优秀人物，在我国古代乃是极为少见的，无怪乎作者在传论中对他作出了极高的评价。

传文除了正面记载陈蕃的事迹之外，在文末还记载了他的友人朱震不顾自身安危，在陈蕃死后为他收葬并隐匿其子陈逸的一段事实，从侧面烘托了陈蕃在当时人们心中的威望，使陈蕃的高大形象得到了进一步彰显。

李膺传

李膺字元礼，颍川襄城人也①。祖父修，安帝时为太尉。父益，赵国相②。膺性简亢③，无所交接，唯以同郡荀淑、陈寔为师友。

初举孝廉，为司徒胡广所辟，举高第，再迁青州刺史。守令畏威明，多望风弃官。复征，再迁渔阳太守④。寻转蜀郡太守，以母老乞不之官，转护乌桓校尉⑤。鲜卑数犯塞，膺常蒙矢石，每破走之，虏甚惮慑⑥。以公事免官，还居纶氏⑦，教授常千人。南阳樊陵求为门徒，膺谢不受。陵后以阿附宦官，致位太尉，为节志者所羞。荀爽尝就谒膺，因为其御，既还，喜曰："今日乃得御李君矣！"其见慕如此。

【注 释】

① 襄城：县名，治今河南禹州。② 赵国：汉高祖四年废邯郸郡置赵国，治今河北邯郸。③ 简亢：清高。④ 渔阳：郡名，地在今北京密云西南。⑤ 蜀郡：治今成都。乌桓校尉：官名。乌桓，古民族，因居乌桓山（今内蒙古乌联山）而得名。⑥ 惮慑：恐惧害怕。⑦ 纶氏：县名，在今河南登封。

永寿二年，鲜卑寇云中，桓帝闻膺能，乃复征为度辽将军。先是羌虏及疏勒、龟兹，数出攻抄张掖、酒泉、云中诸郡，百姓屡被其害。自膺到边，皆望风惧服，先所掠男女，悉送还塞下。自是之后，声振远域。延熹二年征，再迁河南尹。时宛陵大姓羊元群罢北海郡，臧罪狼藉，郡舍溷轩有奇巧[①]，乃载之以归。膺表欲按其罪，元群行赂宦竖，膺反坐输作左校。

初，膺与廷尉冯绲、大司农刘佑等共同心志，纠罚奸幸，绲、佑时亦得罪输作。司隶校尉应奉上疏理膺等曰："昔秦人观宝于楚，昭奚恤莅以群贤[②]。梁惠王玮其照乘之珠，齐威王答以四臣[③]。夫忠贤武将，国之心膂[④]。窃见左校弛刑徒前廷尉冯绲、大司农刘佑、河南尹李膺等，执法不挠，诛举邪臣，肆之以法，众庶称宜。昔季孙行父亲逆君命[⑤]，逐出莒仆，于舜之功二十之一。今膺等投身强御，毕力致罪，陛下既不听察，而猥受谮诉，遂令忠臣同愆元恶。自春迄冬，不蒙降恕，遐迩观听，为之叹息。夫立政之要，记功忘失，是以武帝舍安国于徒中，宣帝征张敞于亡命[⑥]。绲前讨蛮荆，均吉甫之功[⑦]。佑数临督司，有不吐茹之节[⑧]。膺著威幽、并，遗爱度辽。今三垂蠢动[⑨]，王旅未振。《易》称'雷雨作解，君子以赦过宥罪'[⑩]。乞原膺等，以备不虞。"书奏，乃悉免其刑。

【注 释】

① 溷轩：厕所。② "秦人观宝于楚"二句：《新序》记载，秦欲伐楚，使使者往观楚之宝器，昭奚恤对秦使者曰："客观楚国之宝器。所宝者，贤臣也。理百姓，实仓廪，使人各得其所，子西在此。奉圭璋，使诸侯，解忿

悁之难，交两国之欢，使无兵革之忧，太宰子方在此。守封坛，谨境界，不侵邻国，邻亦不侵，叶公子高在此。理师旅，正兵戎，以当强敌，提枹鼓以动百万之众，使皆赴汤火，蹈白刃，出万死不顾，司马子反在此。若怀霸王之余义，猎理乱之遗风，昭奚恤在此。惟大国所观。”③“梁惠王”二句：《史记·田敬仲完世家》载魏惠王问齐威王曰：“王亦有宝乎？”威王曰：“无有。”魏王曰：“若寡人国小也，尚有径寸之珠照车前后各十二乘者十枚，奈何以万乘之国而无宝乎？”齐王对以齐国檀子、盼子等四位贤臣。魏王惭而去。玮，美。④心膂：心与脊骨，喻主要的辅佐人员。⑤季孙行父亲逆君命：事见《史记·鲁世家》。⑥武帝舍安国于徒中：汉景帝时，韩安国于徒中被任为梁国内史，此误作武帝。徒中，刑徒之中。宣帝征张敞于亡命：汉宣帝时，张敞于逃亡途中被任为冀州刺史。⑦均吉甫之功：与吉甫之功同。吉甫，周宣王贤臣尹吉甫，曾率师北伐猃狁至太原。⑧不吐茹：谓不畏强权。吐茹，即吐刚茹柔，吐出硬的，吃下软的。茹，吃。⑨三垂：犹三边，指东、西、南三方边疆。⑩雷雨作解：语出《易·解》，王弼注：“屯难盘结，于是乎解也。”后用以指帝王对有过者赦之，有罪者宽之，亦省作“雷作”。

再迁，复拜司隶校尉。时张让弟朔为野王令，贪残无道，至乃杀孕妇，闻膺厉威严，惧罪逃还京师，因匿兄让弟舍，藏于合柱中①。膺知其状，率将吏卒破柱取朔，付洛阳狱。受辞毕，即杀之②。让诉冤于帝，诏膺入殿，御亲临轩，诘以不先请便加诛辟之意。膺对曰：“昔晋文公执成公归于京师，《春秋》是焉③。《礼》云公族有罪，虽曰宥之，有司执宪不从④。昔仲尼为鲁司寇，七日而诛少正卯⑤。今臣到官已积一旬，私惧以稽留为愆⑥，不意获速疾之罪。诚自知衅责，死不旋踵，特乞留五日，克殄元恶，退就鼎镬，始生之愿也。”帝无复言，顾谓让曰：“此汝弟之罪，司隶何愆？”乃遣出之。自此诸黄门常侍皆鞠躬屏气，休沐不敢复出宫省⑦。帝怪问其故，并叩头泣曰：“畏李校尉。”

是时朝庭日乱，纲纪颓阤，膺独持风裁，以声名自高⑧。士有被其容接者，名为登龙门。及遭党事，当考实膺等。案经三府，太尉陈蕃却之，曰：“今所考案，皆海内人誉，忧国忠公之臣。此等犹将十世宥也，岂有罪名不章而致收掠者乎?”不肯平署[9]。帝愈怒,遂下膺等于黄门北寺狱[10]。膺等颇引宦官子弟,宦官多惧,请帝以天时宜赦,于是大赦天下。膺免归乡里,居阳城山中[11],天下士大夫皆高尚其道,而污秽朝廷。

及陈蕃免太尉,朝野属意于膺,荀爽恐其名高致祸,欲令屈节以全乱世,为书贻曰:……顷之,帝崩。陈蕃为太傅,与大将军窦武共秉朝政,连谋诛诸宦官,故引用天下名士,乃以膺为长乐少府。及陈、窦之败,膺等复废。

后张俭事起,收捕钩党[12],乡人谓膺曰:“可去矣。”对曰:“事不辞难,罪不逃刑,臣之节也。吾年已六十,死生有命,去将安之?”乃诣诏狱[13]。考死,妻子徙边,门生、故吏及其父兄,并被禁锢。时侍御史蜀郡景毅子顾为膺门徒,而未有录牒[14],故不及于谴。毅乃慨然曰:“本谓膺贤,遣子师之,岂可以漏夺名籍,苟安而已!”遂自表免归,时人义之。

【注 释】

① 野王:县名,地在今河南沁阳。弟舍:即宅第。弟,通“第”。合柱:即夹墙,也称复壁。② 受辞:即录口供。③“晋文公执成公”二句:《春秋公羊传》载“晋人执卫侯归之于京师……归之于者,执之于天子之侧者也”,此二句用此典,意谓张朔畏罪潜逃,藏在天子身边,就可以像晋文公执卫成公一样,不必再请示天子。④“《礼》云”数句:用《礼记·文王世子》之意,意谓贵族犯罪,按礼的规定虽然说可以恕罪,但主管官吏执行法令可以不必照礼的规定去做。公族,公子。宥,宽恕。执宪,执行法令。⑤“昔仲尼”二句:相传鲁定公十四年,孔子任鲁国司寇,以“五恶”乱政之罪杀少正卯。少正,复姓。⑥ 稽留:延误。愆:罪过。⑦ 休沐:休息沐浴,指休息日。汉时官吏每五日放假一天,以供休息沐浴。⑧ 颓阤:崩溃,衰败。风裁:作风,纪律。⑨ 平署:联名签署。⑩ 黄门北寺狱:汉代由宦官掌管的监狱。⑪ 阳城:县名,地在今河南登封。⑫ 钩党:谓相牵引为同党。⑬ 诏狱:奉皇帝之命关押犯人的监狱。⑭ 录牒:讼辞。

【导 读】

这篇传记选自《党锢列传》。李膺是东汉末年党锢之祸中的重要人物,也是东汉一代兼具文武的优秀人物。他早期在西北边境表现出了极高的军事才干,在乌桓校尉任上,他“常蒙矢石”,使“虏甚惮摄”。在度辽将军任上,羌人及疏勒等“皆望风惧服,先所掠男女,悉送还塞下”,与西汉匈奴闻飞将军李广之名,不敢侵边,颇有相似之处。只是李膺的事迹主要表现在与宦官的斗争上,因而他过人的军事才能往往被人们所忽视。

李膺在东汉末年与宦官的斗争中,执法严明,除恶务尽,敢作敢为,视死如归。野王县令张朔畏罪潜逃,藏匿于其兄大宦官张让家的夹墙之中,被时任司隶校尉的李膺率将吏破柱抓获,迅速处死。东汉政府大肆搜捕党人,乡人劝他逃走,他引用春秋羊舌赤答晋侯“事君不避难,有罪不逃刑”之语,表示了必死的决心。这样高尚的风操,无怪乎会得到当时士大夫的崇敬,取得“天下楷模李元礼”的美誉。

李膺在与宦官的斗争中并非一味的蛮干,他机智善辩,能充分利用对方的弱点保护自己。大宦官张让为其弟张朔诉冤,他在汉桓帝前引用春秋时晋文公执卫成公及孔子诛少正卯的事例,为自己辩解,证明自己杀张朔的无罪。在第一次党锢之祸中,李膺被捕,他又故意将宦官的子弟牵连进案中,使得宦官害怕案情发展下去会牵连到他们自己,从而以星相天变为由大赦天下。这些,都表现出了一个卓越政治家所具有的优秀素质。

文中采用了侧面烘托的手法,以突出李膺的形象。如南阳樊陵求为门徒,李膺不收,樊陵后来果然以阿附宦官为志士所不耻,表现了他过人的眼光。荀爽在当时有相当高的声望,在为李膺驾车后竟然高兴地说:“今日乃得御李君矣!”在他死后,侍御史景毅之子为李膺的弟子,但未曾受到处罚,却硬要挤进案中,上表求归。这些都烘托出了李膺在当时士大夫中的崇高威望,无怪乎当时士大夫有被李膺容接者,即有“登龙门”之称。

范滂传

范滂字孟博,汝南征羌人也[①]。少厉清节,为州里所服,举孝廉、光禄四行[②]。时冀州饥荒,盗贼群起,乃以滂为清诏使,案察之。滂登车揽辔,慨然有澄清天下之志。及至州境，守令自知臧污，望风解印绶去。其所举奏，莫不厌塞众议[3]。迁光禄勋主事[4]。时陈蕃为光禄勋，滂执公仪诣蕃，蕃不止之，滂怀恨，投版弃官而去[5]。郭林宗闻而让蕃曰："若范孟博者，岂宜以公礼格之？今成其去就之名，得无自取不优之议也？"蕃乃谢焉。

复为太尉黄琼所辟。后诏三府掾属举谣言[6]，滂奏刺史、二千石权豪之党二十余人。尚书责滂所劾猥多[7]，疑有私故。滂对曰："臣之所举，自非叨秽奸暴，深为民害，岂以污简札哉[8]！间以会日迫促，故先举所急，其未审者，方更参实。臣闻农夫去草，嘉谷必茂；忠臣除奸，王道以清。若臣言有贰，甘受显戮[9]。"吏不能诘。滂睹时方艰，知意不行，因投劾去[10]。

【注 释】

① 征羌：在今河南平舆、郾城一带。② 厉清节：磨砺廉正清白的节操。光禄四行：选拔人才的科目。四行，即四科，汉代以德行举士的四条标准。③ 厌塞：压服，消释。厌，通"压"。④ 光禄勋主事：光禄勋属下的主事。⑤ 公仪：官方礼仪。版：笏，古代上朝时所持记事的板。⑥ 三府：三公府。举谣言：进呈反映民生的歌谣和谚语。⑦ 猥多：众多。⑧ 叨秽：贪婪卑鄙。简札：供书写用的竹简或木片。⑨ 显戮：明正典刑，陈尸示众。⑩ 投劾：呈递弹劾自己的状文。

太守宗资先闻其名，请署功曹，委任政事。滂在职，严整疾恶。其有行违孝悌，不轨仁义者，皆扫迹斥逐[1]，不与共朝。显荐异节，抽拔幽陋[2]。滂外甥西平李颂，公族子孙，而为乡曲所弃，中常侍唐衡以颂请资，资用为吏。滂以非其人，寝而不召[3]。资迁怒，捶书佐朱零。零仰曰："范滂清裁[4]，犹以利刃齿腐朽。今日宁受笞死，而滂不可违。"资乃止。郡中中人以下，莫不归怨，乃指滂之所用以为"范党"。后牢修诬言钩党，滂坐系黄门北寺狱[5]。狱吏谓曰："凡坐系皆祭皋陶[6]。"滂曰："皋陶贤者，古之直臣。知滂无罪，将理之于帝。如其有罪，祭之何益！"人由此亦止。狱吏将加掠考，滂以同囚多婴病，乃请先就格，遂与同郡袁忠争受楚毒。桓帝使中常侍王甫以次辨诘，滂等皆三木囊头，暴于阶下。余人在前，或对或否，滂、忠于后越次而进。王甫诘曰："君为人臣，不惟忠国，而共造部党[7]，自相褒举，评论朝廷，虚构无端，诸所谋结，并欲何为？皆以情对，不得隐饰。”滂对曰：“臣闻仲尼之言，‘见善如不及，见恶如探汤’，欲使善善同其清，恶恶同其污，谓王政之所愿闻，不悟更以为党[8]。”甫曰：“卿更相拔举，迭为唇齿，有不合者，见则排斥，其意如何？”滂乃慷慨仰天曰：“古之循善，自求多福；今之循善，身陷大戮。身死之日，愿埋滂于首阳山侧，上不负皇天，下不愧夷、齐[9]。”甫愍然为之改容，乃得并解桎梏。

滂后事释，南归。始发京师，汝南、南阳士大夫迎之者数千两。同囚乡人殷陶、黄穆，亦免俱归，并卫侍于滂，应对宾客。滂顾谓陶等曰：“今子相随，是重吾祸也。”遂遁还乡里。

【注 释】

①扫迹：扫除绝迹。②显荐：公开举荐。幽陋：地位低下被埋没的人才。③寝：搁置，压下。④清裁：清明严正的裁断。⑤牢修：术士。钩党：相互牵连的同党。黄门北寺狱：设在宫禁之内的由宦官掌管的监狱。黄门北寺，宦官办公之处。⑥皋陶：传说中舜时的法官。⑦部党：朋党。⑧“见善如不及”二句：语出《论语·季氏》：“子曰：‘见善如不及，见不善如探汤。吾见其人矣，吾闻其语矣。’”⑨首阳山：在今山西永济。相传伯夷、叔齐饿死于此山。

初，滂等系狱，尚书霍谞理之[1]。及得免，到京师，往候谞而不为谢[2]。或有让滂者，对曰：“昔叔向婴罪，祁奚救之，未闻羊舌有谢恩之辞，祁老有自伐之色[3]。”竟无所言。

建宁二年[4]，遂大诛党人，诏下急捕滂等。督邮吴导至县，抱诏书，闭传舍，伏床而泣。滂闻之，曰：“必为我也。”即自诣狱。县令郭揖大惊，出解印绶，引与俱亡。曰：“天下大矣，子何为在此？”滂曰：“滂死则祸塞，何敢以罪累君，又令老母流离乎[5]！”其母就与之诀，滂白母曰：“仲博孝敬，足以供养，滂从龙舒君归黄泉，存亡各得其所[6]。惟大人割不可忍之恩，勿增感戚。”母曰：“汝今得与李、杜齐名，死亦何恨[7]！既有令名，复求寿考，可兼得乎[8]？”滂跪受教，再拜而辞。顾谓其子曰：“吾欲使汝为恶，则恶不可为。使汝为善，则我不为恶[9]。”行路闻之，莫不流涕。时年三十三。

【注 释】

① 理：申诉，辩白。② 候：拜访，看望。③“昔叔向”数句：叔向、祁奚皆春秋时晋国大夫。羊舌，叔向的姓。自伐，自我矜夸。④ 建宁：汉灵帝年号。⑤ 流离：流亡离散。⑥ 仲博：范滂的弟弟。龙舒君：指范滂之父，因曾任龙舒侯相，故称。⑦ 恨：遗憾。⑧ 令名：美名。寿考：长寿。⑨“使汝为善”二句：想要你为善，但我一生不为恶(最后却被逮捕判刑)。

【导 读】

本篇也选自《党锢列传》。与李膺一样，范滂是东汉坚守节操的正直士大夫的代表。范滂给人最大的印象是刚直，当朝廷以他为清诏使，前往冀州视察时，登车揽辔即“慨然有澄清天下之志”，始至州境，那些贪官污吏即闻风而逃。为太尉黄琼所辟之后，范滂又“奏刺史、二千石权豪之党二十余人”。在汝南太守宗资手下担任郡功曹时，“不轨仁义者，皆扫迹斥逐”，并斥退被中常侍唐衡所请托的外甥李颂，以致“郡中中人以下，莫不归怨”。对贪官污吏如此，即使对正直士人的代表陈蕃也是如此，当他在担任光禄主事时去拜见自己的上司光禄勋陈蕃时，因未曾受到陈蕃的礼遇，乃挂冠而去，都是这一个性的突出表现。他这一刚直的个性，使在第一次党锢之祸中主审他的宦官王甫深受感动，为他解开了身上的刑具。

范滂性格中的另一面是对正直人士的爱护，延熹九年第一次党锢之祸时，范滂在狱中与袁忠争着代别的犯人受刑，在建宁二年第二次党锢之祸时，范滂所在县的县令郭揖拉着他要与他一起逃跑，但他不愿连累郭揖和母亲，终于束手就擒，结束了自己短暂而可歌可泣的光辉人生。

范滂无疑是作者所要歌颂的人物，本文在表现这一人物时往往通过细节从侧面进行衬托。如郭泰对陈蕃的责备及陈蕃对范滂的道歉；汝南郡书佐朱零宁愿受笞而死也不违背范滂的一段话语；在第一次党锢之祸结束，范滂被释放后，汝南、南阳二郡士大夫数千辆车前来迎接他，以及第二次党锢之祸时郡督邮吴导怀报诏书，伏床而泣的举动，虽然都只是寥寥数语，但都从侧面衬托了当时人对他的尊重以及他的所作所为所产生的巨大的精神力量。

传文最为感人的一节则是范滂就义前与老母、幼子的对话，特别是范滂对儿子所言“吾欲使汝为恶，则恶不可为。使汝为善，则我不为恶”的几句，极为传神地表现了范滂临刑前的愤激无奈之情，充分刻画了范滂刚强正直的性格特征。

张 俭 传

张俭字元节，山阳高平人，赵王张耳之后也①。父成，江夏太守。俭初举茂才②，以刺史非其人，谢病不起。

延熹八年，太守翟超请为东部督邮③。时中常侍侯览家在防东，残暴百姓，所为不轨④。俭举劾览及其母罪恶，请诛之。览遏绝章表，并不得通，由是结仇。乡人朱并，素性佞邪，为俭所弃，并怀怨恚，遂上书告俭与同郡二十四人为党，于是刊章讨捕⑤。俭得亡命，困迫遁走，望门投止，莫不重其名行，破家相容。后流转东莱⑥，止李笃家。外黄令毛钦操兵到门，笃引钦谓曰：“张俭知名天下，而亡非其罪。纵俭可得，宁忍执之乎？”钦因起抚笃曰：“蘧伯玉耻独为君子，足下如何自专仁义⑦？”笃曰：“笃虽好义，明廷今日载其半矣⑧。”钦叹息而去。笃因缘送俭出塞⑨，以故得免。其所经历，伏重诛者以十数，宗亲并皆殄灭，郡县为之残破。

【注 释】

① 高平：县名，今属山东省。张耳：西汉初人，被高祖刘邦立为赵王。② 茂才：即秀才，避光武帝刘秀讳，改为茂才。③ 延熹：汉桓帝的年号。督邮：太守属官，分东、南、西、北、中五部，掌监察属县。④ 防东：县名，今山东金乡。⑤ 刊章：《后汉书·党锢列传序》李贤注云：“刊削，不欲宣露并名，故削除之，而直捕俭等。”⑥ 东莱：在今山东省。⑦ 蘧伯玉：春秋时卫国大夫。足下如何自专仁义：意谓李笃不应独为君子，表示自己不会做坏人，抓走张俭。⑧ 明廷今日载其半：意谓毛钦不抓张俭，得到了义的一半。明廷，汉时对郡守及县令等的尊称。⑨ 因缘：借机。

中平元年，党事解，乃还乡里。大将军、三公并辟，又举敦朴，公车特征，起家拜少府，皆不就。献帝初，百姓饥荒，而俭资计差温[①]，乃倾竭财产，与邑里共之，赖其存者以百数。建安初，征为卫尉，不得已而起。俭见曹氏世德已萌，乃阖门悬车[②]，不豫政事。岁余卒于许下[③]，年八十四。

论曰：昔魏齐违死，虞卿解印[④]；季布逃亡，朱家甘罪[⑤]。而张俭见怒时王，颠沛假命，天下闻其风者，莫不怜其壮志，而争为之主。至乃捐城委爵、破族屠身，盖数十百所，岂不贤哉！然俭以区区一掌，而欲独堙江河，终婴疾甚之乱，多见其不知量也[⑥]。

【注 释】

① 资计差温：谓稍有财产。资计，资产。② 阖门：闭门。悬车：将车悬挂起来表示不再外出。古以“悬车”为退隐的代名词。③ 许下：许昌。④ 魏齐违死，虞卿解印：魏齐，魏之诸公子，为范睢仇人。范睢相秦昭王，魏齐逃亡到赵国，范睢要赵王交出魏齐。赵相虞卿解印与魏齐一同逃亡。⑤ 季布逃亡，朱家甘罪：季布为项羽大将，数窘汉王刘邦。羽败，汉购求布千金，敢藏匿者，诛三族。布匿濮阳周氏，后髡钳为朱家所买，朱家心知是季布，乃往洛阳说汝阴侯灌婴，刘邦乃赦免了季布。⑥ 堙：塞。婴：遭到。疾甚之乱：《论语·泰伯》：“人而不仁，疾之已甚，乱也。”

【导 读】

本文也选自《党锢列传》。张俭是东汉末年党锢之祸中的著名人物，他性情高洁，初举秀才，因刺史人品不好而托病不起。后被举为郡督邮，即奏劾大宦官侯览及其母罪恶，这一举动，无疑是以卵击石，不仅不能成功，反而使他成了被追捕的对象。第二次党锢之祸以后，张俭回到家乡，在饥荒之年他“乃倾竭财产，与邑里共之，赖其存者以百数”。汉献帝建安时期，他又能不趋附曹操，“阖门悬车，不豫政事”。这些都是张俭人品的闪光之处，也是一般士大夫难以做到的。他在逃亡过程中无数士大夫的破家相容，也说明了他在当时士大夫中的威望。但是，张俭逃亡过程中对他人的伤害又是巨大的，为帮助他逃出魔掌，无数无辜的生命遭到宦官的杀害，“破族屠身，盖数十百所”。这种为了保全自己而不顾他人生命安危的行为，与李膺遇难时的“事不辞难，罪不逃刑”，以及范滂被捕前所说“滂死则祸塞，何敢以罪累君，又令老母流离乎”的举动有着天壤之别。所以作者在《传论》中表扬了他的贤，又批评了他的不自量力，极为中肯。

董卓传

董卓字仲颖，陇西临洮人也。性粗猛有谋。少尝游羌中，尽与豪帅相结。后归耕于野，诸豪帅有来从之者，卓为杀耕牛，与共宴乐，豪帅感其意，归相敛得杂畜千余头以遗之，由是以健侠知名。为州兵马掾，常徼守塞下[①]。卓膂力过人，双带两鞬，左右驰射，为羌胡所畏[②]。

桓帝末，以六郡良家子为羽林郎，从中郎将张奂为军司马[③]，共击汉阳叛羌，破之，拜郎中，赐缣九千匹。卓曰：“为者则己，有者则士[④]。”乃悉分与吏兵，无所留。稍迁西域戊己校尉，坐事免。后为并州刺史，河东太守。

中平元年[⑤]，拜东中郎将，持节，代卢植击张角于下曲阳，军败抵罪。其冬，北地先零羌及枹罕、河关群盗反叛，遂共立湟中义从胡北宫伯玉、李文侯为将军[⑥]，杀护羌校尉泠征。伯玉等乃劫致金城人边章、韩遂，使专任军政，共杀金城太守陈懿，攻烧州郡。明年春，将数万骑入寇三辅，侵逼园陵，托诛宦官为名[⑦]。诏以卓为中郎将，副左车骑将军皇甫嵩征之。嵩以无功免归，而边章、韩遂等大盛。朝廷复以司空张温为车骑将军，假节，执金吾袁滂为副。拜卓破虏将军，与荡寇将军周慎并统于温[⑧]。并诸郡兵步骑合十余万，屯美阳，以卫园陵。章、遂亦进兵美阳，温、卓与战，辄不利。十一月，夜有流星如火，光长十余丈，照章、遂营中，驴马尽鸣。贼以为不祥，欲归金城。卓闻之喜，明日，乃与右扶风鲍鸿等并兵俱攻，大破之，斩首数千级。章、遂败走榆中[⑨]，温乃遣周慎将三万人追讨之。温参军事孙坚说慎曰：“贼城中无谷，当外转粮食。坚愿得万人断其运道，将军以大兵继后，贼必困乏而不敢战。若走入羌中，并力讨之，则凉州可定也。”慎不从，引军围榆中城。而章、遂分屯葵园狭，反断慎运道。慎惧，乃弃车重而退。温时亦使卓将兵三万讨先零羌，卓于望垣北为羌胡所围[⑩]，粮食乏绝，进退逼急。乃于所度水中伪立堰[⑪]，以为捕鱼，而潜从堰下过军。比贼追之，决水已深，不得度。时众军败退，唯卓全师而还，屯于扶风，封斄乡侯，邑千户。

三年春，遣使者持节就长安拜张温为太尉。三公在外，始之于温。其冬，征温还京师，韩遂乃杀边章及伯玉、文侯，拥兵十余万，进围陇西。太守李相如反，与遂连和，共杀凉州刺史耿鄙。而鄙司马扶风马腾，亦拥兵反叛，又汉阳王国，自号"合众将军"，皆与韩遂合。共推王国为主，悉令领其众，寇掠三辅。五年，围陈仓。乃拜卓前将军，与左将军皇甫嵩击破之。韩遂等复共废王国，而劫故信都令汉阳阎忠，使督统诸部。忠耻为众所胁，感恚病死[12]。遂等稍争权利，更相杀害，其诸部曲并各分乖。

六年，征卓为少府，不肯就，上书言："所将湟中义从及秦胡兵皆诣臣曰：'牢直不毕，禀赐断绝，妻子饥冻[13]。'牵挽臣车，使不得行。羌胡敝肠狗态[14]，臣不能禁止，辄将顺安慰。增异复上[15]。"朝廷不能制，颇以为虑。及灵帝寝疾，玺书拜卓为并州牧，令以兵属皇甫嵩。卓复上书言曰："臣既无老谋，又无壮事，天恩误加，掌戎十年。士卒大小相狎弥久，恋臣畜养之恩，为臣奋一旦之命。乞将之北州，效力边垂。"于是驻兵河东，以观时变。

【注 释】

① 兵马掾：刺史手下掌管兵马的属吏。徼：巡逻。② 膂力：体力。带：弓袋。鞬：箭袋。③ 军司马：将军或校尉的属官，主管军中的赏罚。④ 为者则己，有者则士：意谓为立功的虽然是自己，而有功的则是战士。⑤ 中平：汉灵帝的年号。⑥ 义从胡：归附朝廷的胡人。汉魏时称胡、羌等归附朝廷的少数民族为"义从"。⑦ 三辅：西汉京畿地区的合称，即京兆、左冯翊、右扶风。园陵：帝王的墓地。⑧ 并统于温：一起受张温的统帅。⑨ 榆中：县名，属金城郡，故城在今甘肃榆中县。⑩ 望垣：县名，属天水郡，在今甘肃天水。⑪ 堰：拦水的堤坝。⑫ 恚：愤怒，怨恨。⑬ 牢直不毕：粮饷不能全部发放。牢直，粮饷。禀赐：公家供给的粮食和赏赐。禀，通"廪"。⑭ 敝肠狗态：谓羌胡心肠敝恶，情态如狗。⑮ 增异复上：有另外的情况再行上禀。

及帝崩，大将军何进、司隶校尉袁绍谋诛阉宦，而太后不许，乃私呼卓将兵入朝,以胁太后。卓得召,实时就道。并上书曰:“中常侍张让等窃幸承宠,浊乱海内。臣闻扬汤止沸,莫若去薪①;溃痈虽痛,胜于内食②。昔赵鞅兴晋阳之甲③,以逐君侧之恶人。今臣辄鸣钟鼓如洛阳④,请收让等,以清奸秽。”卓未至而何进败,虎贲中郎将袁术乃烧南宫⑤,欲讨宦官,而中常侍段珪等劫少帝及陈留王夜走小平津。卓远见火起,引兵急进,未明到城西,闻少帝在北芒,因往奉迎。帝见卓将兵卒至,恐怖涕泣。卓与言,不能辞对;与陈留王语,遂及祸乱之事。卓以王为贤,且为董太后所养,卓自以与太后同族,有废立意。

初,卓之入也,步骑不过三千,自嫌兵少,恐不为远近所服,率四五日辄夜潜出军近营,明旦乃大陈旌鼓而还,以为西兵复至,洛中无知者。寻而何进及弟苗先所领部曲皆归于卓,卓又使吕布杀执金吾丁原而并其众,卓兵士大盛。乃讽朝廷策免司空刘弘而自代之。因集议废立,百僚大会,卓乃奋首而言曰:“大者天地,其次君臣,所以为政。皇帝暗弱,不可以奉宗庙,为天下主。今欲依伊尹、霍光故事,更立陈留王,何如⑥?”公卿以下莫敢对。卓又抗言曰:“昔霍光定策,延年案剑⑦。有敢沮大议,皆以军法从之。”坐者震动。尚书卢植独曰:“昔太甲既立不明⑧,昌邑罪过千余,故有废立之事。今上富于春秋⑨,行无失德,非前事之比也。”卓大怒,罢坐。明日复集群僚于崇德前殿,遂胁太后,策废少帝。曰:“皇帝在丧,无人子之心,威仪不类人君,今废为弘农王。”乃立陈留王,是为献帝。又议太后蹙迫永乐太后,至令忧死,逆妇姑之礼,无孝顺之节,迁于永安宫,遂以弑崩⑩。

【注 释】

① 扬汤止沸,莫若去薪:语出枚乘《谏梁孝王书》,云:“欲汤之冷,令一人吹之,百人扬之,无益也,不如绝薪止火而已。”② 内食:谓从中侵蚀肌肉。③ 赵鞅兴晋阳之甲:《公羊传》:“晋赵鞅取晋阳之甲以逐荀寅与士吉射。”赵鞅,即赵简之,春秋晋国执政。晋阳,晋国国都。荀寅、士吉射,晋国的奸臣。④ 如洛阳:到洛阳。⑤ 南宫:汉宫殿名。⑥ 伊尹:商汤大臣,名伊,一名挚,尹是官名。后助汤伐夏桀,被尊为阿衡。商汤孙太甲即位,荒淫失度,被伊尹放逐到桐宫。霍光:西汉昭帝时以大将军执

政，昭帝死后昌邑王刘贺继位，荒淫无度，被霍光所废，立宣帝。陈留王：即后来的汉献帝。⑦ 霍光定策，延年案剑：霍光在朝廷议废立时，田延年在旁按剑庭叱群臣，议遂决。延年，姓田，时任大司农。⑧ 太甲既立不明：谓太甲继位后荒淫失政。⑨ 今上：指少帝。富于春秋：年轻。⑩ 太后：灵帝何皇后。蹙迫：逼迫。永乐太后：孝仁董皇后，灵帝之母。逆：违背。

卓迁太尉，领前将军事，加节传、斧钺、虎贲，更封郿侯[①]。卓乃与司徒黄琬、司空杨彪，俱带铁锧诣阙上书，追理陈蕃、窦武及诸党人，以从人望。于是悉复蕃等爵位，擢用子孙。寻进卓为相国，入朝不趋，剑履上殿。封母为池阳君，置令丞。

是时洛中贵戚室第相望，金帛财产，家家殷积。卓纵放兵士，突其庐舍，淫略妇女，剽虏资物，谓之"搜牢"[②]。人情崩恐，不保朝夕。及何后葬，开文陵，卓悉取藏中珍物。又奸乱公主，妻略宫人，虐刑滥罚，睚眦必死[③]，群僚内外莫能自固。卓尝遣军至阳城，时人会于社下，悉令就斩之，驾其车重，载其妇女，以头系车辕，歌呼而还[④]。又坏五铢钱，更铸小钱，悉取洛阳及长安铜人、钟虡、飞廉、铜马之属，以充铸焉[⑤]。故货贱物贵，谷石数万。又钱无轮郭文章，不便人用。时人以为秦始皇见长人于临洮[⑥]，乃铸铜人。卓，临洮人也，而今毁之。虽成毁不同，凶暴相类焉。

卓素闻天下同疾阉官诛杀忠良，及其在事，虽行无道，而犹忍性矫情[⑦]，擢用群士。乃任吏部尚书汉阳周珌、侍中汝南伍琼、尚书郑公业、长史何颙等。以处士荀爽为司空。其染党锢者陈纪、韩融之徒，皆为列卿。幽滞之士，多所显拔。以尚书韩馥为冀州刺史，侍中刘岱为兖州刺史，陈留孔伷为豫州刺史，颍川张咨为南阳太守。卓所亲爱，并不处显职，但将校而已。初平元年，馥等到官，与袁绍之徒十余人，各兴义兵，同盟讨卓，而伍琼、周珌阴为内主。

初，灵帝末，黄巾余党郭太等复起西河白波谷，转寇太原，遂破河东，百姓流转三辅，号为"白波贼"，众十余万。卓遣中郎将牛辅击之，不能却。及闻东方兵起，惧，乃鸩杀弘农王，欲徙都长安。会公卿议，太尉黄琬、司徒杨彪廷争不能得，而伍琼、周珌又固谏之。卓因大怒曰："卓初入朝，二子劝用善士，故相从，而诸君到官，举兵相图。此二君卖卓，卓何用相负！”遂斩琼、珌。而彪、琬恐惧，诣卓谢曰：“小人恋旧，非欲沮国事也，请以不及为罪。”卓既杀琼、珌，旋亦悔之，故表彪、琬为光禄大夫。于是迁天子西都。初，长安遭赤眉之乱，宫室营寺焚灭无余，是时唯有高庙、京兆府舍，遂便时幸焉。后移未央宫。于是尽徙洛阳人数百万口于长安，步骑驱蹙，更相蹈藉[8]，饥饿寇掠，积尸盈路。卓自屯留毕圭苑中，悉烧宫庙官府居家，二百里内无复孑遗。又使吕布发诸帝陵，及公卿已下冢墓，收其珍宝。

【注释】

① 更封：改封。② 搜牢：谓牢固者皆搜索夺取。③ 睚眦必死：有微小的怨恨必致之死地。睚眦，瞋目怒视。④ 阳城：在今河南登封东南。社：土地神，此引申为祀社神的节日。⑤ 钟虡：以铜所铸的兽。虡，传说中鹿头龙身的神兽。飞廉：传说中的神鸟，身似鹿，头如雀，有角、尾，身有豹文。⑥ 秦始皇见长人于临洮：传说秦始皇初定天下时，有身长五丈的长人出现在临洮。⑦ 矫情：掩饰真情。⑧ 蹈藉：践踏。

时长沙太守孙坚亦率豫州诸郡兵讨卓。卓先遣将徐荣、李蒙四出虏掠，荣遇坚于梁，与战，破坚，生禽颍川太守李旻，亨之[1]。卓所得义兵士卒，皆以布缠裹，倒立于地，热膏灌杀之。时河内太守王匡屯兵河阳津，将以图卓。卓遣疑兵挑战，而潜使锐卒从小平津过津北，破之，死者略尽。明年，孙坚收合散卒，进屯梁县之阳人。卓遣将胡轸、吕布攻之，布与轸不相能，军中自惊恐，士卒散乱。坚追击之，轸、布败走。卓遣将李傕诣坚求和，坚拒绝不受，进军大谷，距洛九十里。卓自出与坚战于诸陵墓间，卓败走，却屯黾池[2]，聚兵于陕。坚进洛阳宣阳城门，更击吕布，布复破走。坚乃扫除宗庙，平塞诸陵，分兵出函谷关，至新安、黾池间，以截卓后[3]。卓谓长史刘艾曰：“关东诸将数败矣，无能为也。唯孙坚小戆，诸将军宜慎之。”乃使东中郎将董越屯黾池，中郎将段煨屯华阴，中郎将牛辅屯安邑，其余中郎将、校尉布在诸县，以御山东。卓讽朝廷使光禄勋宣璠持节拜卓为太师，位在诸侯王上。乃引还长安。百官迎路拜揖，卓遂僭拟车服，乘金华青盖，爪画两轓，时人号“竿摩车”，言其服饰近天子也[4]。以弟旻为左将军，封鄠侯，兄子璜为侍中、中军校尉，皆典兵事。于是宗族内外，并居列位。其子孙虽在髫龀[5]，男皆封侯，女为邑君。

数与百官置酒宴会，淫乐纵恣。乃结垒于长安城东以自居，又筑坞于郿，高厚七丈，号曰“万岁坞”。积谷为三十年储，自云：“事成，雄据天下；不成，守此足以毕老。”尝至郿行坞，公卿已下祖道于横门外。卓施帐幔饮设，诱降北地反者数百人，于坐中杀之。先断其舌，次斩手足，次凿其眼目，以镬煮之。未及得死，偃转杯案间。会者战栗，亡失匕箸，而卓饮食自若。诸将有言语蹉跌[6]，便戮于前。又稍诛关中旧族[7]，陷以叛逆。

时太史望气，言当有大臣戮死者。卓乃使人诬卫尉张温与袁术交通，遂笞温于市，杀之，以塞天变。前温出屯美阳，令卓与边章等战无功，温召又不时应命，既到而辞对不逊。时孙坚为温参军，劝温陈兵斩之。温曰：“卓有威名，方倚以西行。”坚曰：“明公亲帅王师，威振天下，何恃于卓而赖之乎？坚闻古之名将，杖钺临众[8]，未有不断斩以示威武者也。故穰苴斩庄贾，魏绛戮杨干[9]。今若纵之，自亏威重，后悔何及！”温不能从，而卓犹怀忌恨，故及于难。

温字伯慎，少有名誉，累登公卿，亦阴与司徒王允共谋诛卓，事未及发而见害。越骑校尉汝南伍孚忿卓凶毒，志手刃之，乃朝服怀佩刀以见卓。孚语毕辞去，卓起送至阁，以手抚其背，孚因出刀刺之，不中。卓自奋得免，急呼左右执杀之，而大诟曰：“虏欲反耶！”孚大言曰：“恨不得磔裂奸贼于都市[10]，以谢天地！”言未毕而毙。

【注 释】

①亨：通“烹”，水煮。②却：退却。③扫除：祭扫。平塞：犹言填平。④金华：以金为花作为装饰。爪：车盖的头部为爪形。画两轓：车厢的两边画有文采。轓，车厢。⑤髫龀：年幼。⑥蹉跌：失误。⑦旧族：世家大族。⑧杖钺：手执斧钺。表示威权。⑨穰苴斩庄贾：齐景公时，晋伐阿、鄄而燕侵河上，景公以司马穰苴为将军，使宠臣庄贾监军，贾失期后至，穰苴斩之以徇三军。魏绛戮杨干：魏绛，晋大夫。杨干，晋悼公之弟。晋悼公会诸侯于曲梁，杨干乱行，魏绛戮其仆。⑩磔：车裂。

时王允与吕布及仆射士孙瑞谋诛卓。有人书“吕”字于布上，负而行于市，歌曰：“布乎！”有告卓者，卓不悟。三年四月，帝疾新愈，大会未央殿。卓朝服升车，既而马惊坠泥，还入更衣。其少妻止之，卓不从，遂行。乃陈兵夹道，自垒及宫，左步右骑，屯卫周匝，令吕布等扞卫前后。王允乃与士孙瑞密表其事，使瑞自书诏以授布，令骑都尉李肃与布同心勇士十余人，伪着卫士服于北掖门内以待卓。卓将至，马惊不行，怪惧欲还。吕布劝令进，遂入门。肃以戟刺之，卓衷甲不入[①]，伤臂坠车，顾大呼曰：“吕布何在？”布曰：“有诏讨贼臣。”卓大骂曰：“庸狗敢如是邪！”布应声持矛刺卓，趣兵斩之。主簿田仪及卓仓头前赴其尸[②]，布又杀之。驰赍赦书，以令宫陛内外。士卒皆称万岁，百姓歌舞于道。长安中士女卖其珠玉衣装市酒肉相庆者[③]，填满街肆。使皇甫嵩攻卓弟旻于郿坞，杀其母妻男女，尽灭其族。乃尸卓于市。天时始热，卓素充肥，脂流于地。守尸吏然火置卓脐中[④]，光明达曙，如是积日。诸袁门生又聚董氏之尸，焚灰扬之于路。坞中珍藏有金二三万斤，银八九万斤，锦绮、缋縠、纨素、奇玩[⑤]，积如丘山。

初，卓以牛辅子婿，素所亲信，使以兵屯陕。辅分遣其校尉李傕、郭汜、张济将步骑数万，击破河南尹朱儁于中牟。因掠陈留、颍川诸县，杀略男女，所过无复遗类。吕布乃使李肃以诏命至陕讨辅等，辅等逆与肃战，肃败走弘农，布诛杀之。其后牛辅营中无故大惊，辅惧，乃赍金宝逾城走。左右利其货，斩辅，送首长安。

论曰：董卓初以虓阚为情，因遭崩剥之势，故得蹈藉彝伦，毁裂畿服[⑥]。夫以刳肝斮趾之性，则群生不足以厌其快，然犹折意缙绅，迟疑陵夺，尚有盗窃之道焉[⑦]。及残寇乘之，倒山倾海，昆冈之火，自兹而焚，《版》《荡》之篇，于焉而极[⑧]。呜呼，人之生也难矣！天地之不仁甚矣[⑨]！

【注 释】

① 衷甲：在衣服里面穿铠甲。② 仓头：汉代对奴仆的称呼，汉时奴仆以深青色布包头，故称。仓，通“苍”。③ 市酒肉：买酒肉。④ 然火：即燃火。然，通“燃”。⑤ 缋：指有彩色花纹图案的绢帛。⑥ 阚：虎怒之貌。蹈藉：践踏。彝伦：伦理。彝，常。伦，理。畿服：指天下。⑦ 刳：

剖，挖。蔪：斩断。折意：屈意。缙绅：插笏于绅带间，旧时官宦的装束。借指士大夫。陵夺：欺凌掠夺。⑧ 昆冈：古代对昆仑山的别称。《版》《荡》：《诗·大雅》有《板》、《荡》两篇，皆刺周厉王暴虐无道，而致天下不宁。版，通“板”。后因以比喻动乱不安。⑨ 天地之不仁甚矣：《老子·虚用》：“天地不仁，以万物为刍狗。”

【导 读】

董卓在我国历史上无疑是一个最为凶狠残忍的军阀，在他控制朝政时期所做出的种种倒行逆施的滔天罪行数不胜数。这篇传记就记载了这一暴徒的种种罪恶行径，以及这些恶行给广大人民带来的巨大苦难，对社会所造成的严重摧残。

初平元年，董卓被何进所召而入京以后，即开始在他罪恶人生的道路上愈走愈远。首先，他放纵士兵大肆掠夺京都洛阳城中财物，奸淫烧杀，无所不为，并冠以“搜牢”这样的称号，实际上是将这一暴行公开化。同时又挖掘陵墓，悉取墓中珍宝财物，又奸乱公主，妻略宫女，虐刑滥罚。致使京城“人情崩恐，不保朝夕”，“群僚内外，莫能自固”。更令人发指的是，在董卓军至阳城时，当时人们正因为祭土地神而集会，他乃令士兵将这些无辜的平民百姓全部杀死，并将人头砍下，系于车辕之上，以冒充军功。在他满载而归，歌呼而还时，还不忘将所掳掠的妇女载于车上，作为战利品带回洛阳。在他战败而退往长安，逼迫汉献帝迁都时，又强迫洛阳数百万人随往，以士兵相驱逼，使得人群更相践踏，加上饥饿和掳掠，从而死人无数，“积尸盈路”，“二百里内无复孑遗”。种种罪行，骇人听闻。所以在他被杀之后，“士卒皆称万岁，百姓歌舞于道”。长安城中军民甚至将自己的衣物卖掉而买酒肉相庆祝。并暴其尸于市，又于其脐中燃火为灯。这一人人得而诛之的独夫民贼，终于得到了他应得的下场。

董卓以一个微不足道的州兵马掾而成为控制朝政的大军阀，除了某些偶然因素以外，更重要的是他的阴险奸诈，虽然他并不如曹操的足智多谋，但也颇通韬略。传文一开始说他“性粗猛有谋”，正说明了这一点。他任中郎将张奂军司马，因为击破汉阳叛羌，被赐缣九千匹时，说：“为者则己，有者则士。”并将所赐毫无保留地全部分给手下士兵。这一举动所取得的效果无疑是巨大的,可以说,从此他就成功地建立了一支能为他拼死力战的军队。

董卓又颇能用兵,中平元年,他以中郎将率领三万人征讨先零羌,因粮食乏绝,于望垣北为羌胡所围而陷入困境,“乃于所度水中伪立堰以为捕鱼,而潜从堰下过军”,顺利度过难关。当时,众军皆败,唯有董卓全师而退。汉献帝初立,袁绍与曹操等各路诸侯兴兵讨伐董卓,当时,河内太守王匡屯兵河阳津,董卓乃“遣疑兵挑战,而潜使锐卒从小平津过津北”,大破王匡,首战告捷,重挫了诸侯军的锐气。

董卓又善于把握时机。中平六年,朝廷曾征召他进京任少府,少府虽然是九卿的官职,但却并无兵权,因此他很随意地找了个借口推辞不就,并“驻兵河东,以观时变”。但当机会一旦来临,他则毫不犹豫。汉灵帝死后,大将军何进“私呼卓将兵入朝,以胁太后。卓得召,实时就道”。迅速到达京都洛阳并控制了局面。当时董卓的军队仅仅只有三千之众,他担心不能为大众所畏服,又略施小计,每四五天即“夜潜出军近营,明旦乃大陈旌鼓而还,以为西兵复至”,虚张声势,瞒过众人耳目,不久又将大将军何进以及何进弟何苗以前所率领的军队收归自己麾下,以为己用,从而顺利地掌控了京都洛阳的局势。

此外,董卓还比较注意收买人心。在他率军进入洛阳,成了太尉并掌朝政以后,他立即为陈蕃、窦武等被宦官所杀的大臣鸣冤,并为受到党禁牵连的正直大臣陈纪、韩融等人平反,任为列卿,又征召著名人士蔡邕和荀爽等人,倍加礼待,任以显要职位。对于他的一些心腹将领,则不让他们担任要职,“但将校而已”,牢牢地掌控着军队的指挥权。这一举措,对他进京后迅速控制并稳定住局势应该起到了非常重要的作用。董卓被杀以后,一向正直的大文豪蔡邕竟然会“不意言之而叹”(《后汉书·蔡邕传》),可以说就是一个极好的例证。

袁绍传

袁绍字本初,汝南汝阳人[①],司徒汤之孙。父成,五官中郎将,壮健好交结，大将军梁冀以下莫不善之。

绍少为郎，除濮阳长，遭母忧去官。三年礼竟，追感幼孤，又行父服。服阕，徙居洛阳。绍有姿貌威容，爱士养名。既累世台司，宾客所归，加倾心折节，莫不争赴其庭，士无贵贱，与之抗礼，辎軿柴毂，填接街陌②。内官皆恶之，中常侍赵忠言于省内曰："袁本初坐作声价，好养死士，不知此儿终欲何作。"叔父太傅隗闻而呼绍，以忠言责之，绍终不改。

后辟大将军何进掾，为侍御史、虎贲中郎将。中平五年，初置西园八校尉，以绍为佐军校尉。

灵帝崩，绍劝何进征董卓等军，胁太后诛诸宦官，转绍司隶校尉。语已见《何进传》。及卓将兵至，骑都尉太山鲍信说绍曰："董卓拥制强兵，将有异志，今不早图，必为所制。及其新至疲劳，袭之可禽也。"绍畏卓，不敢发。顷之，卓议欲废立，谓绍曰："天下之主，宜得贤明，每念灵帝，令人愤毒。董侯似可，今当立之。"绍曰："今上富于春秋③，未有不善宣于天下。若公违礼任情，废嫡立庶，恐众议未安。"卓案剑叱绍曰："竖子敢然！天下之事，岂不在我？我欲为之，谁敢不从！"绍诡对曰："此国之大事，请出与太傅议之。"卓复言"刘氏种不足复遗"，绍勃然曰："天下健者，岂惟董公！"横刀长揖径出。悬节于上东门，而奔冀州。董卓购募求绍，时侍中周珌、城门校尉伍琼为卓所信待，琼等阴为绍说卓曰："夫废立大事，非常人所及。袁绍不达大体，恐惧出奔，非有它志，今急购之，势必为变。袁氏树恩四世，门生故吏遍于天下，若收豪杰以聚徒众，英雄因之而起，则山东非公之有也。不如赦之，拜一郡守，绍喜于免罪，必无患矣。"卓以为然，乃遣授绍勃海太守，封邟乡侯。绍犹称兼司隶。

初平元年，绍遂以勃海起兵，与从弟后将军术、冀州牧韩馥、豫州刺史孔伷、兖州刺史刘岱、陈留太守张邈、广陵太守张超、河内太守王匡、山阳太守袁遗、东郡太守桥瑁、济北相鲍信等同时俱起，众各数万，以讨卓为名。绍与王匡屯河内，伷屯颍川，馥屯邺，余军咸屯酸枣④，约盟，遥推绍为盟主。绍自号车骑将军，领司隶校尉。董卓闻绍起山东，乃诛绍叔父隗，及宗族在京师者，尽灭之。卓乃遣大鸿胪韩融、少府阴循、执金吾胡母班、将作大匠吴循、越骑校尉王瑰，譬解绍等诸军。绍使王匡杀班、瑰、吴循等，袁术亦执杀阴循，惟韩融以名德免。

是时豪杰既多附绍，且感其家祸，人思为报，州郡蜂起，莫不以袁氏为名。韩馥见人情归绍，忌其得众，恐将图己，常遣从事守绍门，不听发兵。桥瑁乃诈作三公移书⑤，传驿州郡，说董卓罪恶，天子危逼，企望义兵，以释国难。馥于是方听绍举兵，乃谋于众曰："助袁氏乎？助董氏乎？"治中刘惠勃然曰："兴兵为国，安问袁、董？"馥意犹深疑于绍，每贬节军粮，欲使离散⑥。

明年，馥将曲义反畔，馥与战失利。绍既恨馥，乃与义相结。绍客逢纪谓绍曰："夫举大事，非据一州，无以自立。今冀部强实，而韩馥庸才，可密要公孙瓒将兵南下，馥闻必骇惧。并遣辩士为陈祸福，馥迫于仓卒，必可因据其位。"绍然之，益亲纪，即以书与瓒。瓒遂引兵而至，外托讨董卓，而阴谋袭馥。绍乃使外甥陈留高干及颍川荀谌等说馥曰："公孙瓒乘胜来南，而诸郡应之。袁车骑引军东向，其意未可量也。窃为将军危之。"馥惧，曰："然则为之奈何？"谌曰："君自料宽仁容众，为天下所附，孰与袁氏？"馥曰："不如也。""临危吐决，智勇迈于人，又孰与袁氏？"馥曰："不如也。""世布恩德，天下家受其惠，又孰与袁氏？"馥曰："不如也。"谌曰："勃海虽郡，其实州也。今将军资三不如之势，久处其上，袁氏一时之杰，必不为将军下也。且公孙提燕、代之卒，其锋不可当。夫冀州天下之重资，若两军并力，兵交城下，危亡可立而待也。夫袁氏将军之旧，且为同盟。当今之计，莫若举冀州以让袁氏，必厚德将军，公孙瓒不能复与之争矣。是将军有让贤之名，而身安于太山也。愿勿有疑。"馥素性恇怯⑦，因然其计。馥长史耿武、别驾闵纯、骑都尉沮授闻而谏曰："冀州虽鄙，带甲百万，谷支十年。袁绍孤客穷军，仰我鼻息⑧，譬如婴儿在股掌之上，绝其哺乳，立可饿杀。奈何欲以州与之？"馥曰："吾袁氏故吏，且才不如本初。度德而让，古人所贵，诸君独何病焉？"先是，馥从事赵浮、程涣将强弩万人屯孟津，闻之，率兵驰还，请以拒绍，馥又不听。乃避位，出居中常侍赵忠故舍，遣子送印绶以让绍。

绍遂领冀州牧，承制以馥为奋威将军，而无所将御⑨。引沮授为别驾，因谓授曰："今贼臣作乱，朝廷迁移。吾历世受宠，志竭力命，兴复汉室。然齐桓非夷吾不能成霸，句践非范蠡无以存国。今欲与卿戮力同心，共安社稷，将何以匡济之乎？"授进曰："将军弱冠登朝⑩，播名海内。值废立之际，忠义奋发，单骑出奔，董卓怀惧，济河而北，勃海稽服[11]。拥一郡之卒，撮冀州之众，威陵河朔，名重天下。若举军东向，则黄巾可扫；还讨黑山，则张燕可灭；回师北首[12]，则公孙必禽；震胁戎狄，则匈奴立定。横大河之北，合四州之地，收英雄之士，拥百万之众，迎大驾于长安，复宗庙于洛邑，号令天下，诛讨未服。以此争锋，谁能御之！比及数年，其功不难。”绍喜曰：“此吾心也。”即表授为奋武将军，使监护诸将。

魏郡审配，巨鹿田丰，并以正直不得志于韩馥。绍乃以丰为别驾，配为治中，甚见器任。馥自怀猜惧，辞绍索去[13]，往依张邈。后绍遣使诣邈，有所计议，因共耳语。馥时在坐，谓见图谋，无何，如厕自杀。

【注 释】

① 汝阳：县名，今河南汝阳。② 台司：指三公等宰辅大臣。倾心：尽心，诚心。折节：屈己下人。抗礼：行对等之礼，以平等的礼节相待。辎軿：辎车和軿车的合称，后泛指有屏蔽的车。辎，辎车，古代有帷盖的车，既可载物，又可作卧车。軿，軿车，衣车。軿犹屏，有蔽隐之意。柴毂：柴车，泛指贱者所乘之车。③ 富于春秋：谓年轻。④ 酸枣：县名，故城在今河南延津北。⑤ 移书：即移文，古代文体之一，指不相统属的官署间来往的公文，也泛指平行的文书。⑥ 贬节：减少，克扣。⑦ 恇怯：软弱胆小。⑧ 鼻息：从鼻腔出入的气息。⑨ 将御：统领，率领。⑩ 弱冠：古时以男子二十岁为成人，始加冠，因体犹未壮，故称弱冠。⑪ 稽服：拜服，敬服。⑫ 北首：北向，向北。⑬ 索去：求去，请求离去。

其冬，公孙瓒大破黄巾，还屯盘河，威震河北，冀州诸城无不望风响应。绍乃自击之。瓒兵三万，列为方陈，分突骑万匹，翼军左右[1]，其锋甚锐。绍先令曲义领精兵八百，强弩千张，以为前登。瓒轻其兵少，纵骑腾之，义兵伏楯下，一时同发，瓒军大败，斩其所置冀州刺史严纲，获甲首千余级。曲义追至界桥，瓒敛兵还战，义复破之，遂到瓒营，拔其牙门[2]，余众皆走。绍在后十数里，闻瓒已破，发鞍息马[3]，唯卫帐下强弩数十张，大戟士百许人。瓒散兵二千余骑卒至，围绍数重，射矢雨下。田丰扶绍，使却入空垣。绍脱兜鍪抵地[4]，曰：“大丈夫当前斗死，而反逃垣墙间邪？”促使诸弩竞发，多伤瓒骑。众不知是绍，颇稍引却。会曲义来迎，骑乃散退。三年，瓒又遣兵至龙凑挑战，绍复击破之。瓒遂还幽州，不敢复出。

四年初，天子遣太仆赵岐和解关东[5]，使各罢兵。瓒因此以书譬绍曰："赵太仆以周、邵之德，衔命来征，宣扬朝恩，示以和睦，旷若开云见日，何喜如之！昔贾复、寇恂争相危害，遇世祖解纷，遂同舆并出[6]。衅难既释，时人美之。自惟边鄙，得与将军共同斯好，此诚将军之眷，而瓒之愿也。"绍于是引军南还。三月上巳，大会宾徒于薄落津。闻魏郡兵反，与黑山贼干毒等数万人共覆邺城[7]，杀郡守。坐中客家在邺者，皆忧怖失色，或起而啼泣，绍容貌自若，不改常度。贼有陶升者，自号"平汉将军"，独反诸贼，将部众逾西城入，闭府门，具车重，载绍家及诸衣冠在州内者，身自扞卫，送到斥丘[8]。绍还，因屯斥丘，以陶升为建义中郎将。六月，绍乃出军，入朝歌鹿肠山苍岩谷口，讨干毒。围攻五日，破之，斩毒及其众万余级。绍遂寻山北行，进击诸贼左髭丈八等，皆斩之，又击刘石、青牛角、黄龙、左校、郭大贤、李大目、于氐根等，复斩数万级，皆屠其屯壁。遂与黑山贼张燕及四营屠各、雁门乌桓战于常山。燕精兵数万，骑数千匹，连战十余日，燕兵死伤虽多，绍军亦疲，遂各退。曲义自恃有功，骄纵不轨，绍召杀之，而并其众。

兴平二年，拜绍右将军。其冬，车驾为李傕等所追于曹阳，沮授说绍曰："将军累叶台辅[9]，世济忠义。今朝廷播越，宗庙残毁，观诸州郡，虽外托义兵，内实相图，未有忧存社稷恤人之意。且今州城粗定，兵强士附，西迎大驾，即宫邺都，挟天子而令诸侯，畜士马以讨不庭，谁能御之？"绍将从其计。颍川郭图、淳于琼曰："汉室陵迟，为日久矣，今欲兴之，不亦难乎？且英雄并起，各据州郡，连徒聚众，动有万计，所谓秦失其鹿，先得者王。今迎天子，动辄表闻，从之则权轻，违之则拒命，非计之善者也。"授曰："今迎朝廷，于义为得，于时为宜。若不早定，必有先之者焉。夫权不失几，功不厌速，愿其图之。"帝立既非绍意，竟不能从。

绍有三子：谭字显思，熙字显雍，尚字显甫。谭长而惠，尚少而美。绍后妻刘有宠，而偏爱尚，数称于绍，绍亦奇其姿容，欲使传嗣。乃以谭继兄后，出为青州刺史。沮授谏曰："世称万人逐兔，一人获之，贪者悉止，分定故也[10]。且年均以贤，德均则卜，古之制也。愿上惟先代成败之诫，下思逐兔分定之义。若其不改，祸始此矣。”绍曰：“吾欲令诸子各据一州，以视其能。”于是以中子熙为幽州刺史，外甥高干为并州刺史。

【注 释】

① 翼军左右：作为军队的左右两翼。② 牙门：指主帅阵前的军门。古时驻军，主帅或主将帐前树牙旗以为军门，称牙门。③ 发鞍：即解鞍，撤去马鞍。④ 兜鍪：古代战士戴的头盔。秦汉以前称胄，后叫兜鍪。⑤ 关东：函谷关以东。⑥“贯复、寇恂争相危害”二句：事见《后汉书·寇恂列传》。⑦ 覆：覆没，攻陷。⑧ 扞卫：保卫。斥丘：县名，今属河北。⑨ 累叶台辅：累世台辅。台辅，三公宰辅。⑩“世称”数句：语出《慎子》：“兔走于街，百人追之，贪人具存，人莫之非者，以兔为未定分也。积兔满市，过不能顾，非不欲兔也，分定之后，虽鄙不争。”

建安元年，曹操迎天子都许，乃下诏书于绍，责以地广兵多而专自树党，不闻勤王之师而但擅相讨伐。绍上书曰：

……

于是以绍为太尉，封邺侯。时曹操自为大将军，绍耻为之下，伪表辞不受。操大惧，乃让位于绍。二年，使将作大匠孔融持节拜绍大将军，锡弓矢节钺，虎贲百人，兼督冀、青、幽、并四州，然后受之。绍每得诏书，患有不便于己，乃欲移天子自近，使说操以许下埤湿①，洛阳残破，宜徙都甄城，以就全实。操拒之。田丰说绍曰：“徙都之计，既不克从②，宜早图许，奉迎天子，动托诏令，响号海内，此算之上者。不尔，终为人所禽，虽悔无益也。”绍不从。四年春，击公孙瓒，遂定幽土，事在《瓒传》。

绍既并四州之地，众数十万，而骄心转盛，贡御稀简③。主簿耿包密白绍曰：“赤德衰尽，袁为黄胤④，宜顺天意，以从民心。”绍以包白事示军府僚属，议者以包妖妄宜诛。绍知众情未同，不得已乃杀包以弭其迹。于是简精兵十万，骑万匹，欲出攻许，以审配、逢纪统军事，田丰、荀谌及南阳许攸为谋主，颜良、文丑为将帅。沮授进说曰：“近讨公孙，师出历年，百姓疲敝，仓库无积，赋役方殷，此国之深忧也。宜先遣使献捷天子，务农逸人。若不得通，乃表曹操隔我王路，然后进屯黎阳，渐营河南，益作舟船，缮修器械，分遣精骑，抄其边鄙，令彼不得安，我取其逸。如此可坐定也。”郭图、审配曰：“兵书之法，十围五攻，敌则能战[5]。今以明公之神武，连河朔之强众，以伐曹操，其势譬若覆手[6]。今不时取，后难图也。”授曰：“盖救乱诛暴，谓之义兵；恃众凭强，谓之骄兵。义者无敌，骄者先灭。曹操奉迎天子，建宫许都。今举师南向，于义则违。且庙胜之策[7]，不在强弱。曹操法令既行，士卒精练，非公孙瓒坐受围者也。今弃万安之术，而兴无名之师，窃为公惧之。”图等曰：“武王伐纣，不为不义；况兵加曹操，而云无名！且公师徒精勇，将士思奋，而不及时早定大业，所谓‘天与不取，反受其咎’。此越之所以霸，吴之所以灭也。监军之计，在于持牢[8]，而非见时知几之变也。”绍纳图言。图等因是谮沮授曰：“授监统内外，威震三军，若其浸盛，何以制之！夫臣与主同者昌，主与臣同者亡，此《黄石》之所忌也[9]。且御众于外，不宜知内。”绍乃分授所统为三都督，使授及郭图、淳于琼各典一军，未及行。

【注 释】

①埤湿：低洼潮湿。②不克：不能。③贡御：给皇帝的进贡。④黄胤：以土德为王的后代。土色黄，故称。⑤“兵书”数句：《孙子兵法》有“故用兵之法，十则围之，五则攻之，倍则战之，敌则能分之”的说法。敌，匹敌，相当。⑥覆手：翻手，比喻很容易。⑦庙胜之策：庙堂胜算的策略，指朝廷预先制定的克敌制胜的谋略。⑧持牢：把稳，求稳。⑨《黄石》：即黄石公所著《三略》兵法，相传为张良于下邳圯上所得。

五年，左将军刘备杀徐州刺史车胄，据沛以背曹操。操惧，乃自将征备。田丰说绍曰：“与公争天下者，曹操也。操今东击刘备，兵连未可卒解，今举军而袭其后，可一往而定。兵以几动，斯其时也。”绍辞以子疾，未得行。丰举杖击地曰：“嗟乎，事去矣！夫遭难遇之几，而以婴儿病失其会，惜哉！”绍闻而怒之，从此遂疏焉。

曹操畏绍过河，乃急击备，遂破之。备奔绍，绍于是进军攻许。田丰以既失前几，不宜便行，谏绍曰：“曹操既破刘备，则许下非复空虚。且操善用兵，变化无方，众虽少，未可轻也。今不如久持之。将军据山河之固，拥四州之众，外结英雄，内修农战，然后简其精锐，分为奇兵，乘虚迭出[①]，以扰河南，救右则击其左，救左则击其右，使敌疲于奔命，人不得安业，我未劳而彼已困，不及三年，可坐克也。今释庙胜之策而决成败于一战，若不如志，悔无及也。”绍不从。丰强谏忤绍，绍以为沮众，遂械系之。乃先宣檄曰：

盖闻明主图危以制变，忠臣虑难以立权。曩者强秦弱主，赵高执柄，专制朝命，威福由己，终有望夷之祸[②]，污辱至今。及臻吕后，禄、产专政，擅断万机，决事禁省，下陵上替，海内寒心[③]。于是绛侯、朱虚兴威奋怒，诛夷逆暴，尊立太宗，故能道化兴隆，光明融显[④]。此则大臣立权之明表也。

司空曹操祖父腾，故中常侍，与左悺、徐璜并作妖孽，饕餮放横[⑤]，伤化虐人。父嵩，乞丐携养，因臧买位，舆金辇宝，输货权门，窃盗鼎司，倾覆重器[⑥]。操赘阉遗丑，本无令德，僄狡锋侠，好乱乐祸[⑦]。幕府董统鹰扬[⑧]，扫夷凶逆，续遇董卓侵官暴国，于是提剑挥鼓，发命东夏，广罗英雄，弃瑕录用，故遂与操参咨策略，谓其鹰犬之才，爪牙可任。至乃愚佻短虑，轻进易退，伤夷折衄[⑨]，数丧师徒。幕府辄复分兵命锐，修完补辑，表行东郡太守、兖州刺史，被以虎文，授以偏师，奖就威柄，冀获秦师一克之报[⑩]。而遂乘资跋扈，肆行酷烈，割剥元元，残贤害善。故九江太守边让，英才俊逸，以直言正色，论不阿谄，身被枭悬之戮，妻孥受灰灭之咎。自是士林愤痛，人怨天怒，一夫奋臂，举州同声，故躬破于徐方，地夺于吕布，彷徨东裔，蹈据无所。幕府惟强干弱枝之义，且不登畔人之党，故复援旍擐甲，席卷赴征，金鼓响震，布众破沮，拯其死亡之患，复其方伯之任。是则幕府无德于兖土，而有大造于操也[⑪]。

会后銮驾东反，群虏乱政。时冀州方有北鄙之警，匪遑离局，故使从事中郎徐勋就发遣操，使缮修郊庙，翼卫幼主[⑫]。而便放志专行，威劫省禁，卑侮王僚，败法乱纪，坐召三台[⑬]，专制朝政。爵赏由心，刑戮在口。所爱光五宗，所怨灭三族，群谈者受显诛，腹议者蒙隐戮，道路以目，百辟钳口[⑭]。尚书记期会，公卿充员品而已。故太尉杨彪，历典二司，元纲极位。操因睚眦，被以非罪，篣楚并兼，五毒俱至，触情放慝，不顾宪章。又议郎赵彦，忠谏直言，议有可纳，故圣朝含听，改容加锡。操欲迷夺时明，杜绝言路，收立杀，不俟报闻。又梁孝王先帝母弟，坟陵尊显，松柏桑梓，犹宜恭肃。操率将吏士，亲临发掘，破棺裸尸，掠取金宝，至令圣朝流涕，士民伤怀。又署发丘中郎将、摸金校尉，所过毁突，无骸不露。身处三公之官，而行桀虏之态，污国虐民，毒施人鬼。加其细政苛惨，科防互设[15]，罾缴充蹊，坑井塞路，举手挂网罗，动足蹈机坎，是以兖、豫有无聊之人，帝都有呼嗟之怨。

历观古今书籍所载，贪残虐烈无道之臣，于操为甚。幕府方诘外奸，未及整训，加意含覆，冀可弥缝。而操豺狼野心，潜包祸谋，乃欲桡折栋梁，孤弱汉室，除忠害善，专为枭雄。往岁伐鼓北征，讨公孙瓒，强御桀逆，拒围一年。操因其未破，阴交书命，欲托助王师，以见掩袭，故引兵造河，方舟北济。会行人发露，瓒亦枭夷，故使锋芒挫缩，厥图不果。屯据敖仓，阻河为固，乃欲运螳螂之斧，御隆车之隧[16]。幕府奉汉威灵，折冲宇宙，长戟百万，胡骑千群，奋中黄、育、获之士，骋良弓劲弩之势，并州越太行，青州涉济、漯，大军泛黄河以角其前，荆州下宛、叶而掎其后[17]。雷震虎步，并集虏廷，若举炎火以焚飞蓬，覆沧海而注熛炭，有何不消灭者哉[18]？

当今汉道陵迟，纲弛网绝，操以精兵七百，围守宫阙，外称陪卫，内以拘质，惧篡逆之祸，因斯而作。乃忠臣肝脑涂地之秋，烈士立功之会也。可不勖哉[19]！

【注 释】

① 迭出：频出，频繁出击。② 望夷之祸：秦二世胡亥斋于望夷宫，赵高令阎乐逼胡亥使自杀，事见《史记·秦始皇本纪》。③ 臻：至，到。禄、产专政：指刘邦死后，吕后侄吕产、吕禄专权。禁省：即禁中，指皇宫。下陵上替：在下者凌驾于上，在上者废弛无所作为，指上下失序。④ 绛侯：周勃。朱虚：刘章，刘邦子齐悼惠王刘肥之子，封朱虚侯。太宗：汉文帝庙号。道化：道德风化。融显：显明。⑤ 饕餮：传说中的一种贪婪的怪物，比喻贪得无厌者、贪婪者。⑥ 因臧：用赃款。臧，通“赃”。舆金

辇宝：用车装载金宝。舆，车。辇，人拉的车。鼎司：指朝廷重臣。倾覆重器：颠覆重器。重器，国家的宝器，指天下、政权。⑦赘阉遗丑：指曹操为宦官的后代。令德：美德。僄狡：轻佻狡猾。⑧幕府：袁绍自称。董统：统率。鹰扬：如鹰之飞扬，比喻他所率领的军队威武勇猛。⑨伤夷：指战败。折衄：受挫折，打败仗。⑩秦师一克之报：秦穆公使孟明视、西乞术、白乙丙伐郑，为晋败于殽，孟明等被俘后放归，后来，秦穆公复用孟明伐晋，晋人不敢出，封殽尸而还。⑪大造：大功劳，大恩德。⑫北鄙之警：指公孙瓒进攻袁绍事。北鄙，北方边境。⑬三台：汉以尚书为中台，御史为宪台，谒者为外台，即所谓三台。⑭五宗：指上至高祖，下及孙五代。三族：指父族、母族、妻族。腹议：即腹诽，《史记·平准书》载汉武帝时张汤与大农颜异有隙，汤奏颜异唇微动，诽谤朝政，颜异被杀。⑮科防：用禁令刑律加以防范。⑯"乃欲运螳螂之斧"二句：语出《庄子·天地篇》："螳螂怒臂以当车辙，不知其不胜任也。"隧，道路。⑰折冲：使敌人的战车后撤，即制敌取胜。冲，冲车，战车的一种。中黄、育、获：指中黄伯、夏育、乌获，三人皆古代著名勇士。⑱炎火：烈火，大火。熛炭：炭火。熛，火焰。⑲勖：勉励。

乃先遣颜良攻曹操别将刘延于白马[①]，绍自引兵至黎阳。沮授临行，会其宗族，散资财以与之。曰："势存则威无不加，势亡则不保一身。哀哉！"其弟宗曰："曹操士马不敌，君何惧焉？"授曰："以曹兖州之明略，又挟天子以为资，我虽克伯珪，实疲敝，而主骄将忲，军之破败，在此举矣[②]。杨雄有言'六国蚩蚩，为嬴弱姬'[③]，今之谓乎！"曹操遂救刘延，击颜良斩之。绍乃度河，壁延津南。沮授临船叹曰："上盈其志，下务其功，悠悠黄河，吾其济乎！"遂以疾退，绍不许而意恨之，复省其所部，并属郭图。

绍使刘备、文丑挑战，曹操又击破之，斩文丑。再战而禽二将，绍军中大震。操还屯官度，绍进保阳武。沮授又说绍曰："北兵虽众，而劲果不及南军。南军谷少，而资储不如北。南幸于急战，北利在缓师。宜徐持久，旷以日月。"绍不从。连营稍前，渐逼官度，遂合战。操军不利，复还坚壁[④]。绍为高橹[⑤]，起土山，射营中，营中皆蒙楯而行。操乃发石车击绍楼，皆破，军中呼曰"霹雳车"。绍为地道欲袭操，操辄于内为长堑以拒之。

又遣奇兵袭绍运车，大破之，尽焚其谷食。

相持百余日，河南人疲困，多畔应绍。绍遣淳于琼等将兵万余人北迎粮运。沮授说绍可遣蒋奇别为支军于表[6]，以绝曹操之抄，绍不从。许攸进曰："曹操兵少而悉师拒我，许下余守势必空弱。若分遣轻军，星行掩袭，许拔则操成禽。如其未溃，可令首尾奔命，破之必也。"绍又不能用。会攸家犯法，审配收系之，攸不得志，遂奔曹操，而说使袭取淳于琼等，琼等时宿在乌巢[7]，去绍军四十里。操自将步骑五千人，夜往攻破琼等，悉斩之。

初，绍闻操击琼，谓长子谭曰："就操破琼，吾拔其营，彼固无所归矣。"乃使高览、张郃等攻操营，不下。二将闻琼等败，遂奔操。于是绍军惊扰，大溃。绍与谭等幅巾乘马[8]，与八百骑度河，至黎阳北岸，入其将军蒋义渠营。至帐下，把其手曰："孤以首领相付矣。"义渠避帐而处之[9]，使宣令焉。众闻绍在，稍复集。余众伪降，曹操尽坑之，前后所杀八万人。

沮授为操军所执，乃大呼曰："授不降也，为所执耳。"操见授谓曰："分野殊异，遂用圮绝，不图今日乃相得也[10]。"授对曰："冀州失策，自取奔北。授知力俱困，宜其见禽。"操曰："本初无谋，不相用计。今丧乱过纪[11]，国家未定，方当与君图之。"授曰："叔父、母、弟悬命袁氏，若蒙公灵，速死为福。"操叹曰："孤早相得，天下不足虑也。"遂赦而厚遇焉。授寻谋归袁氏，乃诛之。

绍外宽雅有局度，忧喜不形于色，而性矜愎自高，短于从善，故至于败。及军还，或谓田丰曰："君必见重。"丰曰："公貌宽而内忌，不亮吾忠[12]，而吾数以至言迕之。若胜而喜，必能赦我，战败而怨，内忌将发。若军出有利，当蒙全耳。今既败矣，吾不望生。"绍还，曰："吾不用田丰言，果为所笑。"遂杀之。

官度之败，审配二子为曹操所禽。孟岱与配有隙，因蒋奇言于绍曰："配在位专政，族大兵强，且二子在南，必怀反畔。"郭图、辛评亦为然。绍遂以岱为监军，代配守邺。护军逢纪与配不睦，绍以问之，纪对曰："配天性烈直，每所言行，慕古人之节，不以二子在南为不义也，公勿疑之。"绍曰："君不恶之邪？"纪曰："先所争者私情，今所陈者国事。"绍曰"善"。乃不废配。配、纪由是更协。

冀州城邑多畔，绍复击定之。自军败后发病，七年夏，薨。未及定嗣，逢纪、审配宿以骄侈为谭所病，辛评、郭图皆比于谭而与配、纪有隙。众以谭长，欲立之。配等恐谭立而评等为害，遂矫绍遗命，奉尚为嗣。

【注 释】

① 别将：配合主力军作战的部队将领。② 伯珪：公孙瓒的字。忲：骄纵，奢侈。③“六国”二句：语出扬雄《法言》，此借以说如今诸侯的纷乱仅仅是帮助曹操取代刘汉。蚩蚩，乱糟糟，混乱。④ 坚壁：加固壁垒。⑤ 橹：没有顶盖的望楼。⑥ 别为支军于表：意谓以偏军作为淳于琼的外援。⑦ 乌巢：地名，在今河南滑县东。⑧ 幅巾：古代男子以全幅细绢裹头的头巾。这里指戴着幅巾，意谓穿着便服。⑨ 避帐而处之：意谓让出自己的帐篷给袁绍住。⑩ 分野殊异：所处的地域不同。分野，与星次相对应的地域。圮绝：断绝，隔绝，这里指不得相见。⑪ 过纪：超过十二年。纪，岁星（木星）绕地球一周约需十二年，故古以十二年为一纪。⑫ 不亮：不清楚。

【导 读】

袁绍出身中原地区著名的世家大族，其家族累代公侯，“树恩四世，门生故吏遍于天下”。凭借这一得天独厚的优势，袁绍在汉末战乱的多事之秋，很快就做到司隶校尉这样的高官。董卓虽然凶残，对他却颇为忌讳。在他与董卓闹翻以后，董卓为了拉拢他，极为无奈地任命他为勃海太守，使袁绍有了割据一方的资本。随后，袁绍又利用韩馥的软弱无能，占有冀州，并乘势击败公孙瓒而平定了河北地区，从而成为当时全国力量最为强大的割据者。在袁绍的全盛时期，占有幽、冀、青、并四州之地，拥兵数十万。曹操也只能忍气吞声，被迫将自己的大将军之位让出。似乎袁绍的统一天下，已是指日可待之事。

但是，袁绍又有他自身的致命弱点，诚如传文中所说：“绍外宽雅有局度，忧喜不形于色，而性矜愎自高，短于从善，故至于败。”他的主要谋臣之一田丰在官渡之战失败以后所说的“公貌宽而内忌，不亮吾忠，而吾数以至言迕之。若胜而喜，必能赦我，战败而怨，内忌将发。若军出有利，当蒙全耳。今既败矣，吾不望生"，可以说就是他外宽内忌，骄矜刚愎和短于从善这一致命弱点的最好诠释。兴平二年，他的主要谋士沮授劝他奉迎汉献帝并建都邺城，他不能听从，结果让曹操得以奉献帝建都许昌，挟天子以令诸侯，从而在战略上占得先机。建安二年，他的另一重要谋士田丰劝说他及早攻破许昌，"奉迎天子，动托诏令，响号海内"，他又不能听从。建安五年，田丰又劝说他乘曹操攻打刘备，后方空虚的机会遣军进攻许昌，又被他拒绝。官渡之战时，沮授又劝说他利用曹操粮食缺少的弱点，采用坚壁清野的持久战术，另一谋士许攸也劝说他遣军星夜兼行，偷袭许昌，也都遭到他的拒绝。以致一错再错，屡失良机。就这一点而言，袁绍与曹操争夺中原，未战而胜负已定，其最终身死家破的悲惨结局，乃是必然的。

蔡 伦 传

蔡伦字敬仲，桂阳人也[①]。以永平末始给事宫掖[②]。建初中，为小黄门[③]。及和帝即位，转中常侍，豫参帷幄[④]。

伦有才学，尽心敦慎，数犯严颜[⑤]，匡弼得失。每至休沐，辄闭门绝宾，暴体田野。后加位尚方令[⑥]。永元九年[⑦]，监作秘剑及诸器械，莫不精工坚密，为后世法。

自古书契多编以竹简[⑧]，其用缣帛者谓之为纸。缣贵而简重，并不便于人。伦乃造意，用树肤、麻头及敝布、鱼网以为纸。元兴元年奏上之[⑨]，帝善其能，自是莫不从用焉，故天下咸称"蔡侯纸"。

元初元年[⑩]，邓太后以伦久宿卫，封为龙亭侯，邑三百户。后为长乐太仆。四年，帝以经传之文多不正定，乃选通儒谒者刘珍及博士良史诣东观，各雠校家法，令伦监典其事[⑪]。

伦初受窦后讽旨，诬陷安帝祖母宋贵人[⑫]。及太后崩，安帝始亲万机，敕使自致廷尉。伦耻受辱，乃沐浴整衣冠，饮药而死。国除。

【注 释】

① 桂阳：郡名，治今湖南郴州。② 永平：汉明帝年号。宫掖：帝

王所居的房屋。③ 建初：汉章帝年号。小黄门：官名，由宦官担任。④ 豫参帷幄：即参预帷幄。帷幄，室内悬挂的帐幕、帷幔，后指天子决策之处或将帅的幕府、军帐。⑤ 严颜：严肃或严厉的脸色，此指触犯皇上。⑥ 尚方令：官名，掌管制造皇室所用刀剑等兵器和各种器物。⑦ 永元：汉和帝年号。⑧ 书契：文字。⑨ 元兴：汉和帝年号。⑩ 元初：汉安帝年号。⑪ 经传：指儒家的经典著作和后世解释经义的文字。谒者：官名，掌宾赞等事。良史：人名。良，姓。雠校：校勘。家法：指汉代各家经师的学说。⑫“受窦后讽旨”二句：汉和帝十岁即位，章帝皇后窦氏以太后临朝，诬安帝祖母宋贵人，宋贵人自杀身亡。

【导读】

这篇传记选自《宦者列传》。

自古以来，宦官在人们的心目中一直是罪恶的代名词，特别是东汉的宦官，更是令人切齿痛恨的万恶之源和社会动乱的制造者。而蔡伦则是宦官中的另类，他的出现，很大程度上能改变人们对宦官过于绝对的看法，也说明了辩证地看待问题的重要性。

造纸被认为是我国的四大发明之一，蔡伦虽然未必就是造纸术的最早发明者，但可以肯定的是，在造纸原料的丰富和造纸工艺的精细，以及造纸术的广泛推广运用方面，蔡伦的功绩是巨大的。

作为一个宦官，蔡伦虽然被封为龙亭侯，仕至长乐太仆，颇具权势。但他却能够直颜进谏，“数犯严颜，匡弼得失”，休假期间又“闭门绝宾，暴体田野”，坚持操守，淡泊名利，这样的高尚品质不仅与其他宦官截然相左，而且也是一般自视颇高的士大夫难以企及的。

蔡伦又有才学，曾监典经传的校勘，为我国古籍的保存作出了贡献。可以说，他能够坚持操守，淡泊名利，并对我国造纸术的发明和推广作出巨大的贡献，也离不开他在学术文化等方面的素养的支持。

当然，蔡伦并不是完人，他也有过失，但他耻于受辱，宁愿饮药而死时所表现出来的气度，又不能不使人钦佩。

单 超 传

单超，河南人[①]；徐璜，下邳良城人[②]；具瑗，魏郡元城人[③]；左悺，河南平阴人[④]；唐衡，颍川郾人也[⑤]。桓帝初，超、璜、瑗为中常侍，悺、衡为小黄门史。初，梁冀两妹为顺、桓二帝皇后，冀代父商为大将军，再世权戚，威振天下。冀自诛太尉李固、杜乔等，骄横益甚，皇后乘势忌恣，多所鸩毒，上下钳口，莫有言者[⑥]。帝逼畏久，恒怀不平，恐言泄，不敢谋之。

延熹二年，皇后崩[⑦]，帝因如厕，独呼衡问："左右与外舍不相得者皆谁乎[⑧]？"衡对曰："单超、左悺前诣河南尹不疑，礼敬小简，不疑收其兄弟送洛阳狱，二人诣门谢，乃得解[⑨]。徐璜、具瑗常私忿疾外舍放横，口不敢道。"于是帝呼超、悺入室，谓曰："梁将军兄弟专固国朝，迫胁外内，公卿以下从其风旨。今欲诛之，于常侍意何如？"超等对曰："诚国奸贼，当诛日久。臣等弱劣，未知圣意何如耳？"帝曰："审然者，常侍密图之。"对曰："图之不难，但恐陛下复中狐疑[⑩]。"帝曰："奸臣胁国，当伏其罪，何疑乎！"于是更召璜、瑗等五人，遂定其议。帝啮超臂出血为盟。于是诏收冀及宗亲党与，悉诛之。悺、衡迁中常侍。封超新丰侯，二万户，璜武原侯，瑗东武阳侯，各万五千户，赐钱各千五百万。悺上蔡侯，衡汝阳侯，各万三千户，赐钱各千三百万。五人同日封，故世谓之五侯。又封小黄门刘普、赵忠等八人为乡侯。自是权归宦官，朝廷日乱矣。

超病，帝遣使者就拜车骑将军。明年薨，赐东园秘器[⑪]，棺中玉具，赠侯、将军印绶，使者理丧。及葬，发五营骑士、将军、侍御史护丧，将作大匠起冢茔。

【注 释】

① 河南：郡名，治今河南洛阳。② 良城：县名，治所在今江苏睢宁。③ 魏郡：治所在今河北临漳西南。元城：治所在今河北大名东。④ 平阴：治所在今河南孟津东。⑤ 郾：今河南郾城。⑥ 多所鸩毒：指桓帝梁皇后毒杀有孕嫔妃。钳口：闭口。钳，金属夹。⑦ 皇后：指桓帝梁皇后。⑧ 外舍：外戚。⑨ 不疑：梁冀之弟。小简：稍简略。⑩ 狐疑：犹豫不

决。狐狸性疑，故称。⑪ 东园秘器：东园所制作的秘器。东园，掌王公贵族陵墓中器物和制作。

其后四侯转横，天下为之语曰："左回天，具独坐，徐卧虎，唐两堕[①]。"皆竞起第宅，楼观壮丽，穷极伎巧。金银罽毦[②]，施于犬马。多取良人美女以为姬妾，皆珍饰华侈，拟则宫人。其仆从皆乘牛车而从列骑。又养其疏属，或乞嗣异姓，或买苍头为子[③]。并以传国袭封。兄弟姻戚，皆宰州临郡，辜较百姓[④]，与盗贼无异。超弟安为河东太守，弟子匡为济阴太守，璜弟盛为河内太守，悺弟敏为陈留太守，瑗兄恭为沛相，皆为所在蠹害。

璜兄子宣为下邳令，暴虐尤甚。先是，求故汝南太守下邳李暠女，不能得。及到县，遂将吏卒至暠家，载其女归，戏射杀之，埋著寺内[⑤]。时下邳县属东海，汝南黄浮为东海相，有告言宣者，浮乃收宣家属，无少长悉考之。掾史以下固谏争，浮曰："徐宣国贼，今日杀之，明日坐死，足以瞑目矣。"即案宣罪弃市[⑥]，暴其尸以示百姓，郡中震栗。璜于是诉怨于帝，帝大怒，浮坐髡钳，输作右校[⑦]。五侯宗族宾客虐遍天下，民不堪命，起为寇贼。七年，衡卒，亦赠车骑将军，如超故事。璜卒，赙赠钱布，赐冢茔地。

明年，司隶校尉韩演因奏悺罪恶，及其兄太仆南乡侯称请托州郡，聚敛为奸，宾客放纵，侵犯吏民。悺、称皆自杀。演又奏瑗兄沛相恭臧罪[⑧]，征诣廷尉。瑗诣狱谢，上还东武侯印绶，诏贬为都乡侯，卒于家。超及璜、衡袭封者，并降为乡侯，租入岁皆三百万，子弟分封者，悉夺爵土。刘普等贬为关内侯。

【注释】

① 独坐：谓无人能与其并坐，比喻权势极大。两堕：见风使舵，两边倒。② 罽：毛织的毯子。毦：用作装饰的羽毛。③ 疏属：远亲，旁系亲属。苍头：奴仆，奴仆多用深青色的头巾裹头，故称。④ 辜较：算计。⑤ 埋著寺内：埋在官署内。寺，官署。⑥ 弃市：古代在闹市区处决犯人，尸体扔在街上示众，故称。⑦ 髡钳：古代刑罚，剃去头发，用铁圈束颈。输作右校：押送到右校去服劳役。⑧ 臧罪：贪赃之罪。臧，通"赃"。

【导读】

本篇也选自《宦者列传》，它其实是单超与徐璜、具瑗、左悺、唐衡五人的合传，因单超为五人之首，故题名《单超传》。

梁冀凶狠残暴，把持朝政，年仅九岁的汉质帝只因为说他是“跋扈将军”，即被他指使亲信毒死。梁冀大肆搜刮民脂民膏，强占民田建造第宅苑囿，周围几近千里，西域商人误杀了其苑囿中的一只兔子，牵连而死的竟有十多人。他又强行逼民为奴婢，至数千人，美其名曰“自卖人”。汉桓帝想除掉他，为怕泄漏机密，也只能借上厕所的机会召见唐衡，问与梁冀有怨恨者，可见梁冀当时势焰之煊赫。因此，单超等五人帮助汉桓帝除去梁冀，于国于民无疑都是一件天大的好事，甚至可以说是立下了丰功伟绩。但是，这一宦官集团在掌权后“与盗贼无异”的种种暴行，使朝政的混乱较之梁冀专权时期，更有过之而无不及，以致“民不堪命，起为盗贼”。从而将本已摇摇欲坠的东汉王朝进一步推进覆亡的万丈深渊。

从传文看，单超似乎并没有做什么坏事，其他四侯以及单安、单匡的骄横不法，也都发生在单超死后，我们是否可以设想，单超生前对这一宦官集团的行为还是有一定的约束的。因此，《后汉书》的作者因五人一日同封五侯而将五人合传，对单超而言，似乎有失公允。

祢衡传

祢衡字正平，平原般人也[①]。少有才辩，而尚气刚傲，好矫时慢物[②]。兴平中，避难荆州。建安初，来游许下[③]。始达颍川，乃阴怀一刺，既而无所之适，至于刺字漫灭[④]。是时许都新建，贤士大夫四方来集。或问衡曰：“盍从陈长文、司马伯达乎[⑤]？”对曰：“吾焉能从屠沽儿耶！”又问：“荀文若、赵稚长云何[⑥]？”衡曰：“文若可借面吊丧，稚长可使监厨请客[⑦]。”唯善鲁国孔融及弘农杨修。常称曰：“大儿孔文举，小儿杨德祖。余子碌碌，莫足数也。”融亦深爱其才。

【注 释】

① 般：县名，治所在今山东德平东北。② 矫时：违背时俗。慢物：傲物。③ 许下：许昌，当时曹操奉汉献帝建都于此。④ 刺：名刺，古代的名片，因为在竹简上刺字，故称。无所之适：谓所怀的名片无处可投。⑤ 陈长文：陈群的字，时为曹操的幕僚。司马伯达：当时名士司马朗的字。⑥ 荀文若：曹操的重要谋士荀彧的字。赵稚长：人名，仕魏为荡寇将军。⑦ 文若可借面吊丧，稚长可使监厨请客：讽刺荀彧仅有好的面容，所以只能借其面以吊丧；而赵稚长只是能吃，所以只能使其监管厨房，招待客人。

衡始弱冠，而融年四十，遂与为交友。上疏荐之曰："臣闻洪水横流，帝思俾乂，旁求四方，以招贤俊[①]。昔孝武继统，将弘祖业，畴咨熙载，群士响臻[②]。陛下睿圣，纂承基绪，遭遇厄运，劳谦日昃[③]。惟岳降神，异人并出。窃见处士平原祢衡，年二十四，字正平，淑质贞亮，英才卓砾[④]。初涉艺文，升堂睹奥，目所一见，辄诵于口，耳所瞥闻[⑤]，不忘于心。性与道合，思若有神。弘羊潜计，安世默识，以衡准之，诚不足怪[⑥]。忠果正直，志怀霜雪，见善若惊，疾恶若雠。任座抗行，史鱼厉节，殆无以过也[⑦]。鸷鸟累伯，不如一鹗[⑧]。使衡立朝，必有可观。飞辩骋辞，溢气坌涌[⑨]，解疑释结，临敌有余。昔贾谊求试属国，诡系单于[⑩]；终军欲以长缨，牵致劲越[⑪]。弱冠慷慨，前世美之。近日路粹、严象，亦用异才擢拜台郎，衡宜与为比。如得龙跃天衢，振翼云汉，扬声紫微[⑫]，垂光虹蜺，足以昭近署之多士，增四门之穆穆。钧天广乐，必有奇丽之观；帝室皇居，必蓄非常之宝。若衡等辈，不可多得。《激楚》、《杨阿》[⑬]，至妙之容，台牧者之所贪；飞兔、騕褭，绝足奔放，良、乐之所急[⑭]。臣等区区，敢不以闻。"

【注 释】

① 俾乂：谓使贤才治理国事。俾，使。乂，理。旁求：多方寻求。② 畴咨：访问，访求。熙载：弘扬功业。响臻：响应。③ 日昃：太阳偏西。④ 贞亮：忠贞诚信。卓砾：超绝出众。⑤ 瞥闻：偶然所闻。⑥ 弘羊潜计：据《汉书》记载，桑弘羊"以心计，年十三为侍中"。安世默识：据

《汉书》记载,汉武帝"尝亡书三箧,诏问莫能知,唯安世识之,具作其事。后购求得书,以相校,无所遗失"。⑦ 任座抗行:《吕氏春秋》载,"魏文侯饮,问诸大夫曰:'寡人何如主也?'任座曰:'君不肖君也。'"抗行,坚持高尚行为。史鱼厉节:史鱼即卫大夫史鳍,因正直为孔子所称。厉节,砥砺节操。⑧ 鸷鸟累伯,不如一鹗:《汉书·邹阳传》载邹阳《上吴王书》云:"臣闻鸷鸟累百,不如一鹗。"鸷鸟,猛禽。鹗,大雕。累伯,即累百。⑨ 坌涌:一起涌出。⑩ 贾谊求试属国:汉文帝时,贾谊上疏求为典属国。诡系单于:要求生擒单于。⑪ 终军欲以长缨,牵致劲越:《汉书·终军传》载:"南越与汉和亲,乃遣军使南越,说其王欲令入朝,比内诸侯。军自请'愿受长缨,必羁南越王而致之阙下'。"⑫ 紫微:星宿名,此指帝王宫殿。⑬《激楚》、《杨阿》:歌曲名。⑭ 飞兔、騕褭:古代名马。良、乐:春秋时晋王良和秦伯乐的并称,王良善御马,伯乐善相马。

融既爱衡才,数称述于曹操。操欲见之,而衡素相轻疾,自称狂病,不肯往,而数有恣言[①]。操怀忿,而以其才名,不欲杀之。闻衡善击鼓,乃召为鼓史,因大会宾客,阅试音节,诸史过者,皆令脱其故衣,更着岑牟单绞之服[②]。次至衡,衡方为《渔阳》参挝,蹀躞而前[③]。容态有异,声节悲壮,听者莫不慷慨。衡进至操前而止,吏诃之曰:"鼓史何不改装,而轻敢进乎?"衡曰:"诺。"于是先解衵衣[④],次释余服,裸身而立,徐取岑牟、单绞而著之,毕,复参挝而去,颜色不怍。操笑曰:"本欲辱衡,衡反辱孤。"

孔融退而数之曰:"正平大雅,固当尔邪[⑤]?"因宣操区区之意。衡许往。融复见操,说衡狂疾,今求得自谢。操喜,敕门者有客便通,待之极晏。衡乃著布单衣、疏巾,手持三尺棁杖[⑥],坐大营门,以杖捶地大骂。吏白:外有狂生,坐于营门,言语悖逆,请收案罪。操怒,谓融曰:"祢衡竖子,孤杀之犹雀鼠耳。顾此人素有虚名,远近将谓孤不能容之,今送与刘表,视当何如。"于是遣人骑送之,临发,众人为之祖道[⑦],先供设于城南,乃更相戒曰:"祢衡勃虐无礼,今因其后到,咸当以不起折之也[⑧]。"及衡至,众人莫肯兴,衡坐而大号。问其故,衡曰:"坐者为冢,卧者为尸,尸冢之间,能不悲乎!"

【注 释】

① 恣言：放肆的言论。② 岑牟：军中击鼓吹角士兵所戴的帽子。单绞：苍黄色的单衣。绞，苍黄色。③ 参挝：击鼓的一种技法。挝，击鼓杖，此用如动词。蹀躞：小步行走貌。④ 袒衣：贴身所穿的内衣。⑤ 正平大雅，固当尔邪：意谓你正平是大雅君子，怎么可以这样呢。⑥ 棁杖：大杖。⑦ 祖道：古人出门远行要祭路神，称祖道。后指为人饯行。⑧ 折之：屈辱他。

刘表及荆州士大夫先服其才名，甚宾礼之，文章言议，非衡不定。表尝与诸文人共草章奏，并极其才思。时衡出，还见之，开省未周，因毁以抵地。表怃然为骇[①]，衡乃从求笔札，须臾立成，辞义可观。表大悦，益重之。

后复侮慢于表[②]，表耻不能容，以江夏太守黄祖性急，故送衡与之，祖亦善待焉。衡为作书记，轻重疏密，各得体宜。祖持其手曰："处士，此正得祖意，如祖腹中之所欲言也。"

祖长子射为章陵太守，尤善于衡。尝与衡俱游，共读蔡邕所作碑文，射爱其辞，还，恨不缮写[③]。衡曰："吾虽一览，犹能识之，唯其中'石缺'二字为不明耳。"因书出之，射驰使写碑还校，如衡所书，莫不叹伏。射时大会宾客，人有献鹦鹉者，射举卮于衡曰："愿先生赋之，以娱嘉宾。"衡揽笔而作，文无加点，辞采甚丽。

后黄祖在蒙冲船上[④]，大会宾客，而衡言不逊顺，祖惭，乃诃之，衡更熟视曰："死公！云等道[⑤]？"祖大怒，令五百将出[⑥]，欲加棰，衡方大骂，祖恚，遂令杀之。祖主簿素疾衡，即时杀焉。射徒跣来救[⑦]，不及。祖亦悔之，乃厚加棺敛。衡时年二十六，其文章多亡云。

【注 释】

① 怃然：奇怪、惊异貌。② 侮慢：对人无礼，冒犯。③ 还，恨不缮写：回家后遗憾未能抄写下来。④ 蒙冲船：一种狭长，用以冲击敌方船只的战船。⑤ 云等道：意谓怎么这么说话。⑥ 五百：指执行杖刑的人。⑦ 徒跣：赤脚步行。

【导 读】

这篇传记选自《后汉书·文苑列传》。在正史中设立《文苑传》，是范晔的首创。东汉时期，文学创作较之前代有了显著的发展，大体上已经独立于研究儒家经典的经学，出现了一些专门从事文学创作的作家，文学作品的数量也日益增多。到了范晔撰写《后汉书》的南朝刘宋时期，文学创作更得到了蓬勃的发展，文学创作活动也成了文人日常生活中必不可少的组成部分。因此，范晔在他的《后汉书》中设立《文苑列传》，为西汉时尚是"倡优畜之"的纯文学之士作传，既是时代的必然，同时也显示了范晔这一杰出史学家的独到眼界，其开创之功是不容抹杀的。

祢衡是一个文士，而我国文士的一个显著特点就是恃才傲物，虽然他们并没有任何的政治才能，但却个个都自以为有管仲、乐毅之才，希望在政治上施展抱负，有所建树。三国时期的曹植，西晋的陆机，刘宋的谢灵运、王僧达可以说就是这类文士的代表。因此，他们不但不能实现自己的宏大抱负，而且大多落得身死家破的悲惨结局。

祢衡性格最大的特点就是狂傲，而且狂傲到令常人难以理解的地步。陈群和荀彧可以说都是相当优秀的人才，可他却说陈群是"屠沽儿"，说荀彧但"可借面吊丧"，即使对与他友善的孔融和杨修，也缺乏应有的尊重。孔融名动天下，对他倍加称扬，可以说是他的伯乐，且又年长他约二十岁，是他的前辈，杨修则是名动天下的旷世奇才，可他却说"大儿孔文举，小儿杨德祖"，虽然其中并无恶意，但对二人缺乏应有的尊重也是显而易见的。他的狂傲甚至到了不顾自身生命安危的地步，在他得罪刘表以后，刘表将他送到性急的武夫江夏太守黄祖处，他居然在黄祖大会宾客时于大庭广众之下对黄祖出言不逊，并当众辱骂黄祖为"死公"。因此，他的最终被杀也就是必然之事了。

祢衡又一明显的特点就是刚直，曹操挟天子以令诸侯，威震天下，慕名要见他，他不愿前往，且对曹操多有狂妄不恭的言辞。后又身着便服，手持三尺木杖坐在曹操的大营前，以杖击地大骂曹操，就是他刚直个性的体现。从此以后，他的"击鼓骂曹"作为佳话而广泛流传于世，得到人们的广泛赞扬，并不是偶然的。

此外，祢衡又相当的聪明机智，当曹操想要羞辱他，召他为鼓史，让他当众脱衣，他居然面无愠色，当着众多宾客之面，“先解衵衣，次释余服，裸身而立，徐取岑牟、单绞而著之，毕，复参挝而去”，这一举动，使得曹操颇为难堪，只能无奈地以“本欲辱衡，衡反辱孤”来自我解嘲。在他前往荆州，众人为他饯行时，相约坐着不起以羞辱他，结果反被祢衡所辱；在刘表处，他须臾之间创作出“辞义可观”的表章，使刘表大悦；他与黄祖之子黄射同游，一见蔡邕所作碑文，即能一字不差地誊录，都是他聪明才智的极好体现。因此，祢衡在政治上虽然可以说是一个弱智，但他正直的人格和临危不乱、处变不惊的过人才智，则十分令人钦佩。

严光传

严光字子陵，一名遵，会稽余姚人也①。少有高名，与光武同游学，及光武即位，乃变名姓，隐身不见。帝思其贤，乃令以物色访之②。后齐国上言：“有一男子，披羊裘钓泽中。”帝疑其光，乃备安车玄纁，遣使聘之③。三反而后至。舍于北军，给床褥，太官朝夕进膳④。

司徒侯霸与光素旧，遣使奉书。使人因谓光曰：“公闻先生至，区区欲即诣造，迫于典司，是以不获。愿因日暮，自屈语言。”光不答，乃投札与之，口授曰：“君房足下：位至鼎足⑤，甚善。怀仁辅义天下悦，阿谀顺旨要领绝⑥。”霸得书，封奏之。帝笑曰：“狂奴故态也。”车驾即日幸其馆，光卧不起。帝即其卧所，抚光腹曰：“咄咄子陵⑦，不可相助为理邪？”光又眠不应。良久，乃张目熟视，曰：“昔唐尧著德，巢父洗耳⑧。士故有志，何至相迫乎！”帝曰：“子陵，我竟不能下汝邪？”于是升舆叹息而去。

复引光入，论道旧故，相对累日。帝从容问光曰：“朕何如昔时？”对曰：“陛下差增于往⑨。”因共偃卧，光以足加帝腹上。明日，太史奏客星犯御坐甚急。帝笑曰：“朕故人严子陵共卧耳。”

除为谏议大夫，不屈，乃耕于富春山，后人名其钓处为严陵濑焉⑩。建武十七年，复特征，不至。年八十，终于家。帝伤惜之，诏下郡县赐钱百万、谷千斛⑪。

【注 释】

① 余姚：县名，今浙江余姚。② 物色访之：以其形貌访求他。物色，形貌。③ 安车：用一匹马拉，供一人乘坐的小车，因为是坐车，故称。玄纁：黑色的币帛，古代帝王常用以作为聘请贤士的礼物。④ 三反：三次往返。北军：汉代守卫京师的屯卫兵，未央宫在京城西南，其卫兵称南军；长乐宫在京城东面偏北，其卫兵称北军。文帝时合南北军，其后宫室日增，南军名没，而北军名存。东汉沿之，置北军中候，掌监五营，称为北军五校。太官：负责帝王饮食的官。⑤ 鼎足：指三公，如鼎之三足，故称。按侯霸时任司徒，故称。⑥ 要领绝：指被杀。要，通"腰"，腰斩。⑦ 咄咄：叹息声。⑧ 唐尧著德，巢父洗耳：相传尧曾让位于巢父，巢父不受，又让于许由，许由听后，到颍河去洗耳。这里将许由事加在了巢父身上。⑨ 差增于往：即于往日稍增，意谓稍胖于往日。⑩ 富春山：在今浙江富阳境内。濑：浅水沙石滩。⑪ 斛：容积单位，汉以十斗为一斛。

【导 读】

本篇选自《逸民列传》。逸民，也就是有道德而避世不仕的隐士。在正史中设置《逸民传》，也是范晔的首创。西汉末年，政治混乱，远离政治风波而隐遁山林岩穴之中的士人相当之多。《论语·子张》就有"兴灭国，继绝世，举逸民，天下之民归心焉"的说法，作为一代明君的光武帝刘秀即位以后，就奉行优待隐士的政策，因此隐士也就成了东汉的一大特色。范晔在《后汉书》中设《逸民列传》，既是东汉这一社会现象的反映，也表现了作者对高蹈避世、保持清高操守的隐遁之士的充分肯定。从此，正史中往往设《隐逸传》，以记载一些著名隐逸之士的生平活动，范晔的开创之功是不容忽视的。

严光曾与刘秀一同游学，刘秀做了皇帝以后，他不但不去高攀，反而改名换姓，披着羊皮垂钓于湖泽之中。刘秀派人找到他后，三次往返而后至。在他被任命为谏议大夫以后，他又"不屈"，归耕于富春山中。至死，始终隐居不出。这种不慕荣利、视功名如敝屣的高洁志趣，实在难能可贵。

严光个性的另一特点是豪放不羁，在京城，刘秀亲自到他的馆舍去拜访他，可他却卧床不起，刘秀请他出来做官，他又"眠不应。良久，乃张目熟视，曰：'昔唐尧著德，巢父洗耳。士故有志，何至相迫乎！'"刘秀与他同床共眠，他又“以足加帝腹上”，纯真旷达得如同一个尚未成年的孩童。但在大是大非的问题上，他则没有丝毫含糊，他在给老友司徒侯霸的信中说：“怀仁辅义天下悦，阿谀顺旨要领绝。”其中虽然带有某种调侃的成分，但戏谑之中，一种对清明政治的向往和对国事的关心又是清晰可见的。

需要指出的是，严光的不慕名利以及豪放旷达并没有半点虚伪做作的成分。这与历史上一些以隐逸为名，实则借以博取做官资本，走“终南捷径”的假隐士有着天壤之别。“后人名其钓处为严陵濑”，正寄托了后人对这位有着高尚情操的隐士的无限敬意。

梁 鸿 传

梁鸿字伯鸾，扶风平陵人也[①]。父让，王莽时为城门校尉，封修远伯，使奉少昊后，寓于北地而卒[②]。鸿时尚幼，以遭乱世，因卷席而葬。

后受业太学，家贫而尚节介，博览无不通，而不为章句[③]。学毕，乃牧豕于上林苑中。曾误遗火延及它舍，鸿乃寻访烧者，问所去失，悉以豕偿之。其主犹以为少，鸿曰：“无它财，愿以身居作。”主人许之。因为执勤，不懈朝夕。邻家耆老见鸿非恒人，乃共责让主人，而称鸿长者[④]。于是始敬异焉，悉还其豕。鸿不受而去，归乡里。

势家慕其高节，多欲女之[⑤]，鸿并绝不娶。同县孟氏有女，状肥丑而黑，力举石臼，择对不嫁，至年三十。父母问其故，女曰：“欲得贤如梁伯鸾者。”鸿闻而聘之，女求作布衣、麻屦，织作筐缉绩之具[⑥]。及嫁，始以装饰入门。七日而鸿不答，妻乃跪床下请曰：“窃闻夫子高义，简斥数妇，妾亦偃蹇数夫矣[⑦]。今而见择，敢不请罪。”鸿曰：“吾欲裘褐之人[⑧]，可与俱隐深山者尔。今乃衣绮缟，傅粉墨，岂鸿所愿哉？”妻曰：“以观夫子之志耳，妾自有隐居之服。”乃更为椎髻[⑨]，著布衣，操作而前。鸿大喜曰：“此真梁鸿妻也，能奉我矣！”字之曰德曜，名孟光。

居有顷，妻曰：“常闻夫子欲隐居避患，今何为默默？无乃欲低头就之乎？”鸿曰：“诺。”乃共入霸陵山中[⑩]，以耕织为业，咏诗书，弹琴以自娱。仰慕前世高士，而为四皓以来二十四人作颂[⑪]。

因东出关[12]，过京师，作《五噫之歌》曰："陟彼北芒兮[13]，噫！顾览帝京兮，噫！宫室崔嵬兮[14]，噫！人之劬劳兮[15]，噫！辽辽未央兮[16]，噫！"肃宗闻而非之，求鸿不得。乃易姓运期，名耀，字侯光，与妻子居齐鲁之间。

【注 释】

① 平陵：县名，在今陕西咸阳西北。② 奉少昊后：谓主持少昊的祭祀。少昊，传说中古代东方部落首领。寓于北地：梁让为平陵人，住北地，故曰寓。北地，郡名，在今甘肃庆阳西。③ 章句：剖章析句，经学家解说经义的一种方式。④ 耆老：老人。长者：有道德讲诚信的人。⑤ 女之：嫁女给他。⑥ 麻屦：麻布鞋。缉绩：析麻搓成线。⑦ 偃蹇：傲慢。⑧ 裘褐：粗陋的衣服。⑨ 椎髻：古代妇女的一种发型。⑩ 霸陵：县名，在今西安东北。⑪ 四皓：汉初隐居在商山的四个隐士。⑫ 关：函谷关。⑬ 北芒：山名，一作"北邙"，在今河南洛阳北。⑭ 崔嵬：高耸貌。⑮ 劬劳：辛劳。⑯ 辽辽未央：无边无际，没有尽头。

有顷，又去适吴。将行，作诗曰："逝旧邦兮遐征，将遥集兮东南。心惙怛兮伤悴，志菲菲兮升降[1]。欲乘策兮纵迈，疾吾俗兮作谗。竞举枉兮措直，咸先佞兮唌唌[2]。固靡惭兮独建，冀异州兮尚贤。聊逍摇兮遨嬉，缵仲尼兮周流[3]。傥云睹兮我悦[4]，遂舍车兮即浮。过季札兮延陵，求鲁连兮海隅[5]。虽不察兮光貌，幸神灵兮与休。惟季春兮华阜，麦含含兮方秀[6]。哀茂时兮逾迈，愍芳香兮日臭。悼吾心兮不获，长委结兮焉究[7]！口嚣嚣兮余讪，嗟恇恇兮谁留[8]？"

遂至吴，依大家皋伯通，居庑下，为人赁舂[9]。每归，妻为具食，不敢于鸿前仰视，举案齐眉[10]。伯通察而异之，曰："彼佣能使其妻敬之如此，非凡人也。"乃方舍之于家。鸿潜闭著书十余篇。疾且困，告主人曰："昔延陵季子葬子于嬴、博之间[11]，不归乡里，慎勿令我子持丧归去。"及卒，伯通等为求葬地于吴要离冢傍[12]。咸曰："要离烈士，而伯鸾清高，可令相近。"葬毕，妻子归扶风。

初，鸿友人京兆高恢，少好《老子》，隐于华阴山中[13]。及鸿东游思恢，作诗曰："鸟嘤嘤兮友之期[14]，念高子兮仆怀思，想念恢兮爰集兹。"二人遂不复相见。恢亦高抗，终身不仕。

【注 释】

① 惙怛：忧愁。伤悴：伤心忧愁。菲菲：高下不定。② 举枉兮措直：语出《论语·学而》，谓推举邪枉之人而废置正直之人。啵啵：谗言捷急貌。③ 缵：继承。周流：周游。④ 傥：倘若，假如。⑤ 季札：春秋吴王寿梦的小儿子，封于延陵，称延陵季子。鲁连即鲁仲连，战国齐人，不受封赏，逃到海上。海隅：海边。⑥ 含含：孕穗貌。⑦ 委结：心情郁积。⑧ 嚣嚣：众口谗毁貌。讪：讥讽。恇恇：即惶惶。⑨ 大家：大户人家。庑：堂下周围的廊屋。赁舂：替人家舂米谷。⑩ 案：盛食物的托盘。齐眉：与眉毛齐平。⑪ 嬴、博：二县名，皆在今山东省。⑫ 要离：春秋时勇士，为公子光刺杀吴王僚之子庆忌后自杀，后人称之为义士。⑬ 华阴山：山名，在今陕西。⑭ 嘤嘤：鸟鸣声。

【导 读】

这篇传记也选自《逸民列传》，梁鸿和严光同样都是蔑视富贵、不慕名利的隐士。但二人的先天条件不同，所处的时代也有着相当的差距。严光早先曾与光武帝刘秀一同游学，二人有着较为深厚的友谊，他面对的是一个宽厚的君主和较为清平的社会环境，因此严光能与刘秀同床共眠，可以随心所欲地将脚加在刘秀的腹上，也可以毫无顾忌地调侃司徒侯霸。他的隐居，乃是巢父洗耳式的追求闲散与自由，不受任何约束的张扬个性的生活。而梁鸿则生活在东汉中期章帝时，当时，社会矛盾渐趋恶化，用梁鸿自己所作的诗说就是"疾吾俗兮作谗。竞举枉兮措直"的时代。他的妻子说"常闻夫子欲隐居避患"，就明确地指出了梁鸿的隐居，躲避乱世以免祸的因素居多。

梁鸿个性最为显著的特点是诚信和清高，因为误遗火而延及他舍，他寻访被烧者，"悉以豕偿之"，并"不懈朝夕"地为被烧者劳作，当被烧者"悉还其豕"时，他又不受而去。他不娶势家女，而娶与其志同道合的孟氏丑女为妻，居吴时住在大家皋伯通庑下，为人赁舂，清贫自守，都表现了他的这一性格特点。尽管如此，梁鸿却并未忘却世事，他所作的《五噫歌》，讥讽帝王生活的奢华,感叹人民辛劳的无穷无尽,就是极好的证明。

梁鸿的妻子孟光也是一个奇女子,她粗衣布服,又自请与丈夫共入霸陵山,以耕织为食,这在古今女子中都是极为罕见的。“举案齐眉”佳话的至今流传,正是人们对这对互敬互爱、不慕荣利的夫妇敬重有加的具体体现。

曹世叔妻传

扶风曹世叔妻者,同郡班彪之女也①,名昭,字惠班,一名姬,博学高才。世叔早卒,有节行法度②。兄固,著《汉书》,其八表及《天文志》未及竟而卒,和帝诏昭就东观臧书阁踵而成之③。帝数召入宫,令皇后诸贵人师事焉,号曰大家④。每有贡献异物,辄诏大家作赋颂。及邓太后临朝,与闻政事⑤。以出入之勤,特封子成关内侯,官至齐相⑥。时《汉书》始出,多未能通者,同郡马融伏于阁下,从昭受读,后又诏融兄续继昭成之⑦。

【注 释】

① 同郡:指与曹世叔都是扶风人。② 节行:节操品行。法度:指行事有规矩。③ 踵:继续,接着。句谓汉和帝下诏令班昭接着完成《汉书》未竟篇目。④ 大家:即大姑。家,通“姑”。因为班昭是皇后与诸贵人的老师,故称。⑤ 与闻政事:参与政事。⑥“以出入之勤”句:因为班昭出入宫廷的勤劳,所以封她的儿子曹成为关内侯。⑦ 续继昭成之:指又以马融的兄长马续继续完成《汉书》。

永初中,太后兄大将军邓骘以母忧,上书乞身,太后不欲许,以问昭①。昭因上疏曰:“伏惟皇太后陛下,躬盛德之美,隆唐虞之政,辟四门而开四聪,采狂夫之瞽言,纳刍荛之谋虑②。妾昭得以愚朽,身当盛明,敢不披露肝胆,以效万一。妾闻谦让之风,德莫大焉,故典坟述美③,神祇降福。昔夷齐去国④,天下服其廉高;太伯违邠,孔子称为三让⑤。所以光昭令德,扬名于后者也。《论语》曰:‘能以礼让为国,于从政乎何有⑥。’由是言之，推让之诚，其致远矣。今四舅深执忠孝，引身自退，而以方垂未静，拒而不许[⑦]；如后有毫毛加于今日[⑧]，诚恐推让之名，不可再得。缘见逮及[⑨]，故敢昧死竭其愚情。自知言不足采，以示虫蚁之赤心[⑩]。”太后从而许之。于是骘等各还里第焉。

【注 释】

① 永初：汉安帝的年号。上书乞身：上书请求辞职。② 隆：光大。唐虞：唐尧和虞舜。四门：指明堂四方的门。明堂是古代帝王宣明政教的地方。四聪：能远听四方的听觉。狂夫：无知妄为的人。瞽言：指不合情理的话。瞽，盲人。刍荛：割草打柴的人，指无知浅陋的人。③ 典坟：指古代各种典籍。④ 夷齐：伯夷和叔齐。⑤ 太伯违邠：太伯为周先祖太王长子，相传周太王有疾，太伯欲让位于季历，他与弟仲雍避居江南，断发文身，开发吴地，成为吴国的始祖。违：离开。三让：指三让王位。⑥“能以礼”二句：出自《论语》的《里仁》和《雍也》。⑦ 四舅：指邓骘、邓悝、邓弘、邓阊兄弟。方垂：边陲。垂，通“陲”。⑧ 毫毛：指很细微的过失。⑨ 缘见逮及：谓得到能够表达意见的机会。⑩ 虫蚁：自谦自己地位卑贱。

作《女诫》七篇，有助内训[①]。其辞曰：

鄙人愚暗[②]，受性不敏，蒙先君之余宠，赖母师之典训。年十有四，执箕帚于曹氏，于今四十余载矣。战战兢兢，常惧黜辱，以增父母之羞，以益中外之累。夙夜劬心[③]，勤不告劳，而今而后，乃知免耳。吾性疏顽，教道无素，恒恐子谷负辱清朝[④]。圣恩横加，猥赐金紫，实非鄙人庶几所望也[⑤]。男能自谋矣，吾不复以为忧也。但伤诸女方当适人[⑥]，而不渐训诲，不闻妇礼，惧失容它门，取耻宗族。吾今疾在沈滞，性命无常，念汝曹如此，每用惆怅。间作《女诫》七章，愿诸女各写一通，庶有补益，裨助汝身[⑦]。去矣，其勖勉之[⑧]！

【注 释】

① 内训：指对妇女的训诫教育。② 愚暗：愚钝而不明事理。③ 劬

心：劳心。④ 疏顽：懒惰顽钝。子谷：班昭之子曹成，字子谷。清朝：清明的朝廷。⑤ 庶几：大概，差不多。⑥ 适人：嫁人。⑦ 裨助：帮助，增益。⑧ 勖勉：勉励。

卑弱第一：古者生女三日，卧之床下，弄之瓦砖，而斋告焉。卧之床下，明其卑弱，主下人也。弄之瓦砖，明其习劳，主执勤也。斋告先君，明当主继祭祀也。三者盖女人之常道，礼法之典教矣[①]。谦让恭敬，先人后己，有善莫名，有恶莫辞，忍辱含垢，常若畏惧，是谓卑弱下人也。晚寝早作，勿惮夙夜，执务私事，不辞剧易，所作必成，手迹整理，是谓执勤也。正色端操，以事夫主，清静自守，无好戏笑，絜齐酒食[②]，以供祖宗，是谓继祭祀也。三者苟备，而患名称之不闻，黜辱之在身，未之见也。三者苟失之，何名称之可闻，黜辱之可远哉！

夫妇第二：夫妇之道，参配阴阳[③]，通达神明，信天地之弘义，人伦之大节也。是以《礼》贵男女之际，《诗》著《关雎》之义[④]。由斯言之，不可不重也。夫不贤，则无以御妇；妇不贤，则无以事夫。夫不御妇，则威仪废缺；妇不事夫，则义理堕阙。方斯二事，其用一也。察今之君子，徒知妻妇之不可不御，威仪之不可不整，故训其男，检以书传，殊不知夫主之不可不事，礼义之不可不存也。但教男而不教女，不亦蔽于彼此之数乎！《礼》，八岁始教之书，十五而至于学矣[⑤]。独不可依此以为则哉！

敬慎第三：阴阳殊性，男女异行。阳以刚为德，阴以柔为用，男以强为贵，女以弱为美。故鄙谚有云："生男如狼，犹恐其尫[⑥]；生女如鼠，犹恐其虎。"然则修身莫若敬，避强莫若顺。故曰敬顺之道，妇人之大礼也。夫敬非它，持久之谓也。夫顺非它，宽裕之谓也。持久者，知止足也。宽裕者，尚恭下也。夫妇之好，终身不离。房室周旋，遂生媟黩[⑦]。媟黩既生，语言过矣。语言既过，纵恣必作。纵恣既作，则侮夫之心生矣。此由于不知止足者也。夫事有曲直，言有是非。直者不能不争，曲者不能不讼。讼争既施，则有忿怒之事矣。此由于不尚恭下者也。侮夫不节，谴呵从之；忿怒不止，楚挞从之。夫为夫妇者，义以和亲，恩以好合，楚挞既行，何义之存？谴呵既宣，何恩之有？恩义俱废，夫妇离矣。

妇行第四：女有四行，一曰妇德，二曰妇言，三曰妇容，四曰妇功。夫云妇德，不必才明绝异也；妇言，不必辩口利辞也；妇容，不必颜色美丽也；妇功，不必工巧过人也。清闲贞静，守节整齐，行己有耻，动静有法，是谓妇德[⑧]。择辞而说，不道恶语，时然后言，不厌于人，是谓妇言。盥浣尘秽，服饰鲜絜，沐浴以时，身不垢辱，是谓妇容。专心纺绩，不好戏笑，絜齐酒食，以奉宾客，是谓妇功。此四者，女人之大德，而不可乏之者也。然为之甚易，唯在存心耳。古人有言："仁远乎哉？我欲仁，而仁斯至矣[⑨]。"此之谓也。

专心第五：《礼》，夫有再娶之义，妇无二适之文，故曰夫者天也。天固不可逃，夫固不可离也。行违神祇，天则罚之；礼义有愆，夫则薄之。故《女宪》曰："得意一人，是谓永毕[⑩]；失意一人，是谓永讫[⑪]。"由斯言之，夫不可不求其心。然所求者，亦非谓佞媚苟亲也，固莫若专心正色[⑫]。礼义居絜，耳无涂听，目无邪视，出无冶容，入无废饰，无聚会群辈，无看视门户，此则谓专心正色矣。若夫动静轻脱，视听陕输，入则乱发坏形，出则窈窕作态，说所不当道，观所不当视，此谓不能专心正色矣[⑬]。

【注 释】

① 典教：典章教化。② 絜齐：清洁整齐。絜，清。③ 参配：犹匹配。④ 贵男女之际：重视男女婚姻之事。《关雎》之义：指《关雎》篇中所表现的乐得淑女以配君子的诗义。⑤ 至于学：达到独立学习的程度。⑥ 尪：孱弱。⑦ 媟黩：轻慢，指对对方不尊重。⑧ 清闲贞静：安详文雅，坚贞沉静。守节整齐：坚守节操，整齐不乱。⑨ 仁远乎哉：此数句语出《论语·述而》，意谓只要存心向仁，就自然会有仁心。⑩ 得意：指满足。永毕：指终身有依靠。⑪ 讫：完。⑫ 佞媚苟亲：因为谄媚而得到亲近。⑬ 轻脱：轻佻。陕输：不定。

曲从第六[①]：夫得意一人，是谓永毕；失意一人，是谓永讫。欲人定志专心之言也。舅姑之心[②]，岂当可失哉？物有以恩自离者[③]，亦有以义自破者也。夫虽云爱，舅姑云非，此所谓以义自破者也。然则舅姑之心奈何？固莫尚于曲从矣。姑云不尔而是，固宜从令；姑云尔而非，犹宜顺命。勿得违戾是非，争分曲直。此则所谓曲从矣。故《女宪》曰："妇如影响[4]，焉不可赏。"

和叔妹第七：妇人之得意于夫主，由舅姑之爱己也；舅姑之爱己，由叔妹之誉己也。由此言之，我臧否誉毁，一由叔妹，叔妹之心，复不可失也。皆莫知叔妹之不可失，而不能和之以求亲，其蔽也哉！自非圣人，鲜能无过。故颜子贵于能改，仲尼嘉其不贰，而况妇人者也[5]！虽以贤女之行，聪哲之性，其能备乎！是故室人和则谤掩，外内离则恶扬。此必然之势也。《易》曰："二人同心，其利断金[6]。同心之言，其臭如兰[7]。"此之谓也。夫嫂妹者，体敌而尊，恩疏而义亲。若淑媛谦顺之人[8]，则能依义以笃好，崇恩以结援，使徽美显章，而瑕过隐塞，舅姑矜善，而夫主嘉美，声誉曜于邑邻，休光延于父母。若夫蠢愚之人，于嫂则托名以自高，于妹则因宠以骄盈。骄盈既施，何和之有！恩义既乖，何誉之臻！是以美隐而过宣，姑忿而夫愠，毁訾布于中外[9]，耻辱集于厥身，进增父母之羞，退益君子之累。斯乃荣辱之本，而显否之基也。可不慎哉！然则求叔妹之心，固莫尚于谦顺矣。谦则德之柄，顺则妇之行。凡斯二者，足以和矣。诗云："在彼无恶，在此无射。"其斯之谓也。

马融善之，令妻女习焉。

昭女妹曹丰生，亦有才惠，为书以难之，辞有可观[10]。

昭年七十余卒，皇太后素服举哀[11]，使者监护丧事。所著赋、颂、铭、诔、问、注、哀辞、书、论、上疏、遗令，凡十六篇。子妇丁氏为撰集之，又作《大家赞》焉。

【注释】

① 曲从：委曲顺从。② 舅姑：公婆。③ 物：这里指妇女。④ 妇如影响：指妇女顺从丈夫要如同影之随形，响之随声。⑤"颜子贵于能改"二句：《论语·雍也》记载孔子说："有颜回者，好学，不迁怒，不贰过，不幸短命死矣。今也则亡，未闻好学者也。"所以说颜回有过而能改。贰过，不犯同样的错误。⑥ 二人同心，其利断金：金质地坚固，利能截断之，以见利之大。⑦ 其臭如兰：谓同心之人所发之言芳香如兰。⑧ 淑媛：既善良

又美貌的女子。⑨ 毁訾：非议，毁坏。⑩ 女妹：丈夫的妹妹，即小姑。难：争辩讨论。⑪ 素服举哀：谓皇太后为班昭之死而穿丧服，并为之痛哭。举哀，丧葬用语，痛哭之意。

【导 读】

本篇选自《列女传》。范晔著《后汉书》，为女子立专传，可以说是我国史学史上一个伟大的创举，这种集中展示在某一方面堪称杰出女性的做法，突出地表现出了范晔对女性的重视，以及他对女性问题的思考。

《女诫》一文在目前看来，已经与现代文明格格不入，但其中以卑弱示人和要求做人谦让恭敬等，对个人人格的完善仍然有着一定的借鉴意义；其对女子家庭教育的重视，对家庭矛盾的化解方法，以及与公婆之间相处的态度等方面，也值得引起我们一定的重视。从另一方面来说，班昭出身名门，博学高才，虽然有丈夫早逝的不幸遭遇，但她却能修身养性，洁身自好，又是古往今来淑女的典范。《女诫》一文叙事的清楚明了，说理的条分缕析，文字的畅达简省，都是她光辉个性的体现。对这样一位古代的奇女子，我们并不应该去做过多的苛求。

乐羊子妻传

河南乐羊子之妻者[①]，不知何氏之女也。羊子尝行路，得遗金一饼，还以与妻。妻曰："妾闻志士不饮盗泉之水，廉者不受嗟来之食，况拾遗求利以污其行乎[②]！"羊子大惭，乃捐金于野，而远寻师学。一年来归，妻跪问其故。羊子曰："久行怀思，无它异也[③]。"妻乃引刀趋机而言曰："此织生自蚕茧，成于机杼，一丝而累，以至于寸，累寸不已，遂成丈匹[④]。今若断斯织也，则捐失成功，稽废时月[⑤]。夫子积学，当日知其所亡，以就懿德[⑥]。若中道而归，何异断斯织乎？"羊子感其言，复还终业，遂七年不反[⑦]。

妻常躬勤养姑，又远馈羊子[⑧]。尝有它舍鸡谬入园中，姑盗杀而食之[⑨]，妻对鸡不餐而泣。姑怪问其故。妻曰："自伤居贫，使食有它肉。"姑竟弃之。

后盗欲有犯妻者[10]，乃先劫其姑。妻闻，操刀而出。盗人曰：“释汝刀从我者可全；不从我者，则杀汝姑。”妻仰天而叹，举刀刎颈而死。盗亦不杀其姑。太守闻之，即捕杀贼盗，而赐妻缣帛，以礼葬之，号曰“贞义”。

【注释】

① 河南：郡名，治洛阳。② 盗泉之水：古人有“水名盗泉，仲尼不饮”的说法。嗟来之食：指带有侮辱性的施舍，古人有“予唯不食嗟来之食”的说法。③ 无它异：没有别的意外的事。④ 机杼：指织布机。机，织布机。杼，织布的梭子。累：积累。⑤ 稽废：延误荒废。⑥ 夫子：古代妻子对丈夫的敬称。懿德：美德。⑦ 终业：完成学业。反：通“返”。⑧ 馈：以食物送人。⑨ 盗杀：偷杀。⑩ 犯：冒犯，这里指想奸淫乐羊子妻。

【导读】

本篇选自《列女传》。乐羊子妻可以说是一个值得人们无比崇敬的女子，也是一个令古今无数男子汗颜的女子。她的光辉形象，并不表现在个人能力和聪明才智上，而是体现在她的道德修养和人格魅力上。她的视金钱如粪土，她的劝导丈夫励志奋发，她的为保全婆母而毅然捐弃宝贵的生命，凡此种种，都是对自古以来女子祸水谬论的当头棒喝。

孝女曹娥传

孝女曹娥者，会稽上虞人也[1]。父盱，能弦歌，为巫祝[2]。汉安二年五月五日，于县江溯涛婆娑迎神，溺死，不得尸骸[3]。娥年十四，乃沿江号哭，昼夜不绝声，旬有七日，遂投江而死。至元嘉元年，县长度尚改葬娥于江南道傍，为立碑焉[4]。

【注 释】

① 上虞：县名，今浙江上虞。② 弦歌：用琴瑟等伴奏唱歌。巫祝：指从事占卜和祭祀的人。③ 汉安：汉顺帝的年号。溯涛：逆着江涛而行。婆娑：指跳舞的样子。古代迎神时，多配有音乐舞蹈，曹娥父为巫祝，所以要婆娑起舞。④ 元嘉：南朝宋文帝的年号。立碑：指度尚为曹娥刻石立碑以作纪念。

【导 读】

本篇选自《列女传》。孝女曹娥在父亲溺水之后，“乃沿江号哭，昼夜不绝声”，并“旬有七日”地寻父。父亲生还的希望完全破灭之后，她即毅然投江殉父，足见曹娥的父女情深。虽只寥寥数句，但曹娥刚烈执着的个性却表现得颇为清晰生动。现在看来，曹娥的投江殉父并不值得提倡，但从她身上所表现出来的孝道精神，却是值得我们尊崇的。

皇甫规妻传

安定皇甫规妻者[①]，不知何氏女也。规初丧室家[②]，后更娶之。妻善属文，能草书，时为规答书记[③]，众人怪其工。及规卒时，妻年犹盛[④]，而容色美。后董卓为相国，承其名，娉以𫐐𫚒百乘，马二十匹，奴婢钱帛充路[⑤]。妻乃轻服诣卓门，跪自陈请，辞甚酸怆[⑥]。卓使傅奴侍者悉拔刀围之[⑦]，而谓曰：“孤之威教，欲令四海风靡[⑧]，何有不行于一妇人乎！”妻知不免，乃立骂卓曰：“君羌胡之种，毒害天下犹未足邪！妾之先人，清德奕世[⑨]。皇甫氏文武上才[⑩]，为汉忠臣。君亲非其趣使走吏乎[⑪]？敢欲行非礼于尔君夫人邪[⑫]！”卓乃引车庭中，以其头县轭[⑬]，鞭扑交下。妻谓持杖者曰：“何不重乎？速尽为惠。”遂死车下。后人图画，号曰“礼宗”云[⑭]。

【注 释】

① 安定：郡名，地在今甘肃、宁夏及内蒙古一带，治所在今宁夏固原。皇甫规：字威明，曾任弘农太守，封寿成亭侯，《后汉书》卷九十五有

传。② 室家：指妻子。③ 答：回复。书记：指与人来往的书牍公文。④ 年犹盛：年纪还轻。⑤ 娉：古代男方遣媒向女方问名求婚谓娉。軿：軿车，有帷幔的车，供人乘坐。辎：辎车，载物所用。这里指董卓求婚时的聘礼。充路：满路。⑥ 陈请：陈述理由并有所请求。酸怆：酸楚凄惨。⑦ 傅奴：贴身奴婢。侍者：指随身的女侍。⑧ 风靡：如草一般随风倒伏。⑨ 清德：美德。奕世：累世。⑩ 文武上才：指她的丈夫无论文武都是上等的人才。⑪ 趣使：即驱使，指供人使唤的仆役。走吏：供人使唤奔走的小吏。⑫ 非礼：不合礼法。君夫人：古代对诸侯之妻的称呼。⑬ 县轭：悬于车轭之上。县，通"悬"。⑭ 礼宗：谓遵守礼法且能为人所效法者。

【导读】

本篇选自《列女传》。皇甫规妻是一个弱女子，但当她面对凶残暴虐的董卓，却毫无惧色，怒斥董卓。在"鞭扑交下"之下，她不是惜命求饶，而是以速死为快。其中不仅仅表现了将个人生死置之度外的大无畏精神，而且表现了对强权暴力的反抗和对正义以及人性完美的追求。

传文中一些细节的描写对人物性格的完善起到了较好的作用。"时为规答书记，众人怪其工"一句，显示她不仅知书识字，而且深明事理，这正是她后来能在生死关头怒斥董卓，从容就死的基础。"娉以軿辎百乘"的叙述，则反衬出她对钱财的鄙弃。着墨虽然不多，但却是作者精心构思的结果，也体现了作者对皇甫规妻的敬重。

董祀妻传

陈留董祀妻者[①]，同郡蔡邕之女也，名琰，字文姬。博学有才辩，又妙于音律[②]。适河东卫仲道。夫亡无子，归宁于家。兴平中，天下丧乱，文姬为胡骑所获，没于南匈奴左贤王[③]。在胡中十二年，生二子。曹操素与邕善，痛其无嗣，乃遣使者以金璧赎之，而重嫁于祀。

祀为屯田都尉，犯法当死，文姬诣曹操请之[④]。时公卿名士及远方使驿坐者满堂[⑤]，操谓宾客曰："蔡伯喈女在外，今为诸君见之。"及文姬进，蓬首徒行[6]，叩头请罪，音辞清辩，旨甚酸哀，众皆为改容。操曰："诚实相矜，然文状已去[7]，奈何?"文姬曰："明公厩马万匹，虎士成林，何惜疾足一骑，而不济垂死之命乎!"操感其言，乃追原祀罪[8]。时且寒，赐以头巾履袜。操因问曰："闻夫人家先多坟籍，犹能忆识之不[9]?"文姬曰："昔亡父赐书四千许卷，流离涂炭，罔有存者[10]。今所诵忆，裁四百余篇耳。"操曰："今当使十吏就夫人写之。"文姬曰："妾闻男女之别，礼不亲授。乞给纸笔，真草唯命[11]。"于是缮书送之，文无遗误[12]。

【注释】

① 陈留：郡名，治所在今河南开封。② 妙于音律：通晓音律的精妙之处。③ 兴平：汉献帝的年号。丧乱：死亡祸乱。④ 屯田都尉：当时主管屯田的官。相当于郡的都尉。当死：判处死刑。⑤ 使驿：驿馆传送文书的人。⑥ 蓬首：头发散乱。徒行：赤脚而行。⑦ 文状：指执行死刑的文书。⑧ 追原祀罪：追回成命并赦免了董祀的罪过。⑨ 坟籍：指古代典籍。忆识：记忆。⑩ 流离：因战乱而流转离散。涂炭：比喻处境极为艰难。罔：无。⑪ 真：真书，即楷书、正书。草：草书。⑫ 缮书：工整地抄写。遗误：遗漏和错误。

后感伤乱离，追怀悲愤，作诗二章。其辞曰：

汉季失权柄，董卓乱天常[1]。志欲图篡弑，先害诸贤良。逼迫迁旧邦[2]，拥主以自强。海内兴义师，欲共讨不祥[3]。卓众来东下，金甲耀日光。平土人脆弱[4]，来兵皆胡羌。猎野围城邑，所向悉破亡。斩截无孑遗，尸骸相掌拒[5]。马边县男头[6]，马后载妇女。长驱西入关，迥路险且阻。还顾邈冥冥[7]，肝脾为烂腐。所略有万计，不得令屯聚。或有骨肉俱，欲言不敢语。失意机微间[8]，辄言毙降虏。要当以亭刃[9]，我曹不活汝。岂复惜性命，不堪其詈骂。或便加棰杖，毒痛参并下。旦则号泣行，夜则悲吟坐。欲死不能得，欲生无一可。彼苍者何辜[10]，乃遭此厄祸！边荒与华异，人俗少义理。处所多霜雪，胡风春夏起。翩翩吹我衣，肃肃入我耳[11]。感时念父母，哀叹无穷已。有客从外来，闻之常欢喜。迎问其消息，辄复非乡里。邂逅徼时愿，骨肉来迎己[12]。己得自解免,当复弃儿子。天属缀人心[13],念别无会期。存亡永乖隔,不忍与之辞。儿前抱我颈,问母欲何之。"人言母当去,岂复有还时。阿母常仁恻,今何更不慈?我尚未成人,奈何不顾思!"见此崩五内,恍惚生狂痴[14]。号泣手抚摩,当发复回疑。兼有同时辈,相送告离别。慕我独得归,哀叫声摧裂。马为立踟蹰,车为不转辙。观者皆歔欷,行路亦呜咽[15]。去去割情恋,遄征日遐迈[16]。悠悠三千里,何时复交会?念我出腹子,匈臆为摧败[17]。既至家人尽,又复无中外。城郭为山林,庭宇生荆艾。白骨不知谁,从横莫覆盖。出门无人声,豺狼号且吠。茕茕对孤景,怛咤糜肝肺[18]。登高远眺望,魂神忽飞逝,奄若寿命尽,旁人相宽大。为复强视息,虽生何聊赖[19]!托命于新人,竭心自勖厉[20]。流离成鄙贱,常恐复捐废。人生几何时,怀忧终年岁!

【注释】

① 汉季:汉末。天常:天之常道,指君臣上下正常的封建关系。② 迁旧邦:指汉献帝初平元年,董卓焚烧洛阳宫室挟持汉献帝迁都长安事。长安为西汉首都,所以说迁旧邦。③ 兴义师:指初平元年曹操和袁绍等各路诸侯起兵讨伐董卓事。不祥:指董卓。④ 平土:平原,此指陈留一带平原地区。⑤ 孑遗:一个不剩。掌拒:支撑。掌,通"撑"。⑥ 县:通"悬"。⑦ 邈:遥远。冥冥:迷茫不清。⑧ 机微间:细微之间。⑨ 亭刃:加刀,指杀害。⑩ 彼苍者:指天。苍,苍天。⑪ 肃肃:风声。⑫ 邂逅:不期而遇。徼时愿:徼幸得遂当时的心愿。骨肉:亲人,此指曹操派来的使者。⑬ 天属:天然的血亲关系。缀:连。⑭ 五内:五脏。恍惚:神志不清。⑮ 歔欷:感叹悲泣。行路:指过路人。⑯ 遄征:急行。日遐迈:一天比一天离得远。⑰ 匈:通"胸"。⑱ 怛咤:悲痛而惊呼。糜:烂。⑲ 强视息:谓苟活。视息,视听呼吸。聊赖:依靠。⑳ 勖厉:勉励。

其二章曰:

嗟薄祜兮遭世患,宗族殄兮门户单[1]。身执略兮入西关[2],历险阻兮之羌蛮。山谷眇兮路曼曼[3]，眷东顾兮但悲叹。冥当寝兮不能安，饥当食兮不能餐。常流涕兮眦不干，薄志节兮念死难，虽苟活兮无形颜[4]。惟彼方兮远阳精[5]，阴气凝兮雪夏零。沙漠壅兮尘冥冥，有草木兮春不荣[6]。人似禽兮食臭腥，言兜离兮状窈停[7]。岁聿暮兮时迈征[8]，夜悠长兮禁门扃。不能寐兮起屏营[9]，登胡殿兮临广庭。玄云合兮翳月星，北风厉兮肃泠泠[10]。胡笳动兮边马鸣，孤雁归兮声嘤嘤[11]。乐人兴兮弹琴筝，音相和兮悲且清。心吐思兮匈愤盈，欲舒气兮恐彼惊，含哀咽兮涕沾颈。家既迎兮当归宁，临长路兮捐所生[12]。儿呼母兮号失声，我掩耳兮不忍听。追持我兮走茕茕，顿复起兮毁颜形。还顾之兮破人情，心怛绝兮死复生[13]。

【注 释】

① 薄祜：福薄。祜，福。世患：人世间的灾祸。殄：绝，尽。② 执略：掳掠。③ 眇：远貌。曼曼：长。④ 眦：眼眶。眦不干，指眼泪不干。形颜：颜面。⑤ 阳精：指太阳。⑥ 壅：堵塞。尘冥冥：尘土弥漫昏暗。不荣：不茂盛。⑦ 兜离：指匈奴语言的声调。窈停：指匈奴人的形状。⑧ 岁聿暮：即岁暮。迈征：远征。⑨ 屏营：彷徨，惶恐。⑩ 玄云：乌云。翳：遮蔽。肃：肃杀。泠泠：清冷貌。⑪ 胡笳：北方的一种乐器，与笛相类似。嘤嘤：哀鸣声。⑫ 归宁：已婚女子回家省视父母称归宁，作者这里将回国视同回家，故称。捐：抛弃。⑬ 怛绝：悲伤痛苦之极。

【导 读】

本篇也选自《列女传》。蔡琰是我国历史上最为著名的女诗人之一，她的不幸遭遇，使她创作出了五言《悲愤诗》这一文学史上的杰作。人生最大的愿望莫过于重返故乡，而人生的最大痛苦莫过于亲生子女的失去。当二者不可兼得时，诗人心中的巨大痛苦与骚动不安是难以用笔墨表现出来的。因此，《悲愤诗》写她一生多艰的遭遇，特别是写她从匈奴回国时与其子分别时的一节，可谓催人泪下。此诗所要表现的虽然仅仅是个人的遭遇，但客观上却反映了汉末动乱中广大人民的共同命运，表现了汉末军阀混战所带给人民的深沉灾难和痛苦。

这篇传记在人物塑造上颇有特色。董祀犯法被判处死刑,蔡琰“蓬首徒行”为其夫求情,在曹操拒绝她的请求时,她即不顾一切地说出“何惜疾足一骑,而不济垂死之命乎”这样的话来,充分表现出在多次失去亲人之后,无法承受再次失去亲人痛苦的无奈,表现了她对丈夫的无比珍惜之情。在曹操要她默记家中藏书时,她所说的“今所诵忆裁四百余篇耳”和“乞给纸笔,真草唯命”两句,又充分表现了她超群的记忆力和博学多才,也说明了《悲愤诗》的成功绝不是偶然的。令读者读后不免由衷地对这一女诗人产生肃然起敬的感觉。

在正史中设《列女传》,本身就是范晔的一大创举,而一生三嫁的蔡琰被列入其中,则更显示了范晔超人的胆识和离经叛道的精神。此传曾遭到许多非议,而这些非议,又更突出了范晔高出众人的目光和卓荦不群的个性。

《历代名著精选集》书目

黄帝内经　周易
诗经　周礼
左传　国语
论语　孟子
老子　庄子
管子　晏子春秋
商君书　墨子
荀子　韩非子
六韬·三略·阴符经　鬼谷子·本经阴符七术
孙子兵法　孙膑兵法
山海经　列子
吕氏春秋　战国策
楚辞　吴越春秋
新语　新书
礼记　孝经
淮南子　史记
汉书　东观汉记
后汉书　三国志
博物志　西京杂记
搜神记　华阳国志

水经注
洛阳伽蓝记
世说新语
颜氏家训
抱朴子
高僧传
文心雕龙
诗品·二十四诗品
金刚经
六祖坛经
贞观政要
史通
大唐西域记
茶经
唐宋传奇
唐语林
唐诗三百首
宋词三百首
资治通鉴
梦溪笔谈
朱子语类
近思录
东京梦华录
武林旧事
容斋随笔
元朝秘史
元曲三百首
本草纲目
阳明传习录
日知录
徐霞客游记
五杂组
陶庵梦忆
闲情偶寄
东华录
阅微草堂笔记
扬州画舫录
曾国藩家书
人间词话